VIEL LÄRMEN UM MORD

DIE GEHEIMNISSE DES NEVERMORE BOOKSHOP, 7

STEFFANIE HOLMES

ABONNIERE DEN NEWSLETTER FÜR UPDATES

Möchtest du eine kostenlose Bonusszene aus Quoths Sicht oder Heathcliffs Ladenregeln haben? Dann hole dir das *Wunderkammer* für Bonusszenen und zusätzliches Material, ein Steffanie Holmes-Kompendium mit Kurzgeschichten und Bonusszenen, indem du dich für den Steffanie Holmes-Newsletter anmeldest.

https://www.nevermorebookshop.co.nz/pages/steffanie-holmes-newsletter-german

In meinem Newsletter erzähle ich jede Woche von wahren Begebenheiten, seltsamen Ereignissen, verfallenen Ruinen und gruseligen Fakten, die meine Geschichten inspirieren. Du erhältst außerdem exklusive Bonusszenen und Updates. Ich liebe es, mit meinen Lesern zu sprechen, also komm zu mir und erleb gruseligen Spaß :)

VIEL LÄRMEN UM MORD

In der Liebe und im Mord ist alles erlaubt.

Das Shakespeare-Festival ist in der Stadt und ganz Argleton ist verrückt nach dem Barden. Mina freut sich, dass Nevermore der offizielle Buchladen des Festivals ist, aber dann eröffnet eine rivalisierende Buchhandlung auf der anderen Straßenseite und macht ihr das Leben schwer.

Als der Besitzer der Buchhandlung erschlagen aufgefunden wird, sind Mina und Quoth entschlossen, ihre Nase (und ihren Schnabel) in die Angelegenheit zu stecken, um den Fall zu lösen. Aber mit einer echten Shakespeare-Fee im Dorf, und einem Morrie, der wild entschlossen ist, die Aufführung zu verfluchen, haben Mina und ihre Männer bereits alle Hände voll zu tun.

Werden sie mit Hilfe eines lästigen Drolls – und ganz ohne Hilfe des neuesten Projekts von Minas Mutter – das Verbrechen aufklären und das Festival retten können, oder wird der letzte Vorhang für den Nevermore Bookshop fallen?

Die Geheimnisse des Nevermore Bookshops sind das, was man bekommt, wenn alle deine Book Boyfriends zum Leben erwachen. Begleite einen mürrischen Antihelden, einen Meisterschurken, einen frechen Raben und eine Heldin mit großem Herzen (und noch größerer Buchsammelung) in dieser spaßigen und heißen Reverse Harem Paranormal Mystery Serie von der *USA Today*-Bestsellerautorin Steffanie Holmes.

»Aus, kleines Licht!
    Leben ist nur ein wandelnd Schattenbild,
    Ein armer Komödiant, der spreizt und knirscht
    Sein Stündchen auf der Bühn und dann nicht mehr
    Vernommen wird; ein Märchen ists, erzählt
    Von einem Blödling, voller Klang und Wut,
    Das nichts bedeutet.«

- Shakespeare, Macbeth (übersetzt von Dorothea Tieck)

I

»Narren«, grinste Morrie. »Auf jeden Fall Narren.«

»Und Feen.« Ich lächelte, als wir den Dorfplatz betraten und auf das hell erleuchtete Rose & Wimple zugingen. »Und einen blutigen Dolch. Und meinst du, wir könnten ihn dazu bringen, eine Halskrause zu tragen?«

»Aruff!«, fügte Oscar seinen Senf hinzu.

Heathcliff rollte mit den Augen. »Mein Königreich für ein Pferd, das mich jetzt in diesem Moment zu Tode trampelt.«

»Komm schon, Sultan Sauerkopf.« Morrie beugte sich vor, um Heathcliff in den Hintern zu kneifen. »Lass dich von Mina aufplustern und später mache ich das, was du so gerne magst, das mit dem Pfannenwender und der Geranie ...«

»Lalalalala, ich kann euch gar nicht hören.« Quoth hielt sich die Ohren zu.

»Das mit der Halskrause war nur ein Scherz, aber wir müssen den Barden ein bisschen raushängen lassen. Das jährliche Argleton-Shakespeare-Festival beginnt nächste Woche und die Stadt wird voller Leute sein, die die Buchhandlung besuchen wollen. Wir müssen mitspielen, sonst verpassen wir potenzielle Käufe.« Ich ließ mich vor Heathcliff

1

auf die Knie ins Gras fallen und faltete die Hände vor meiner Brust. »Bitte? Nur eine kleine Ausstellung von Büchern und ein Narrenhut im Fenster ...«

Heathcliffs Augen funkelten. »Um Hamlet, Akt III, Szene III, Zeile 87 zu zitieren: ,Nein'.«

»Wuff, wuff!«, ermahnte Oscar Heathcliff.

»Wir sind beide Eigentümer«, gab ich ihm zu bedenken. »Das bedeutet, dass du nicht einfach mit dem Fuß aufstampfen und die Regeln festlegen kannst. Wenn ich den Laden bardisch aufmotzen möchte, dann tue ich das auch. Also entweder machst du mit oder ab mit dem Kopf ...«

Ich verstummte, als mir klar wurde, dass Heathcliff nicht mehr länger zuhörte. Er war mitten auf dem Dorfplatz stehengeblieben, der Mund vor Schreck offen.

»Au.« Quoth stieß von hinten in ihn hinein. »Warum der Stau? Können wir nicht einfach in den Pub gehen, damit ich mir nicht noch mehr Geranium-Missbrauch anhören muss?«

»Heathcliff?« Ich wedelte mit der Hand vor seinen Augen herum. Der größte gotische Antiheld der Literaturgeschichte zuckte nicht einmal mit der Wimper. Sein eindringlicher Blick war auf etwas in der Ferne gerichtet, das ich nicht sehen konnte.

»Es ist endlich passiert«, stöhnte Morrie dramatisch und legte seine Hand auf Heathcliffs Stirn. »All diese aufgestaute Wut hat seine Gehirnzellen zerlegt. Er hat den Verstand verloren. Der Stilton-Käse ist vom Cracker gerutscht. Das Rad dreht sich, aber der Hamster ist tot ...«

»Was zum Teufel ist das?«, knurrte Heathcliff in die Dunkelheit.

»Was zum Teufel ist was?« Morrie sah sich um, schien aber nicht zu bemerken, was Heathcliff so erschüttert hatte.

»*Das.*« Heathcliff deutete mit einem dicken Finger auf den Dorfplatz. »Was zum Teufel ist *das*?«

Ich drehte mich um, um nachzusehen, aber das war natürlich völlig sinnlos, weil ich nichts über den Dorfplatz hinaus sehen konnte. Quoth drückte meine Hand. »Der alte Blumenladen hat neue Besitzer«, sagte er. »Es sieht so aus, als würden sie eine Buchhandlung eröffnen.«

Eine Buchhandlung?

Mein erster Gedanke war Begeisterung. Ich liebte Buchläden. Schon seit meiner Kindheit, als Mama mich stundenlang in einer dunklen Ecke in Nevermore hatte lesen lassen, während sie ihren verschiedenen Schnellreich-Plänen nachgegangen war. Aber dann fiel mir ein, dass ich jetzt Mitinhaber von Argletons *einzigem und alleinigem* Buchladen war, der bereits jetzt Schwierigkeiten hatte, seine Rechnungen zu bezahlen, da so viele Leute online im Laden-Dessen-Name-Nicht-Genannt-Werden-Darf einkauften. Einen Konkurrenten um die Ecke zu haben, mit einer erstklassigen Lage direkt am Dorfplatz, könnte für Nevermore eine Katastrophe bedeuten.

Ich schluckte meine Bedenken hinunter. »Schauen wir es uns an, bevor wir urteilen.« Ich packte Heathcliff am Arm und wies Oscar an, uns zu dem neuen Geschäft zu führen. Sun Tzu sagte, man müsse seinen Feind kennen, und genau das würden wir jetzt tun.

Das Licht im Laden war aus, sodass ich durch das Schaufenster nichts erkennen konnte. Morrie hielt seine Hände über das Glas und spähte in die dunklen Tiefen. »Es ist ein Antiquariat. Ich sehe Regale mit staubigen alten Bänden auf Samtkissen mit Preisschildern in Höhe von *Tausenden* Pfunden. Dieser Witzbold wird es keine Woche in einem Dorf aushalten, in dem die Leute denken, dass ,*Wer die Nachtigall stört*' eine Anleitung zur ländlichen Schädlingsbekämpfung ist ...«

»Hallo, hallo.«

Morrie schreckte auf. Oscar bellte den Mann an, der seinen Kopf durch die Tür gesteckt hatte. Das Licht der Straßenlaterne fiel ihm ins Gesicht und beleuchtete eine bösartig gekrümmte Nase, dünne Lippen und pausbäckige Wangenknochen, die aussahen, als hätte eine Großmutter sie ein paar Mal zu oft gekniffen. Ein Paar stechend dunkler Augen betrachtete uns mit einem amüsierten Ausdruck, der mich an das furchterregende, schattenhafte Gesicht des Grafen Dracula erinnerte. Das war kein fairer Vergleich, aber andererseits war *dies* ja auch der Kerl, der in einem dunklen Laden herumlungerte.

»Wau!«, begrüßte Oscar den Mann.

»Wer ist denn dieser hübsche Junge?« Der Mann beugte sich vor und streckte die Hand aus, um Oscar zu tätscheln.

»Das ist Oscar. Er ist mein Blindenhund«, sagte ich, und der Mann zog seine Hand zurück. Offensichtlich wusste er, dass man einen Blindenhund nicht streicheln sollte, während er arbeitete, was schon mal für ihn sprach. »Oscar hat nur Hallo gesagt. Wir wollten Sie nicht stören. Ich bin Mina Wilde und das sind Heathcliff Earnshaw, James Moriarty und ... ähm, Allan Poe. Wir waren neugierig auf den neuen Laden und die Lichter waren aus. Wir hatten nicht erwartet, dass jemand drinnen wäre ...«

»Keine Sorge, ich verstehe schon«, sagte der Mann mit einem Lachen. »Sie sind hier, um die Konkurrenz auszuspähen. Genau dasselbe habe ich auch bereits gemacht. Ich war letzte Woche in Ihrem Geschäft, Frau Wilde. Ich weiß, wer Sie alle sind, und als ich Sie durch das Fenster meiner Wohnung im Obergeschoss auf mich zukommen sah, musste ich schnell nach unten eilen, um Sie zu begrüßen.«

»Moment mal, wollen Sie damit sagen, dass Sie ...«

»Ich muss sagen, Sie haben eine merkwürdige Geschäftspolitik in Bezug auf Kundenservice. Ich hatte nach der Erstausgabe von *Ulysses* gefragt, die Sie auf Ihrer Website bewerben, und Herr Heathcliff hier hat mir gesagt, ich sollte nebenan in der Bäckerei einen ganzen Käsekuchen essen, wenn ich etwas schwer Verdauliches haben möchte. Und auf dem Weg zur Tür hat mir Ihr Ladenrabe auf die Schulter gekackt und eine wunderbare Gieves & Hawkes-Jacke ruiniert.«

Gieves & Hawkes. Das ist der Schneider aus der Savile Row, der königliche Vollmachten besitzt, um die Königin und den Prinzen von Wales einzukleiden. Dieser Typ ist entweder steinreich oder hält sich selbst für besonders wichtig. Oder beides.

»Jetzt erinnere ich mich an Sie«, knurrte Heathcliff. »Sie sind der schleimige Idiot, der sich zu fein war, um sich bei Grimalkin dafür zu entschuldigen, dass er ihr auf den Schwanz getreten ist. Meiner Meinung nach sind wir damit quitt. Und ich stehe zu meiner früheren Aussage. Ich habe versucht, Sie vor literarischen Kopfschmerzen zu bewahren. *Ulysses* zu lesen ist wie eine neue Bekanntschaft; anfangs ist es lustig, aber dann redet sie ohne Punkt und Komma.«

Na toll. Ich hatte gehofft, eine freundschaftliche Beziehung zu unserem neuen Konkurrenten aufzubauen, aber wir hatten bereits einen *großartigen* Start hingelegt.

»Ich nehme an, Grimalkin ist die entzückende schwarze Verführerin, die mir gestern Abend eine geköpfte Ratte durch den Briefschlitz gesteckt hat. Bitte richten Sie ihr meine aufrichtige Entschuldigung für jegliche Verletzungen aus. Ich kann *sehr* ungeschickt sein.« Die Stimme des Mannes strahlte regelrecht falsche Aufrichtigkeit aus. »Mein Name ist Jasper Rasmussen. Mina, darf ich Ihnen die Hand schütteln?«

Ich streckte meine Hand aus, er nahm sie und schüttelte sie, wobei er meine Finger etwas zu fest drückte.

Ich nehme meine frühere Einschätzung zurück. Dieser Typ ist ein richtiges Arschloch. Ich werde Grimalkin bitten, ihm ein Willkommensgeschenk auf sein Kopfkissen zu legen.

»Willkommen in Argleton, Herr Rasmussen«, sagte ich mit so viel aufgesetzter Aufrichtigkeit, wie ich aufbringen konnte. »Wir freuen uns, einen Buchhändlerkollegen im Dorf zu haben.

Wann wird Ihr Geschäft öffnen? Wir werden unseren Kunden auf jeden Fall empfehlen, sich Ihr Sortiment einmal anzusehen.«

»Die große Eröffnung findet morgen statt«, sagte er mit allem Pomp. Er verschwand im Laden und kam einen Moment später mit einem Flyer zurück, den er Morrie gab.

»Rasmussen Bücher: Seltene, Antiquarische und Hohe Literatur«, las Morrie laut vor. »Spezialisiert auf Bewertungen, Inschriften und Authentifizierungsdienste für den anspruchsvollen Sammler.«

»Sehen Sie?« Rasmussen klatschte in die Hände. »Ihr kleiner Laden hat von mir nichts zu befürchten. Nachdem ich Nevermores Auswahl an *Unterhaltungsliteratur* durchgesehen habe, bin ich sicher, dass sich unsere Kundschaft nicht überschneiden wird.«

Er sagte »Unterhaltungsliteratur«, als wäre es ein Schimpfwort, was mich mit den Zähnen knirschen ließ. Oscar knurrte und zerrte an seinem Geschirr. Er hatte ein hervorragende Menschenkenntnis.

»Hier steht, dass Sie der offizielle Buchladen des Argleton Shakespeare Festivals sind«, sagte Morrie, und ein Anflug von Anklage klang in seiner Stimme mit. »Das ist unmöglich. *Wir* sind der offizielle Buchladen des Festivals. Das wurde schon vor Monaten festgelegt. Wir haben alle Bestände bereitliegen.«

»Das mag gut möglich sein, aber ich habe etwas Besonderes, das die Festivalbesucher begeistern wird«, strahlte Herr Rasmussen. »Ich stelle ein echtes Shakespeare-First-Folio-Exemplar aus.«

Ich schnappte nach Luft. Die First Folio-Ausgabe war eine Sammlung von 36 von Shakespeares Stücken, die 1623, sieben Jahre nach seinem Tod, im Folio-Format veröffentlicht wurden. Ich hatte erst letztens mein Shakespeare-Wissen aufgefrischt. Die First Folio galt als eines der einflussreichsten Bücher in der gesamten Geschichte des Lesens und war die wissenschaftliche belegte Quelle für etwa 20 von Shakespeares Stücken. Es wurden etwa 750 First Folios gedruckt, von denen noch 235 existieren, hauptsächlich in privaten Sammlungen. Eine davon war erst kürzlich bei Christie's für fast 10 Millionen Pfund verkauft worden.

Und Rasmussen wollte eine davon während des Shakespeare-Festivals in Argleton ausstellen.

Wie konnte Nevermore Bookshop da jemals mithalten?

2

»Dieser Bett-Drücker, Pferde-Brecher«, schnaubte Heathcliff, als er sein leeres Glas auf den Tisch knallte und nach seinem zweiten Pint griff. »Ein riesiger Fleischberg von Fürst, der nicht mehr Hirn hat als ich in meinen Ellbogen. Sein Verstand ist so scharf wie Tewkesbury-Senf.«

»Das sind hervorragende Sticheleien«, strahlte Morrie. »Wirklich erstklassiges Zeug.«

»Quoth hat mir ein Buch mit Shakespeare-Beleidigungen besorgt«, prahlte Heathcliff. »Ich habe mein Repertoire erweitert.«

Ich drehte mich zu Quoth um, der neben mir in der Nische saß, und legte meine Hand auf seine. Seit er in Draculas Bann geraten war und dem Grafen unwissentlich bei der Auswahl seiner letzten Opfer geholfen hatte, hatte er uns diese kleinen Gefälligkeiten erwiesen. Er putzte die Wohnung, bis sie glänzte, er hinterließ uns kleine Geschenke und überraschte uns mit selbstgekochten Mahlzeiten und liebevollen Gesten und poetischen Worten. Quoth war schon normalerweise ein absoluter Schatz, der die Bedürfnisse aller anderen vor seine

9

eigenen stellte, aber diese neue Welle der Zuneigung hatte etwas Verzweifeltes an sich, als hätte er eine große kosmische Liste, die er abarbeiten musste, bevor er Vergebung für seine Sünden erhalten konnte.

Ich hasste es. Ich hasste es, dass er litt, obwohl er schon so viel durchgemacht hatte. Ich hasste es, dass er sich selbst die Schuld gab und dass nichts, was ich sagte oder tat, ihn davon überzeugen konnte, dass *Dracula* der Schuldige war, nicht er.

Ich wollte sofort beiseitenehmen und mit ihm über alles reden, aber da Jasper Rasmussen und seine First Folio im Dorf waren, war diese Strategiesitzung dringlicher.

»Es ist zum Kotzen.« Ich stützte meinen Kopf in die Hände. »Egal, was wir tun, wir werden nie eine echte First Folio übertreffen.«

»Du kannst mich in so viele Halskrausen stecken, wie du willst«, sagte Heathcliff schroff. Unter dem Tisch rieb seinen Fuß gegen meinem.

»Das wird nichts bringen. Die Leute werden in Scharen in Rasmussens Laden strömen und uns völlig vergessen. Wir werden unseren gesamten Kundenstamm verlieren. Und er *mag* dieses Dorf nicht einmal. Du hast doch gehört, was er über unsere *Unterhaltungsliteratur* gesagt hat. Er hält jeden in Argleton für einen ungebildeten Tölpel.«

»*Wir* denken auch, dass jeder ein ungebildeter Hinterwäldler ist«, betonte Heathcliff. »Morrie hat gerade erzählt, wie die Leute in diesem Dorf denken, dass ,*Wer die Nachtigall stört*' ...«

»Ich weiß, was er gesagt hat! Aber das war nur ein Scherz, ein harmloser Scherz über Menschen, die uns wichtig sind. Wir dürfen Witze machen, weil wir seit Jahren Teil dieses Dorfes sind. Er hat nicht das Recht, hier einfach hereinzumarschieren, als wäre er Gottes Geschenk an die Buchwelt und uns überlegen. Ich weiß, dass gesunder Wettbewerb Teil des

Geschäfts ist, aber wir haben bereits Probleme, und ich hasse es, dass wir nicht mehr die einzige Buchhandlung im Dorf sind. Und Heathcliff hat recht: Rasmussen ist ein aufgeschwemmter Bock.«

»Er hat mehr Haare als Verstand«, fügte Heathcliff hinzu und ein grausames Lächeln breitete sich auf seinem Gesicht aus. »Und mehr Fehler als Haare und mehr Reichtum als Fehler.«

»Genau. Und *warum* zum Teufel erzählt er den Leuten, er wäre der offizielle Buchladen des Festivals?«

»Er muss sich irren«, sagte Quoth. »Frau Ellis würde dich nie so verraten.«

»Der Vogel hat recht. Das muss ein Fehler sein, einen, den wir sofort in Ordnung bringen werden.« Morrie winkte jemandem über meine Schulter hinweg zu. »Frau Ellis, hier drüben!«

Einen Moment später streifte mich eine bekannte Teppichtasche am Bein und eine warme, faltige Hand landete auf meiner Schulter. »Mina, Jungs, es ist so schön, euch zu sehen.«

Meine alte Englischlehrerin rutschte auf den Stuhl neben Quoth und nahm mir meinen Drink direkt aus den Fingern. Sie hatte eine köstlich schmutzige Fantasie, und einen ebenso dreckigen Mund, was sie ständig in Schwierigkeiten brachte, aber sie war unsere beste Quelle für Dorfklatsch. Sie hatte uns vor kurzem verraten, dass sie schon immer gewusst hatte, dass Heathcliff, Morrie und Quoth Figuren aus ihren Geschichten waren, und uns sogar dabei geholfen hatte, Dracula zu besiegen und all das übernatürliche Treiben vor dem Rest des Dorfes zu verbergen. Und sie war das zehnte Jahr in Folge Vorsitzende des Shakespeare-Festival-Komitees, und demnach genau die Person, die wir brauchten, um die Angelegenheit zu klären.

»Guten Abend, Frau Ellis. Sie sehen heute Abend besonders

hübsch aus«, sagte Morrie mit seiner charmantesten Stimme. »Möchten Sie mit uns zu Abend essen?«

»Oh, Sie sind ein schlauer Fuchs, Herr Moriarty«, lächelte Frau Ellis, während sie an meinem Drink nippte. »So gerne ich Ihr Angebot auch annehmen würde, ich habe zu viele Vorbereitungen für das Festival zu treffen. Ich bin nur hier, weil ich überprüfen muss, ob Richard all das Essen vorbereitet hat, das wir für den Eröffnungsabend brauchen.«

»Hervorragende Neuigkeiten. Wir haben uns gefragt, ob Sie den neuen Laden im Dorf bemerkt haben, Rasmussen Bücher ...«

»Oh ja.« Frau Ellis rutschte unbehaglich hin und her. »Ich bin mir nicht sicher, ob wir im Dorf viel Bedarf für seine schicken Bücher haben werden, aber ich schätze, es gibt immer Leute, die mehr Geld als Verstand haben. Er ist ein bemerkenswert seltsamer Kerl, wenn ihr mich fragt.«

»Das dachten wir auch. Die Sache ist die, er schien zu glauben, er würde die offizielle Buchhandlung des Shakespeare-Festivals führen. Aber das kann ja nicht stimmen ...«

»Oh, du meine Güte.« Frau Ellis trank mein Getränk in einem Zug aus. »Ich nehme an, es gibt da etwas, was ich mit euch besprechen muss.«

Mir gefiel ihr Tonfall nicht. Oscar regte sich zu meinen Füßen und spürte, wie sich die Stimmung schlagartig verändert hatte.

»Was denn, Frau Ellis?«

Sie streckte die Hand aus und nahm Heathcliff das Getränk aus der Hand. »Seht mal, es ist nur so, dass Herr Rasmussen großzügigerweise angeboten hat, seine First Folio und andere Stücke aus seiner seltenen Shakespeare-Sammlung im Rahmen des Festivals auszustellen. Und das ist natürlich ein ziemlicher Besuchermagnet für unser kleines Dorf. Es wird Menschen aus der ganzen Umgebung anlocken. Allerdings war seine Bedingung, dass er dafür den Festivalbuchladen leiten darf.«

»Aber ... aber *wir* betreiben den Festival-Buchladen«, stotterte ich. »Wir bereiten uns seit Monaten darauf vor.«

»Er ist ein Antiquar«, knurrte Heathcliff. »Er weiß nichts darüber, wie man den Bestand für eine Veranstaltung wie diese organisiert.«

»Er sagt, er würde für das Festival eine Ausnahme machen«, sagte Frau Ellis. »Er hat Kontakte zu den besten Buchhändlern in London und er hatte einwandfreie Referenzen vorzuweisen, sodass das Komitee keine Bedenken hatte. Es tut mir so leid, Mina. Ich *habe* mich für euch eingesetzt, aber das Komitee hatte von dem Moment an, in dem er die First Folio herausholte, Pfund-Zeichen in den Augen. Ich wollte es dir schon früher sagen, aber ich bin mit den Festivalvorbereitungen völlig überfordert. Ich habe deiner Mutter beim letzten Treffen der Geistersuchergesellschaft gesagt, dass sie es dir sagen soll, aber ich vermute, dass sie es vergessen hat.«

Ausnahmsweise konnte ich Mama für dieses Desaster nicht die Schuld geben. Sie war so vernarrt in ihren neuen Freund, Handy Andy, der nicht ganz so handy Handwerker des Dorfes, dass sie noch zerstreuter war als sonst. Ich liebte es, sie so glücklich zu sehen, vor allem, weil sie durch die Liebschaft nicht jeden Tag in Nevermore war, um unseren ahnungslosen Kunden ihren neuesten verrückten Plan, schnell reich zu werden, aufzudrängen.

Ich seufzte. »Ist schon gut, Frau Ellis. Danke, dass Sie uns Bescheid gesagt haben.«

Unter dem Tisch bellte Oscar. Ich beugte mich hinunter, um ihn zu beruhigen. *Das sieht Oscar gar nicht ähnlich.* Blindenhunde werden darauf trainiert, so etwas während der Arbeit nicht zu tun, es sei denn, es besteht unmittelbar Gefahr.

Morrie drehte sich auf seinem Sitz um. »Gut aufgepasst,

Oscar. Wenn das nicht der Teufel in Person ist. Herr Rasmussen ist gerade hereingekommen. Und wer sind die Leute an seiner Seite?«

Ich konnte vier Gestalten sehen, die an einem Tisch in der Nähe der Bar Platz nahmen. Herr Rasmussens Hakennase stach mir schon von weitem ins Auge.

Frau Ellis beugte sich über den Tisch, mit einem verschwörerischen Funkeln in den Augen. Sie hatte uns zwar nicht den Festival-Auftritt verschaffen können, aber sie hatte immer noch den neuesten Dorfklatsch auf Lager. »Zu seiner Linken sitzt seine einzige Tochter Shelley. Sie lebt im Wohnwagenpark neben der Sozialbausiedlung. Herr Rasmussen ist nach Argleton gezogen, um näher bei ihr und ihrem Sohn Max zu sein. Und zu seiner Rechten sitzt Herr Lawrence Delacroix, der Lehrling von Herrn Rasmussen. Er durchkämmt das Land auf der Suche nach Schätzen in alten Anwesen und Trödelläden, während Herr Rasmussen den Laden führt. Herr Rasmussen bildet ihn in der heiklen Kunst des Buchhandels aus.«

»Welche heikle Kunst?«, knurrte Heathcliff. »Man bestellt Bücher. Die Bücher kommen an. Man verkauft die Bücher. Man bestellt mehr Bücher. Man starrt in die Leere seines Bankkontos, bis die Seele schrumpft und stirbt. Das ist der Buchhandel.«

Frau Ellis ignorierte ihn, was die einzige Art war, mit Heathcliff umzugehen, wenn er in dieser Stimmung war. »Ich würde mich ja gerne weiter mit euch unterhalten, aber ich sehe, wie Richard hinten raus verschwindet. Juhuu, Dicky.« Sie sprang von ihrem Stuhl auf und jagte den fliehenden Kneipenbesitzer durch den Raum. »Wir müssen über diese Mini-Yorkshire-Puddings red...«

Ich starrte in melancholisches Schweigen versunken auf mein leeres Glas. Wortlos schob Quoth sein Getränk über den

Tisch. Ich nahm es an, obwohl ich wusste, dass ich es mir nicht zur Gewohnheit machen sollte, emotionale Tiefschläge mit Alkohol zu betäuben. *Ein Heathcliff in unserer Familie reicht.*

»Es tut mir leid, Mina.« Quoth lehnte sich an mich und berührte meine Wange auf seine intime Art und Weise, die mein Herz zum Schmelzen brachte. »Ich weiß, dass du dich auf das Festival gefreut hast. Zumindest können wir uns noch auf unsere Arbeit hinter den Kulissen freuen.«

»Das könnte auch etwas Gutes für sich haben.« Heathcliff schob sein leeres Glas beiseite und griff nach dem dritten, das er bestellt hatte, während Morrie aufstand, um zur Bar zu gehen. »Zumindest wird der Laden herrlich frei von Halskrausen und ‚thees‘ und ‚thous‘ sein.«

Und Einkommen, dachte ich, sagte es aber nicht.

All diese Bücher, Hunderte und Aberhunderte von Dramen und Biografien und Bildbänden über *Ein Sommernachtstraum*, und sogar eine Reihe von Shakespeare-Stücken in Romanform, all die Stunden, die ich mit Zenzile Monroe im Argleton Shakespeare Museum verbracht habe, um die perfekte Auswahl an wissenschaftlichen Texten und Popkultur zu treffen, all das Geld, das wir für die Beschilderung unseres Tisches und ein tragbares Kassensystem ausgegeben haben, das ich bedienen konnte …

»Du wirst dich besser fühlen, wenn du deinen Kummer weggesoffen hast.« Morrie rutschte in seinen Sitz zurück, vier Drinks in seinen langen Fingern. Er hielt mir einen weiteren Gin Tonic unter die Nase. »So machen es die Briten.«

»Und zumindest kümmern wir uns noch um die Bühnenbilder und das Kostümdesign«, fügte Quoth hinzu, seine Stimme hoffnungsvoll.

Morrie schnaubte. »Wenn Rasmussen das nicht auch übernommen hat.«

»Warum interessiert sich Rasmussen überhaupt für dieses

Festival? Er weiß doch sicher, dass Shakespeare keine anspruchsvolle Unterhaltung für elitäre Wichser ist?« Ich knurrte, als ich mein leeres Glas auf den Tisch knallte. »Shakespeare schrieb für die Menschen auf den Straßen. Alles kann erhaben und wichtig erscheinen, wenn es auf eine bestimmte Art und Weise präsentiert wird, aber Shakespeare ist dazu bestimmt, als melodramatische Popkultur zu dienen. Deshalb hatte sein Werk bis heute Bestand. Leute wie Rasmussen machen mich so wütend, wenn sie so tun, als sei klassische Literatur eine tiefgründige Kunstform, die nur von wenigen Auserwählten verstanden werden kann, obwohl es sich in Wirklichkeit um Theaterstücke voller Blut, Spezialeffekte und Furzwitze handelt.«

»*Da ist* die Mina, die ich kenne und liebe.« Heathcliff knallte sein Glas auf den Tisch. Seine Hand berührte mein Knie und glitt meinen Oberschenkel hinauf. Seine Finger glitten zwischen meine Beinen.

»Da sagst du was, meine Hübsche.« Morrie ballte die Faust.

Jetzt hatte ich einen Lauf. »Wenn der Barde heute noch leben würde, fände er dieses Festival zum Totlachen. Es wäre, als würden die Menschen in der Zukunft die *Fast and Furious*-Franchise in einer wissenschaftlichen Debatte auseinandernehmen. Shakespeare würde sich ins Fäustchen lachen, und ich möchte ...«

»Rasmussen!« Eine dröhnende Stimme hallte durch den Raum. »Wo ist mein Buch?«

Mein Schimpfen erstarb auf meinen Lippen. Die gesamte Kneipe wurde still. Wir wandten uns der Stimme zu. Quoth, der mir auf hervorragende Weise leise die Dinge beschreiben konnte, die vor sich gingen, flüsterte: »Da stampft ein riesiger Amerikaner durch die Kneipe auf Rasmussens Tisch zu. Er trägt einen weißen Anzug mit einer Krawatte in den Farben der amerikanischen Flagge und einem Cowboyhut und ein Gesicht, als hätte ihm gerade jemand gesagt, dass die Kneipe nur veganes Essen vertreibt.«

Ich hielt mir die Hand vor den Mund, um mein Schnauben zu verbergen. Quoths Beschreibungen waren normalerweise treffend.

»Den kenne ich. Das ist Hiram Abernathy«, flüsterte Morrie. »Er ist ein texanischer Ölbaron und ein begeisterter Sammler alter, elitärer, bescheuerter Bücher.«

»Er klingt wütend«, flüsterte ich zurück und nippte an meinem Drink. »Woher kennst du ihn?«

»*Bitte.*« Morrie rollte mit den Augen. »Er ist ein *texanischer Ölbaron.* Es genügt zu sagen, dass er im Laufe der Jahre gelegentlich meine nicht ganz legalen Dienste in Anspruch genommen hat.«

Ich beschloss, lieber nicht weiter nachzufragen. Außerdem spielte sich vor unseren Augen eine Art Drama ab, in das Herr Rasmussen verwickelt war, und das wollte ich mir nicht entgehen lassen.

»Ah, Herr Abernathy.« Herr Rasmussen stand auf und deutete auf einen leeren Stuhl an seinem Tisch. »Setzen Sie sich zu mir. Ich möchte Ihnen meine Tochter Shelley und meinen Partner, Herrn Delacroix, vorstellen. Wir würden uns freuen, wenn Sie …«

»Lass die Corn Dogs stecken, Rasmussen. Ich bin dabei, meine First Folio mit nach Amerika zu nehmen, und ich möchte wissen, warum Sie erst meinem vollkommen vernünftigen Angebot zugestimmt haben und mich dann ohne ein Wort im Stich gelassen hast.«

»Herr Abernathy, wie Herr Delacroix Ihnen bereits erklärt hat, haben wir Ihr Angebot nie offiziell angenommen. Wir haben die Pflicht, als Hüter der Literaturgeschichte dieses Landes dafür zu sorgen, dass die First Folio während des

Shakespeare-Festivals für die Öffentlichkeit ausgestellt wird. Danach bin ich bereit, alle Angebote zu prüfen, auch Ihres.«

Herr Abernathy schlug mit der Faust so fest auf den Tisch, dass das Erbsenpüree vom Rand fiel. »Verdammt, Mann, ich brauche die Folio noch *heute*. Meine Frau Petunia ist besessen von diesem Shakesword-Typen ...«

»... Shakespeare ...«, korrigierte Herr Rasmussen mit einem traurigen Seufzer.

»... und sie sitzt in *diesem* Moment im Flugzeug auf dem Weg hierher. Wenn ich es nicht rechtzeitig zu ihrem morgigen Geburtstag habe, wird sie mich wie einen räudigen Köter auspeitschen.«

Im hinteren Teil der Bar rief eine Frau: »Es wäre ein Skandal, ein so wichtiges historisches Dokument an diesen Mann zu verkaufen. Er besitzt bereits *sieben* First Folios. Er braucht bestimmt keine weitere. Aber das Argleton Shakespeare Museum wäre für eine so wichtige Spende dankbar. Wir würden den Text digitalisieren, damit jeder Zugang zu dem Wunder von Shakespeares Werk hat. Wenn es Herrn Rasmussen wirklich um die Literaturgeschichte dieses Landes ginge, würde er das Richtige tun und die First Folio dem Museum spenden.«

»Ich weiß, wer das ist«, grinste ich. »Das ist Zenzile Monroe, kurz Zen, Kuratorin des Argleton Shakespeare Museums. Sie hat mir bei der Auswahl der Bücher für das Festival geholfen.«

»Wir haben ein Shakespeare Museum?« Heathcliff klang schockiert.

»Oh ja, es ist das Häuschen hinter der Post.« Ich muss dieses Museum als Kind auf verschiedenen Schulausflügen zwanzig Mal besucht haben, da es der einzige Hauch von Kultur in Laufnähe war. Es war ein einzelner Raum mit einigen Pappaufstellern über das elisabethanische Theater und die einzige Verbindung, die Argleton zum Barden hatte: ein Brief des Magistrats, in dem Shakespeares Vater gewarnt wurde, dass er seine Schulden in der Grafschaft begleichen müsse, um nicht den Unmut der Krone auf sich zu ziehen. Wenn man bedenkt, wie biestig und gewillt Königin Elisabeth war, jemandem den Kopf abzuschlagen, wenn sie sauer war, habe ich mir immer vorgestellt, dass Shakespeares alter Herr schnell bezahlt hat.

»Vater, das ist eine hervorragende Idee. Du solltest die Folio spenden.« Shelley Rasmussens Stimme wurde lauter. »Zen ist *die* Shakespeare-Expertin des Dorfes und eine gute Freundin von mir. Sie würde sich gut darum kümmern, und ich weiß, wie wichtig dir das ist. Tu einmal das Richtige und gib ihr das Buch.«

»Es müsste nicht einmal eine Spende sein«, sagte Zen. »Das Museum hat einen Fonds für neue Exponate. Wir haben fast zwanzigtausend Pfund gespart, genug, um ein Angebot für das Buch abzugeben.«

»Das stimmt.« Vor ein paar Monaten hatte ich eine Spardose auf dem Tresen stehen gehabt, um Spenden für das Museum zu sammeln, bis Heathcliff gesagt hatte, dass Kinder die Münzen mit Süßigkeiten verwechseln könnten, und mich dazu gebracht hatte, sie loszuwerden.

Hiram Abernathy schnaubte. »Schätzchen, ich habe diesem Mann fünfzehn Millionen für das Buch angeboten. Sie haben nicht den Hauch einer Chance.«

»Bitte, Papa?« Shelley zupfte an seinem Ärmel. »Verkauf das Buch nicht an diesen Mann, damit er es für immer wegschließen kann. Max besucht dieses Museum so gerne und ich denke, es wäre wunderbar für ihn, wenn er Leuten von dem Geschenk seines Großvaters an das Dorf erzählen könnte ...«

»Ssssh«, sagte Herr Rasmussen scharf. »Das ist Geschäftssache, meine Liebe. Du verstehst nichts davon.«

»Ich verstehe, dass ich dein Geschäft eines Tages erben und

es ganz anders führen werde.« Sie schlug mit der Faust auf den Tisch. Wie auf ein Stichwort begann ihr Sohn zu weinen. »Du wirst mich irgendwann ernstnehmen müssen. Ich hatte gehofft, dass du den Laden im Dorf eröffnest, um mir endlich dein Handwerk beizubringen, aber stattdessen bringst du diesen Lehrling mit, den ich noch nie getroffen habe. Vertraust du mir wirklich so wenig?«

»Es geht nicht um Vertrauen, meine Liebe. Lawrence und ich arbeiten jetzt seit vier Jahren zusammen. Er hat Beziehungen zu meinen Käufern aufgebaut, wie zum Beispiel zu Herrn Abernathy hier, die ich nicht einfach ignorieren kann ...«

»Waaaaaaaaah.«

»Es ist eine Tragödie«, schrie Zen über das schreiende Baby hinweg. »Sie und Ihresgleichen berauben Gelehrte wertvoller historischer Dokumente, die uns so viel über das Leben zu Shakespeares Zeiten erzählen könnten. Das ist nicht fair ...«

»In der Liebe und im Krieg ist alles erlaubt«, schoss Hiram Abernathy zurück. »Hat das Ihr geliebter Dichter nicht immer gesagt?«

»So etwas hat Shakespeare nie gesagt. Sehen Sie?« Die Stimme der Frau wurde schrill und wütend. »Er schätzt das Werk des Barden nicht einmal. Er will Dinge einfach nur besitzen. Er will die First Folio hinter Glas einschließen, damit kein Historiker sie studieren kann, und sich selbst auf die Schulter klopfen, weil er ein Mann von Kultur und Genuss ist, obwohl er in Wirklichkeit ein dreckiger, mieser Dieb ist, der versucht, etwas zu stehlen, das jedem gehören sollte ...«

»Lady, Sie können reden, solange der Tag lang ist.« Hiram zog seinen Hut. »Aber ich sollte ...«

»Ladies und Gentlemen, *bitte*.« Lawrence Delacroix stand auf. Er war ein schlaksiger Mann, so groß wie Rasmussen breit war, mit einem freundlichen, offenen Gesicht. »Es gibt keinen Grund zu streiten. Wir versuchen, das Beste für alle hier zu tun.

Wir stellen das Buch genau deshalb aus, damit jeder, der es möchte, es sehen kann. Niemand ist ein größerer Fan des Barden als ich. Ich war Shakespeare-Schauspieler am College, wissen Sie? Ich habe einen Preis für meinen Titus Andronicus gewonnen. Aber Sie müssen verstehen, dass wir ein Unternehmen sind, kein Museum, und wir müssen unsere Kosten wieder reinholen. Wenn das Festival vorbei ist, verkaufen wir die First Folio gerne an den Höchstbietenden.«

»Das werde dann wohl ich sein«, prahlte Hiram.

»Gibt es bei Ihnen nicht das Sprichwort: Man soll den Tag nicht vor dem Abend loben?«, gab Zenzile schnippisch zurück. »Wir könnten noch einen Trumpf im Ärmel haben.«

»Na, Sie sind ja reizend. Sie denken, Sie hätten eine Chance gegen mich? Meine Frau *wird* dieses Buch haben, selbst wenn ich dafür ein paar Federn rupfen oder ein paar Hälse umdrehen muss.« Hiram wedelte mit dem Finger auf Rasmussen. »Ich warne Sie, Rasmussen, graben Sie nicht mehr Schlangen aus, als Sie töten können.«

Hirams Stiefel klapperten laut auf den Dielen, als er hinausstürmte.

»Ich spreche kein Texas-Englisch«, sagte ich zu den Jungs, während die Kneipe um uns herum wieder zum Leben erwachte, »aber das klang wie eine Drohung.«

3

»Du böse Verführerin, du hast mich gestochen«, stöhnte Droll.

»Entschuldigung.« Ich stieß die Nadel durch den Saum seiner Pantalons und griff nach einer weiteren.

»Verflucht sei sie. Sie hat es schon wieder getan.«

»Wenn du dich nicht so viel winden würdest, könnte ich deine Hose vielleicht säumen, ohne dass du einen halben Liter Blut verlierst.«

»Na gut. Ich werde still wie eine Statue sein.«

Droll streckte mir die Zunge heraus, während er eine Pose einnahm, wobei er ein Bein zur Seite ausstreckte und die Arme über den Kopf erhoben wie ein Balletttänzer. Er erstarrte und weigerte sich, sich zu bewegen, egal wie sehr ich versuchte, seine Arme nach unten zu drücken, damit ich sein Kostüm anziehen konnte.

»Das wird alles krumm und schief werden, und das wird allein deine Schuld sein«, murmelte ich, während ich seinen Saum in einem absurden Winkel feststeckte.

Quoth, der das Geschehen von einem nahe gelegenen Tisch aus beobachtete, wo er einen Baum aus Sperrholz bemalte, verschwand hinter einer schottischen Zugbrücke. Einen Moment später tauchte ein Rabe auf und flog mit flatternden Flügeln direkt auf Drolls Gesicht zu.

»Krächz!« Quoth hackte auf Drolls Wangen ein, bis die Fee keine andere Wahl hatte, als ihn abzuwehren.

»Schon gut, schon gut, ruf deinen Raubvogel zurück.« Droll kauerte sich vor Quoths Angriff zusammen. »Ich werde mich benehmen, vorerst.«

Wir befanden uns hinter der Bühne des New New Globe Theaters, einer Nachbildung des traditionellen elisabethanischen Theaters, in dem Shakespeares Stücke erstmals aufgeführt wurden. Nur dass das New New Globe nicht wie das ursprüngliche Globe-Theater aus Holz und Stroh gebaut war, sondern aus einem sehr modernen Stahlgerüst bestand und für die Dauer des Festivals auf dem Rugbyfeld der Argleton Comprehensive School stand. Drei Stücke, *Macbeth*, *Ein Sommernachtstraum* und *Romeo und Julia*, würden mit Schauspielern aus dem Dorf aufgeführt. Nach dem Festival sollte das Theater auf Tournee durch das Land gehen und in Dörfern und Städten »auftauchen«, um Shakespeare zu den Menschen zu bringen und allen die Möglichkeit zu geben, das Leben vor und hinter dem Vorhang zu erleben. Es war eine unglaublich schöne Idee.

Die Idee stammte von dem örtlichen Unternehmer Miles Shackleton, der unser jährliches Theaterfestival in der Gemeinde größer, bunter und besser machen wollte. Er hatte sich als Genie erwiesen, als er damals Frau Ellis dazu überredet hatte, den Vorsitz des Festivalkomitees zu übernehmen. Und jetzt hatte Frau Ellis mich gebeten, die Verantwortung für die Kostüme des *gesamten* Festivals zu übernehmen, und obwohl ich hoffnungslos mit dem Geschäft und den drei Männern in meinem Leben beschäftigt war und mich mit meiner Mutter und ihrem Wahnsinn herumschlagen musste, konnte die Modedesignerin in mir unmöglich ablehnen.

Mein Sehvermögen war inzwischen so schlecht, dass ich die Farbe eines Kleidungsstücks oft nicht erkennen konnte, wenn ich nicht gerade in extrem hellem Licht stand. Aber das bedeutete nicht, dass ich meine Liebe für Mode verloren hatte. Ganz im Gegenteil. Ich hatte eine Wertschätzung für Textur, Form und Faltenwurf entdeckt, die ich vorher nie gehabt hatte. Ich liebte jetzt Kleidung mit Bling-Bling, Perlen und Pailletten und alles, was glänzte, weil es das Licht einfing und so funkelte, dass meine Augen es wahrnehmen konnten, und es mich glücklich machte.

Ich war dafür *geboren*, Bühnenkostüme zu entwerfen.

Ich liebte es, den überfüllten Kostümraum hinter den »Lord's Rooms« zu betreten, mit den Händen über die wunderschönen Stoffe und Borten zu streichen und mit dem Theaterteam zusammenzuarbeiten, um Kleidung zu entwerfen, die aus jedem Blickwinkel atemberaubend aussah und es den Schauspielern dennoch ermöglichte, sich frei zu bewegen. Zum ersten Mal seit ich New York City verlassen hatte, genoss ich Mode wieder, ohne darüber nachzudenken, was ich verpasste.

Und es hat nicht geschadet, dass Quoth im selben Raum, die Bühnenbilder und Requisiten für die drei Stücke entwarf und dabei wirklich ganz süß und Quoth-artig war. Wenn er nur aufhören würde, sich für die Dracula-Sache zu hassen, und wenn Herr Rasmussen entscheiden würde, dass die Leitung des Festivalbuchladens zu viel Aufwand war, und die Auszeichnung an uns zurückgeben würde, wäre das Leben per...

KNALL.

Ich zuckte zusammen, als die Tür gegen die Wand schlug, und erwartete schon halb, dass Dracula persönlich durch sie hindurchfliegen würde. Aber wir hatten den alten Blutsauger vor ein paar Monaten besiegt, und nachdem Heathcliff die

Wasserleitungen des Ladens repariert hatte, waren auch keine anderen fiktiven Figuren mehr aufgetaucht. *Also wer ...*

»Hervorragende Neuigkeiten.« Morries Stimme dröhnte, als er auf mich zuschritt, mich unter den Schultern packte und herumwirbelte. »Macbeth ist hier für seine Kostümprobe.«

Oliver, der Dorfbäcker im Laden an der Ecke der Butcher Street, hatte eigentlich Macbeth spielen sollen, aber er war über einen Mehlsack gestolpert und hatte sich den Knöchel gebrochen, und so hatte Frau Ellis Morrie als seine Zweitbesetzung gebeten, in die Rolle zu schlüpfen. So enthusiastisch wie Morrie die Nachricht aufgenommen hatte, würde es mich nicht überraschen, wenn er etwas mit Olivers »Unfall« zu tun gehabt hätte. Er war schließlich der Napoleon des Verbrechens. Ich ließ mein Nadelkissen fallen und deutete auf das Kleiderregal. »Hier entlang, edler König.«

»Bitte, nenn mich Macbeth ...«

Hinter mir schnappte Droll nach Luft. »Nein, nein, nein, nein.« Er sprang auf und ab. »Du darfst dieses Wort hier nicht sagen.«

»Welches Wort?« Morrie klang verwirrt. »Macbeth?«

»Argh!« Droll wirbelte in wilden Kreisen herum, schlug sich auf die Wangen und schrie: »Schöne Gedanken und glückliche Stunden seien mit euch.«

Morrie runzelte die Stirn und schaute Droll irritiert zu. »Was macht er denn da? Jedes Mal, wenn ich ,Macbeth' sage, führt er diesen lustigen kleinen Tanz auf.«

Droll heulte, während er sich schneller drehte und weitere Shakespearezeilen aufsagte.

»Das ist ein Theateraberglaube«, erklärte ich. »Als Shakespeare das Stück geschrieben hatte, hatte er angeblich einen echten Hexenzauber für die Rede über ,Bunte Schlangen, zweigezüngt' benutzt. Der Hexenzirkel, von dem er ihn geklaut hatte, hatte das Stück verflucht. Sobald der Titel innerhalb der

Theaterwände ausgesprochen wird, passiert etwas Schlimmes. Schauspieler sind buchstäblich auf der Bühne gestorben, bei Schwertkämpfen, bei denen plötzlich scharfe Waffen benutzt wurden, oder indem Bühnenbilder auf sie herabgefallen ist. Droll führt das Reinigungsritual durch, um den Fluch der Hexe abzuwehren ...«

Morrie beugte sich zu mir vor und flüsterte mir mit seiner dunklen, schelmischen Stimme ins Ohr: »Ich weiß, süße Mina. Ich weiß alles über den Fluch. Ich wollte nur den Feentanz sehen.«

DEN GANZEN NACHMITTAG über kamen die Schauspieler zu den ihnen zugewiesenen Zeiten zur Anprobe. Quoth half mir, sie in ihre Kostüme zu stecken und ihre Outfits mit Namensschildern und Szenenwechseln an den Ständern aufzuhängen.

»Wer ist der Nächste?«, rief ich der verschwommenen Gruppe von Menschen zu, die an den Schminktischen warteten.

»Das wäre ich«, sagte eine vertraute weibliche Stimme. »Schön, Sie wiederzusehen, Mina. Zenzile Monroe. Ich spiele Lady Macbeth.«

»Ah, Sie sind es, meine schöne und hinterhältige Frau.« Morrie nahm ihre Hand und küsste sie.

»Herr Moriarty, ich freue mich darauf, mit Ihnen auf der Bühne zu stehen.« Sie trat auf die Kiste, den ich für die Anproben benutzte, und sprach. »Kommt, ihr Geister, die ihr auf Mordgedanken lauscht, entweiht mich, füllt mich vom Wirbel bis zur Zeh, randvoll, mit wilder Grausamkeit!« Wissen Sie, ich wünschte wirklich, ein Shakespeare-Geist würde mich mit Grausamkeit erfüllen, damit ich diesem Rasmussen antun könnte, was er verdient.«

Droll tauchte hinter ihr auf, den Finger erhoben und mit

einem frechen Grinsen im Gesicht. Morrie stieß ihm so fest in die Rippen, dass er umkippte und nach Luft schnappte. Gut. Das Letzte, was wir brauchten, war, dass Droll Zen mit shakespearescher Rache beschenkte. Es gab genug Requisiten-Schwerter, mit denen sie ernsthaften Schaden anrichten konnte.

Bei Isis, wenn wir dieses Festival ohne Morde überstehen könnten, wäre ich dankbar.

»Wir haben gestern Abend im Pub Ihr Streitgespräch mitbekommen«, sagte ich, während ich anfing, Zens Rock abzustecken. »Es tut mir leid, dass Herrn Rasmussen der Profit wichtiger ist als die Wissenschaft. Wenn Sie es unbedingt wissen müssen, wir sind auch nicht gerade begeistert von der Art und Weise, wie der Typ Geschäfte macht.«

»Ja, ich habe gehört, dass er Ihnen den Job als offizieller Festivalladen abgeworben hat.« Zen schnaubte. »Ich kann mir nicht vorstellen, dass er bei seiner Auswahl so sorgfältig vorgeht wie Sie, Mina. All die Arbeit, die Sie da reingesteckt haben ... Ich bin stinksauer darüber, wie er Sie behandelt hat. Ich wünschte, dieser Mann wäre nie in unser Dorf gezogen ... oh, tut mir leid, Shelley. Ich wollte nicht schlecht über deinen Papa reden. Ich weiß, dass du froh bist, ihn um dich zu haben wegen Max.«

Ich zuckte zusammen und fühlte mich schuldig, dass ich vor Shelley über ihn hergezogen war, auch wenn er jedes Wort verdient hatte.

»Schon okay, Zen, Mina«, sagte Shelley, als sie durch die Tür kam, um ihren Sohn unter dem Kleiderständer hervorzujagen. »Ich bin eigentlich gekommen, um mich dafür zu entschuldigen, wie er hier reingestürmt ist und das Festival übernommen hat. Es ist mir so peinlich, dass ... Max, *hör auf damit.*«

Ich zuckte zusammen, als etwas zu Boden fiel, während

Max kicherte. Shelley nahm das zappelnde Kleinkind in die Arme. »Entschuldigt bitte diesen kleinen Schrecken. Papa *sollte* Max heute eigentlich in den Park bringen, aber er ist mit seinem Geschäft zu beschäftigt, obwohl er doch jetzt Herrn Delacroix hat, der es für ihn leitet, also musste ich ihn mitnehmen. Als Papa nach Argleton gezogen ist, habe ich gedacht, er wollte, dass wir eine richtige Familie sind, aber er scheint sich für nichts zu interessieren, es sei denn, es hat alte Seiten und ein riesiges Preisschild.«

»Ich bin sicher, sobald Herr Rasmussen sich daran gewöhnt hat, dich und Max in seinem Leben zu haben, wird er sich dafür erwärmen«, sagte ich, obwohl ich insgeheim dachte, dass sie Recht hatte.

»Oder er bleibt ein Schurke erster Güte«, witzelte Morrie. »Das ist auch eine Möglichkeit.«

»Ich denke, Herr Moriarty hat recht. Wie auch immer«, sagte Shelley. »Ich werde versuchen, mit ihm darüber zu sprechen, das Buch dem Museum zu spenden. Das würde *ich* zumindest tun, wenn ich seinen Laden leiten würde. Und sagen wir einfach so, ich denke, er wird endlich gezwungen sein, mir zuzuhören.«

Ein weiterer Zusammenstoß. Diesmal hörte ich Droll deutlich schreien: »Mach das noch einmal, junger Unhold, und ich werde dir einen Eselsarsch verpassen.«

»*Droll*, wage es ja nicht, das Baby in einen Esel zu verwandeln ...«

KRACH.

»Waaaah!«

»Mina, ist alles in Ordnung hier?« Miles Shackleton trat mitten in das Chaos und stellte sich dabei versehentlich Morrie in den Weg, der gerade auf Droll losgehen wollte. »Ich habe gehört, wie etwas kaputtgegangen ist.«

Shelley packte Max und huschte davon. Droll verwandelte

sich in seine Elfenform und versteckte sich im Schminkkoffer, und Zen nahm ihre Handtasche und eilte ins Badezimmer, um sich umzuziehen. Ich rieb mir die Schläfen, wo sich die ersten Anzeichen von Kopfschmerzen bemerkbar machten. »Alles unter Kontrolle, Miles. Wir sind bereit für die Premiere.«

»Gut.« Seine Schultern senkten sich sichtlich vor Erleichterung. »Ich wollte Ihnen gerade die gute Nachricht überbringen. Nun, es ist gut, aber auch ein bisschen beängstigend. Ich habe gerade mit unserer Promoterin in London telefoniert, und sie sagte, dass die Presse wegen der Ausstellung der First Folio bei ihr Schlange steht, um Karten für die Eröffnungsnacht zu bekommen. Wir werden in allen großen Nachrichtenagenturen Englands vertreten sein.«

»Das ist großartig, Miles.«

»Das ist es, nicht wahr?« Er umklammerte die Lehne eines Schminkstuhls so fest, dass sich seine Finger in den Stoff gruben. »Sie hat mir auch erzählt, dass eine Gruppe von Investoren morgen den letzten Lord's Room gebucht hat. Wenn ihnen gefällt, was sie sehen, könnten sie daran interessiert sein, die nationale Tournee des New New Globes zu finanzieren. Das wäre der Traum, Mina. Das wäre der Traum.«

»Ich freue mich für uns alle.« Ich strahlte ihn an. Ich war glücklich, dass das Theater so viel positive Aufmerksamkeit erhielt. Miles hatte so viel in dieses Projekt gesteckt. Er hatte den Bau des New New Globes über ein Jahr lang geplant und dabei alte Dokumente und wissenschaftliche Artikel mit Zen studiert, um ein Design zu entwerfen, das das elisabethanische Theatererlebnis widerspiegelte und sich leicht auf- und abbauen und bewegen ließ. Er hatte es verdient, dass das Festival ein voller Erfolg wurde.

Miles' Stimme wurde leiser. »Mina, ich weiß, dass Sie traurig darüber sein müssen, dass Sie nicht mehr die Ehre des Festivalbuchladens haben, aber ohne Herrn Rasmussen und seine First Folio wäre das alles nicht möglich gewesen. Dieses Buch im Dorf auszustellen, ist ein echter Fang.«

»Ich verstehe. Es geht ums Geschäft.« Ich verschluckte mich ein wenig an dem Wort. »Ich helfe gerne mit den Kostümen und allem anderen aus, was Sie brauchen.«

»Gut, gut.« Er fuhr sich mit den Fingern durch sein lockiges schwarzes Haar, das aussah, als könnte es ein Shampoo vertragen. Wenn man es recht bedachte, wirkte alles an Miles ein wenig zerknittert und zerzaust. Und er roch wie Heathcliffs Schlafzimmer, wenn der Wind sich drehte. »Unsere Aufgabe ist es jetzt, dafür zu sorgen, dass alles absolut perfekt läuft, damit wir mit einer Brechstange die Brieftaschen dieser Investoren aufbrechen und sie ausnehmen können.«

»Armer Miles«, sagte ich, als er ging. »Er sieht mitgenommen aus.«

»Das sollte er auch«, sagte Morrie. »Er hat sein Haus mit einer Hypothek belastet, um dieses Festival zu einem Erfolg zu machen.«

»Was?« *Das ist verrückt.* Miles lebte in einem wunderschönen alten georgianischen Anwesen außerhalb des Dorfes, die Art von Anwesen, von dem jeder mit gutem Geschmack und ohne Verstand träumen würde, es zu besitzen. »Woher weißt du das?«

»Es ist mein Job, Dinge zu wissen.«

Ich verzog das Gesicht. »Das ist nicht dein Job.«

»Na gut. Es ist meine kriminelle Natur, die Dinge wissen will. Und ich weiß, dass Miles Stapleton sein gesamtes Privatvermögen auf den Erfolg des Festivals und des New New Globes gesetzt hat, und seine Frau keine Ahnung davon hat. Wenn *irgendetwas* mit dem Festival schief geht, ist er ruiniert.«

4

»Ich nehme die hier alle, danke.« Der Mann ließ jedes Stella-Mey-Buch, das wir auf Lager hatten, auf den Tresen fallen.

»Sie scheinen also ein großer Stella-Mey-Fan zu sein?« Ich lächelte, während ich die Bücher einscannte. »Ich auch. Ich liebe die Art und Weise, wie sie das Vampir-Thema auf den Kopf stellt und zu ihrem eigenen gemacht hat. Ich habe *Dusk* geradezu verschlungen.«

»Ich habe noch nie von ihr gehört.« Die Augen des Mannes leuchteten mit einer seltsamen Art von Gier, als er mir die Bücher aus der Hand riss, sobald ich sie gescannt hatte. Hatte er Angst, dass ihn jemand aus seinem Bekanntenkreis mit seinen Vampirbüchern für Teenager sehen könnte?

Kunden sind seltsam.

»Bitte schön. Das macht insgesamt 18,29 £.« Während er Geldscheine und Münzen in meine Hand zählte, streckte ich ihm ein Programm entgegen. »Wenn Sie schon mal hier im Dorf sind, warum schauen Sie sich nicht das Argleton Shakespeare Festival an?«

»Shakespeare?«, spottete der Kunde. »Ist das nicht der Typ

mit den Theaterstücken? Wer braucht diesen Unsinn, jetzt wo wir den Fernseher haben?«

Heathcliff nickte Quoth zu. »Los, Vogel.«

Ich bin dabei.

Der Mann riss mir die Quittung aus der Hand, murmelte etwas von »hoffentlich lohnt sich das« und stürmte hinaus. Quoth flatterte vom Kronleuchter herab und stürzte ihm in den Flur hinterher. Einen Moment später brüllte der Kunde.

»Argh. Dieser blöde Vogel hat mich vollgeschissen!«

Der Mann steckte seinen Kopf um die Ecke. Quoth musste für jemand Besonderen gespart haben, denn es tropfte so viel Vogelkot an seiner Wange herunter, dass ich es vom anderen Ende des Raumes aus sehen konnte. Quoth flatterte zurück und setzte sich auf die Kasse, wo er mich mit seinen feuerumrandeten Augen anstarrte.

»*Volltreffer!*«, rief er in meinem Kopf.

Ich brach in Gelächter aus. Auf der anderen Seite des Raums kicherte eine Kundin, die in der viktorianischen Abteilung stöberte, in ihr Buch hinein. Mein Lachen erstarb auf meinen Lippen. Auch wenn der Mann unhöflich gewesen war, gehörte es sich nicht vor anderen Leuten über Kunden lachen. Das war ein guter Weg, dass die Buchhandlung mit einem *gewissen Ruf* endete. Und wir hatten bereits den Ruf, dass hier seltsame Leute in merkwürdigen Kostümen herumlungerten, es einen mürrischen Besitzer und einen frechen Raben gab und wir eine Vorliebe dafür hatten, in Morde verwickelt zu werden.

Der Mann stürmte davon und schrie, dass wir von seinem Anwalt hören würden. Das Mädchen, das gelacht hatte, trat an den Tresen.

»Es tut mir leid«, sagte sie und hielt mir ein Buch hin. »Ich wollte nicht lachen, es ist nur ... Sie wissen schon, *Volltreffer*, und er sah irgendwie aus wie ein Volltrottel ...«

Ich starrte sie mit großen Augen an. *Woher weiß sie, dass Quoth das Wort ‚Volltreffer‘ gesagt hat?*

Es ist fast so, als hätte sie …

… gehört, was Quoth gesagt hat.

Aber das ist unmöglich.

Niemand, und ich meine *niemanden*, hatte jemals Anzeichen dafür gezeigt, dass er Quoths Gedanken hören konnte, wenn er in seiner Rabenform war. Andere literarische Figuren konnten es, und ich konnte es, weil ich die Tochter Homers war und das Wasser des Meles durch meine Adern floss, aber diese zufällige Kundin …

Ich betrachtete das Mädchen mit ihrem perfekt geglättetem Haar und ihrem Pullover voller kleiner Fledermäuse mit Kulleraugen an und versuchte herauszufinden, was hier vor sich ging. Ich schielte sie so lange an, dass ich nicht bemerkte, wie sie immer noch ihr Buch wie ein Friedensangebot hochhielt.

»Entschuldigung.« Ich fuchtelte wie eine Verrückte mit den Händen herum. »Das war so ein typisches blindes Mädchen Ding. Kann ich Ihnen helfen?«

»Darf ich die hier ablegen?« Das Mädchen stellte den Band auf den Schreibtisch vor mir und stapelte noch ein paar Bücher darauf. »Ich möchte nach oben gehen und noch ein paar andere Bücher holen, aber die hier werden langsam schwer.«

»Klar. Gehen Sie nur.«

Sie stellte ihre Bücher ab und eilte davon. An der Tür drehte sie sich um und sagte mit leiser Stimme: »Wir besorgen dir ein Buch über Militärstrategie, versprochen. Warte kurz, ich muss zuerst in der Reisekategorie nachsehen.«

»Hm, was war das?«

»Oh.« Ihre Stimme wurde vor Verlegenheit heiser. »Nichts. Es war nichts. Ich führe manchmal Selbstgespräche, das ist alles.«

Okay, sicher. Es gibt Selbstgespräche, die wir alle führen, und dann gibt es Gespräche, bei denen man mit sich selbst streitet und einen magischen Raben in seinem Kopf hört, ohne dass es einen auch nur aus der Ruhe bringt.

Ich muss wissen, was hinter diesem Mädchen steckt.

»Ich mache kurz Pause.« Ich legte ihre Bücher in Heathcliffs Arme, drückte ihm Oscar in die Hand und rutschte um den Schreibtisch herum. Auf Zehenspitzen schlich ich über den Teppich, um die Treppe zu erreichen, gerade als das Mädchen oben auf die knarrende Diele trat.

Ich fühlte mich wie eine Antiheldin aus einem düsteren Liebesroman, als ich die Treppe hinaufschlich, wobei ich mich im Schatten aufhielt und meine Füße auf die Stellen setzte, von denen ich wusste, dass die Dielen nicht knarrten. Normalerweise kam ich ohne Oscar kaum zurecht, aber ich kannte jede Ecke von Nevermore auswendig. Ich erreichte das obere Ende der Treppe und ging zum nächsten Regal, wobei ich vorgab, so leise wie möglich die Titel neu anzuordnen, während ich sie durch eine Lücke in den Büchern beobachtete.

Wir hatten hier oben genug Lampen installiert, sodass ich im ganzen Raum Umrisse erkennen konnte. Das Mädchen bewegte sich zwischen den Regalen hin und her und blieb gelegentlich stehen, um Bücher herauszuziehen und sie hochzuhalten, als würde sie die Einbände untersuchen. Dabei führte sie ein ständiges Gespräch im Flüsterton. Sie führte Selbstgespräche, nur dass ... nur dass es sich bei ihr nicht um wirres Geschwätz handelte. Es war eher so, als würde sie mit jemandem Unsichtbarem streiten, mit jemandem, den ich nicht hören konnte.

Ich hätte sie als eine der seltsamen Kundinnen abgetan, die wir öfter mal in der Buchhandlung haben, aber ich war überzeugt davon, dass sie vorhin Quoth gehört hatte.

Mit wem spricht sie da? Ist es möglich, dass ich nicht die einzige Person bin, die das Wasser von Meles in den Adern hat?

»Entschuldigung.«

Ich fuhr heftig zusammen und ließ dabei die Bücher auf den Boden fallen. Ich drehte mich um und entdeckte einen Mann mittleren Alters, der mich durch die Bücher hindurch anstarrte. »Beachten Sie mich nicht. Ich bin nur ... äh ... dabei, diese Bücher zu streicheln.« Ich schob meine Hände ins Regal und begann, sie hin und her zu schieben, wobei mein Gesicht puterrot wurde, während ich geradezu spürte, wie die Augen des Mädchens in meinen Rücken brannten. *Sie weiß, dass ich hierhergekommen bin, um sie auszuspionieren.* »Wenn man ihnen nicht ab und zu ein bisschen Liebe zeigt, werden sie störrisch.«

»Verstehe. Ja.« Der Mann betrachtete mich durch seine Hornbrille, als würde er darüber nachdenken, ob es nicht sicherer war, wenn er seine Frage an Heathcliff richten würde. Was definitiv nicht stimmte. »Ich habe eine sehr wichtige Frage, auf die ich eine schnelle Antwort brauche. Haben Sie noch Bücher von Stella Mey?«

5

»Habt keine Angst, gute Bauern«, schrie Morrie, als er durch die Bühneneingänge stürmte. »Macbeth ist im Haus.«

Droll stieß eine elisabethanische Beleidigung aus und verschwand in einem Glitzerwirbel. Die wenigen anderen Darsteller, die noch im Raum verstreut waren und ihre Texte durchgingen oder leise tranken, während Quoth und ich arbeiteten, schnappten sich ihre Mäntel und schlurften nach draußen, wobei sie leise über Flüche und minderwertige Zweitbesetzungen murmelten.

»Was sollte das denn?«, fragte ich und rieb mir die Augen, während grüne und orangefarbene Lichtblitze vor meinen Augen tanzten. *Es muss spät geworden sein.* »Du weißt, dass es alle nervt.«

»Ich will doch nur helfen. Ich bin der Hilfsbereiteste.« Morrie ergriff meine Hand. »Sie mussten alle nach Hause, um vor der Eröffnungsvorstellung eine Mütze Schlaf zu bekommen. Außerdem muss ich euch beiden etwas zeigen und wollte sichergehen, dass wir dabei alleine sind.«

»Aber ich muss noch diese Pantalons säumen ...«

»Leg das Nadelkissen weg, Hübsche.« Morries Stimme hatte diese ruhige Autorität, die meine Knie weich werden ließ. Ich tat, was er mir befahl. »Gib deinen Pinsel her, Vögelchen. Und kommt mit mir.«

Wir folgten Morrie durch den Bühneneingang auf die Bühne selbst. Das New New Globe war in Dunkelheit gehüllt, die Sitze gruselig leer. Morrie hatte den größten Teil des Tages hier mit der Backstage-Crew gearbeitet. Er war nicht nur die Zweitbesetzung für Macbeth, sondern entwarf auch alle Spezialeffekte für die Stücke. Dabei nutzte er seine mathematischen Fähigkeiten, um raffinierte Illusionen zu erschaffen, die ein modernes Publikum begeistern, aber unsere Schauspieler vollkommen absichern würden.

Morrie deutete auf einen Bereich der Bühne, der von Scheinwerfern angestrahlt wurde und, soweit ich das als blindes Mädchen beurteilen konnte, völlig leer war. »Ta-da!«

»Du bist fertig?« Quoths Stimme wurde vor Aufregung lauter.

»Ja.« Morrie trat ein paar Mal auf der Stelle. »Siehst du? Es ist absolut sicher. Man kann nicht einmal erkennen, dass es hier eine Falltür gibt.«

»Es gibt eine Falltür?«, fragte ich.

»Aber natürlich. Sie dient dazu, Julia in ihr Grab hinabzulassen. Ich persönlich finde, dass es ein bisschen zu sehr nach *Horrorfilm* aussehen wird, aber Frau Ellis wollte ein großes Finale.« Morrie führte Quoth zu einer dunklen Ecke der Bühne und tippte mit der Spitze seiner Budapester auf den Boden. »Das ist der Hebel, der die Falltür bedient. Ein kräftiger Tritt und sie fliegt auf, aber ich habe Julia etwas gebaut, damit sie sich nicht verletzt.«

»Darf ich es versuchen?«

»Natürlich. Geh ein Stück zurück, Hübsche.« Morrie schob mich aus dem Scheinwerferlicht.

Quoth trat kräftig auf den Hebel und ein Stück der Bühne flog auf. Ich schrie vor Freude auf. Es kam so plötzlich. Das Publikum würde *ausflippen*.

»Morrie, das ist ziemlich beeindruckend. Man sieht überhaupt nicht, dass es da ist.« Ich trat ein wenig näher und spähte in die »Hölle«, wie Shakespeare-Schauspieler den Bereich unter der Bühne nannten, konnte aber nichts sehen außer einem tiefen, dunklen Abgrund.

»Natürlich ist es beeindruckend. Schließlich habe ich es entworfen. Und das ist nicht der einzige Spezialeffekt, den ich heute fertiggestellt habe.« Morrie klang ein wenig spitzbübisch. Er führte mich und Quoth zur Galerie im dritten Stock und schaltete gerade genug Licht ein, damit ich mich zurechtfinden konnte. Er deutete auf eine kleine Plattform am äußersten Rand der Galerie, direkt über den Zuschauern im Parkett, die durch ein verschlossenes Tor abgesperrt war. An der Plattform war ein komplex aussehendes Gewirr aus Seilen, Rollen und Lederbügeln befestigt.

»Was ist das?«

»Das ist die Vorrichtung, die es Lady Macbeth ermöglicht, sich von der Burgmauer zu stürzen, ohne sich das hübsche Genick zu brechen.« Morrie schloss das Tor auf und zog die Seile zu sich heran. »Es ist so konzipiert, dass es unter ihrer Kleidung nicht zu sehen sein wird. Und natürlich absolut sicher. Ich habe es für ein Vielfaches ihres Gewichts und in allen möglichen Szenarien getestet. Aber für heute Abend habe ich einige sehr spezifische Anpassungen vorgenommen. Mina, möchtest du es vorführen?«

»Ich weiß nicht, ob das eine gute Idee ist.« Ich biss mir auf die Lippe. Nur weil ich den dreistöckigen Abgrund unter mir nicht sehen konnte, hieß das nicht, dass ich an irgendwelchen dünnen Drähten darüber schweben wollte, egal wie sehr ich Morries mathematischem Genie vertraute.

»Es könnte Spaß machen«, sagte Quoth mit einem seltsamen Ton in der Stimme. »Du wirst dich fühlen, als würdest du fliegen.«

Ich lächelte ihn an. Wir sprachen oft über das Fliegen, weil er es jeden Tag tun konnte und ich mir verzweifelt wünschte, Flügel zu haben. »Du hast recht. Okay, wie ziehe ich dieses Ding an? Ich lege diese Schlaufe über meinen Oberschenkel, richtig? Und diese hier ...«

»Nein, nein.« Morries Arme legten sich um meinen Bauch und seine Zunge fuhr über meinen Hals. »Ich sagte, ich habe einige *spezielle* Anpassungen vorgenommen. Du wirst nackt sein müssen.«

»Ähm ...« Ich starrte wieder auf die Vorrichtung, auf die Gurte und Schlaufen und Steigbügel, die eine Person so in der Luft halten würden, dass ihre Beine *weit* gespreizt würden, und ich *verstand*.

Morrie hatte die Takelage in eine Sexschaukel verwandelt.

Natürlich hatte er das, verdammt noch mal.

Ein Rotschimmer kroch über meine Haut, von den Zehen bis hinauf zu meinem Schädel. *Morrie ist verrückt. Wir können doch nicht einfach mit dieser Ausrüstung herumspielen. Sie ist nicht dafür ausgelegt, was er damit tun will ...*

Aber offensichtlich war sie das, denn James Moriarty hat sie mit genau diesem Unfug und diesen Spielereien im Sinn entworfen.

Morries Körper schmiegte sich an mich, während er seine Brust gegen meinen Rücken drückte. Seine Härte streifte meinen Oberschenkel, während seine Hände über meine Brust wanderten, mich leicht berührten, neckten und in diese Fantasie zogen, die er inszeniert hatte. Er liebte es so sehr, der

Puppenspieler zu sein, und nun würde er mich endlich an Fäden aufhängen können.

Er öffnete die Knöpfe meiner Bluse einen nach dem anderen, während er eine Spur von Küssen auf meinem Hals platzierte. Seine Finger streiften meine Haut und hinterließen feurige Linien, kleine Funken, die aufflackerten und erloschen. Er schob seine Hände unter meinen BH und schob ihn hoch. Kühle Luft strömte von unten hoch, küsste meine Brustwarzen und machte sie zu kleinen harten Spitzen.

Adrenalin schoss in meine Adern. *Ich stehe am Rande eines steilen Abgrunds, und Morrie kann mir immer noch dieses Gefühl geben.*

»Ich weiß, dass du neugierig bist, Hübsche«, flüsterte er auf meiner Haut, während er meine Brüste umfasste und mit den Fingerspitzen meine harten Nippel neckte. »Ich kann es an der Art und Weise erkennen, wie sich deine Lippen ganz leicht öffnen, und an deiner Atmung ... so schnell und flach rast dein kleines Herz. Du willst das. Es ist eine einfache Schlussfolgerung.«

»Aber einer der Darsteller könnte uns sehen«, brachte ich stöhnend als letzten Einwand vor, als Morrie meine Brustwarze zwischen den Fingern rollte und sie leicht zwickte. Ein wenig Schmerz, um das Vergnügen zu steigern.

»Genau deshalb habe ich ja alle verscheucht.« Morrie küsste meine Schultern, während er den Stoff hinunterklappte, meine Arme langsam und bedächtig aus den Ärmeln zog und das Ausziehen zu seinem eigenen Vergnügen hinauszögerte. »Flüche haben ihre Vorteile. Außer dir, mir und Quoth ist niemand hier.«

Quoth. Was hat er ...

Quoth kam näher und lehnte sich an das Geländer der Galerie. Seine Augen musterten mich, während Morrie mein

Hemd und meinen BH hinunter in den Zuschauerraum fallen ließ.

»Morrie, was versuchst du, ihr anzutun?« Seine Stimme klang vor Emotionen ganz heiser.

»Ich dachte, das wäre offensichtlich. Ich versuche, Mina auszuziehen. Möchtest du mir dabei helfen?«

Quoth liebte es, zu helfen. Er sprang förmlich über die Kante der schmalen Plattform, um nach mir zu greifen. Morrie hob mich unter den Schultern an, während Quoth meine Netzstrümpfe und meinen roten Tartanrock herunter schob. Ihre Finger streiften meine Haut. Das Gefühl vermischte sich mit dem Adrenalin, das durch mich strömte, und mein Puls beschleunigte sich, während mir schwindlig wurde.

Morrie packte meine Hüften und hob mich vom Boden hoch, wobei er meinen Hintern in die schmale Lederschlinge setzte, während Quoth meine Beine und Arme durch die Schlaufen und Steigbügel fädelte. Als sie fertig waren, traten sie zurück und ließen die Schaukel frei baumeln. Mir rutschte der Magen in die Hose, als ich drei Stockwerke hoch über dem Theater in der Luft schwang, und mich nur Morries Vorrichtung vor dem Sturz in den Tod bewahrte.

Ich nahm mir einen Moment Zeit, um meinen Atem zu beruhigen und mich auf die neuen Empfindungen zu konzentrieren, die meinen Körper durchfluteten: das Ziehen und Kneifen der Takelage um meine Beine und Arme, der kühle Kuss der Luft, die unter mir hindurchströmte, die Dehnung in meinen Beinmuskeln, als die Beine weit gespreizt wurden, der süße Schmerz zwischen meinen Schenkeln, der danach verlangte, gestillt zu werden.

Morries Stimme triefte vor Lust. »Du siehst fantastisch aus, Mina. Findest du nicht auch, Vögelchen?«

»Äh.« Quoth schien unfähig, Worte zu formen.

Morrie gab der Schaukel mit seinen Budapestern einen

kleinen Schubs. Als ich über die Bühne schwang, strömte kühle Luft über meinen Körper, kitzelte meine Brustwarzen und streichelte mich wie der Hauch eines Kusses zwischen meinen Beinen. Ich stöhnte, als sich der Raum drehte und die Lichter in meinem Blickfeld wirbelten und verschwammen.

»Sie gehört ganz dir, mein Vögelchen«, sagte Morrie. »Ich dachte, es wäre an der Zeit, dass ihr beide fliegt.«

Quoth trat auf die Plattform. Die Schaukel trug mich direkt vor ihn, nah genug, um die Silhouette seines Körpers zu erkennen und das leise Keuchen zu hören, das er ausstieß, als er mich beobachtete. Er fuhr mir mit den Fingern warm und sanft und ehrfürchtig über die Beine. Sein Atem zischte von seinen Lippen. Ich beugte mich zu ihm, aber die Bewegung führte lediglich dazu, dass ich wieder wegschwang.

Huiiiiii. Bei Isis, das macht wirklich Spaß.

Quoth packte einen der Steigbügel und hielt mich fest, sodass ich in der Luft direkt vor ihm taumelte. Er drückte die Spitze seines Fingers in mich hinein und neckte meinen Eingang. Ich stöhnte, als der Schmerz in meinem Bauch zunahm. Ich versuchte, meine Hüften in seine Richtung zu bewegen, aber ich konnte mich in der Schaukel nicht bewegen, konnte nicht einmal meine Beine einen Zentimeter schließen, um den Druck zu erhöhen. Alles, was ich tun konnte, war zu schweben und zu fliegen, während ich immer feuchter wurde und das Feuer in mir entfacht wurde.

Er beugte sich vor und küsste die Haut über meinem Bauchnabel. Seine Finger huschten und streichelten über meine Haut, übten jedoch nie genug Druck auf mich aus. Ich knurrte.

»Du machst mich verrückt.«

Als Antwort darauf stieß Quoth die Schaukel weg. Ich schwang hinaus und schrie vor Frustration, als seine Berührung verschwand. Aber als ich zurückschwang, landet ich direkt auf seinen Finger.

Verdammt, ja.

Quoth hielt die Schaukel in Bewegung, sodass sein Finger jedes Mal, wenn ich zu ihm zurückschwang, tiefer eindrang. Er krümmte seinen Daumen nach oben, um mit meiner Klitoris zu spielen, und schlug mit jedem Schwingen der Schaukel auf die empfindliche Knospe. Ich keuchte und zuckte, war aber völlig gefangen und konnte nichts anderes tun, als diese langsame und unmögliche Folter zu genießen.

Er rieb mit seinem Daumen in kreisenden Bewegungen über meine Klitoris und schob einen zweiten Finger hinein. Die Tatsache, dass ich mich nicht bewegen konnte, dass ich in dieser unangenehmen Position mit nach hinten geneigtem Kopf und weit gespreizten Beinen feststeckte, und sein langsames Tempo, das verlangte, dass ich jeden Stoß, jede Bewegung, jedes Knarren und jedes Schaukeln spürte, trieb mich an den Rand und über darüber hinaus, und ich fiel und flog in die Sonne, in den größten, härtesten und intensivsten Orgasmus, den ich je gehabt hatte.

Jemand schrie. Es dauerte einen Moment, bis ich wieder auf dem Boden der Tatsachen ankam und merkte, dass ich es war, die da so schrie.

Hattest du schon mal einen Orgasmus beim Fliegen? Wenn nicht, kann ich es nur empfehlen.

Aber Quoth war noch nicht fertig. Mit einem Schrei wie ein verwundetes Tier packte er meine Schenkel und spießte mich auf seinen Schaft auf. Ich konnte nichts tun. Ich konnte den Druck weder entgegnen, noch meine Hüften bewegen oder mich ihm entziehen. Er hatte die vollständige Kontrolle über meinen Körper und das Schaukeln. Es war so seltsam, sich so hilflos zu fühlen und doch so sehr geliebt zu werden.

Er legte eine Hand hinter meinen Kopf und seine Finger fuhren durch mein Haar, während er das Schaukeln kontrollierte und mich für einen tiefen, brennenden Kuss zu sich zog. Die andere Hand umfasste meinen Oberschenkel. Seine Fingernägel gruben sich so fest hinein, dass es mich nicht überraschen würde, wenn sie Kratzer hinterlassen würden. Er beugte sich vor, um eine Brustwarze in den Mund zu nehmen, und ich war wieder weg, irgendwo über meinem Körper schwebend.

Ich kam erneut; ein schauderndes, schreiendes Chaos auf seinem Schwanz. Wenn ich normalerweise einen Orgasmus hatte, presste ich meine Schenkel zusammen, fast so, als wäre das Gefühl zu heftig. Aber das konnte ich auf der Schaukel nicht tun. Ich konnte meine Schenkel nicht ein Stück bewegen. Ich musste jedes Gefühl aushalten, während meine Haut zu tausend winzigen Streichhölzern wurde, die alle gleichzeitig angezündet wurden.

Quoth wiegte seine Hüften, ließ mich schwingen und drückte mich wieder an sich. Die Lederriemen schnitten in meine Schenkel, und es fühlte sich so verdammt gut an. Quoth schrie auf, als sich sein Körper verspannte, während sein Schwanz in mir zuckte und hart wurde. In seinem Schrei hörte ich den Schmerz und die Schuld, die er so lange mit sich herumgetragen hatte, und ich hoffte, dass er sie loslassen konnte, damit sie ihn nie wieder belastete.

Möglicherweise hatte ich noch einen Orgasmus, aber ich wusste es nicht, weil ich beim Ficken *flog*.

»Was ist mit dir?«, fragte ich Morrie mit vor Lust belegter Stimme.

»Nicht heute«, sagte er, während er mir beim Absteigen half und darauf achtete, dass ich weit genug von der Kante entfernt war, da meine Beine nicht mehr richtig funktionierten. »Das war ein Geschenk für ihn. Aber es hatte nicht ganz die Wirkung, die ich mir gewünscht hatte.«

Ich drehte mich in die Richtung, in die Morrie schaute,

dorthin, wo Quoth mit gesenktem Kopf und wehendem dunklen Haar die Treppe hinuntereilte.

Ich wusste, ohne zu fragen, genau, was Morrie dachte. *Wenn Mina auf der Sexschaukel Quoth nicht aufheitern kann, was dann?*

Und ich wünschte mir mehr als alles andere in meinem Leben, dass ich die Antwort drauf hätte.

6

»Heathcliff, beeil dich. Ich brauche dich hier unten«, rief ich die Treppe hinauf, meine Hand auf dem GESCHLOSSEN-Schild. Oscar scharrte mit den Pfoten auf dem Teppich, begierig darauf, den Tag zu beginnen. Er liebte es, ein Ladenhund zu sein, seinen kleinen roten Bücherwagen herumzuschieben, um mir beim Einräumen der Regale zu helfen, und alle Kunden zu begrüßen. Aber ohne Heathcliff konnten wir nicht öffnen. Ich brauchte ihn, um die Preise für die neuen Waren festzulegen, damit Oscar und ich die Theke bemannen konnten. Oder befrauen und behunden.

»Ich weiß, was wir tun können, während wir warten.« Quoth schlug meine Hand auf das Schild und zog mich in seine Arme. Seine Lippen berührten meine und mein Körper fing Feuer. Für einen Moment überlegte ich, den Laden geschlossen zu lassen und den Tag mit meinem Vögelchen im Bett zu verbringen.

Aber so sehr ich mich auch nach ein wenig Zeit mit Quoth sehnte, wusste ich doch, dass mehrere Busladungen voller Touristen zum Festival ins Dorf kommen würden. Wir waren vielleicht nicht der offizielle Shakespeare-Buchhändler und hatten auch keine schicke First Folio-Ausgabe, die die Leute anlocken würde, aber die Leute würden durch das ganze Dorf streifen und in unsere sozusagen freundliche und gemütliche, staubige, Buchhandlung kommen. Ich hatte unsere Shakespeare-Bücher in einer ansprechenden Auslage präsentiert und sogar Droll dazu überredet, eine Märchenstunde für die Kinder zu halten. Der Nevermore Bookshop mag zwar von dem Festival ausgeschlossen sein worden, aber wir waren nicht verbann worden.

»Heathcliff«, rief ich, während Quoth an meinem Ohr knabberte. *Der Drang, den Laden zu öffnen, schwindet und schwindet ...*

»Hier«, bellte Heathcliff. Er stapfte die Treppe hinunter und wedelte mir mit etwas Weißem ins Gesicht.

»Was ist das?«

»Das ist meine Halskrause. Du musst sie befestigen.«

Ich grinste, während Quoth sich verwandelte und auf seinen Sitzplatz über der Tür flatterte. Ich wickelte die Halskrause um Heathcliffs Hals und steckte sie hinten fest.

Nyuh-nyuh-nyuh, lachte Quoth, als er auf Heathcliff hinunterblickte. Ich musste mich beherrschen, um nicht selbst zu lachen. Mit seinen breiten Schultern und den dunklen Gesichtszügen sah Heathcliff aus wie eine verärgerte Tiffany-Lampe.

Heathcliff verzog das Gesicht und streckte die Hand aus, um die Halskrause herunterzureißen.

»Hör nicht auf ihn. Du siehst gut aus.« Ich küsste Heathcliff auf die Nasenspitze.

»Ich sehe aus wie ein Platzdeckchen«, murmelte er, als er in den Hauptraum ging. »Ich bin ein Licht, das beste Teil herunter gebrannt..«

Er liebt dieses Beleidigungsbuch wirklich, sagte Quoth in meinem Kopf.

Ich konnte nicht aufhören zu grinsen, als ich ein letztes Mal die Schaufensterauslagen überprüfte und das GESCHLOSSEN-Schild auf GEÖFFNET umhing.

Möge das Argleton Shakespeare Festival beginnen.

QUOTH und ich saßen im Erkerfenster und beobachteten, wie die ersten Busladungen mit Touristen auf dem Dorfplatz ankamen. Sie schlenderten durch die malerischen Geschäfte und schwangen dabei ihre Festivaltaschen. Vor Rasmussen Bücher bildete sich eine Schlange, wo der schleimige Besitzer in einer Kabine neben dem Eingang saß, ernsthaft zwei Pfund pro Person als Eintrittsgeld nahm und die Leute herein winkte. Sein Geschäftspartner, dieser schlaksige Kerl namens Lawrence Delacroix, führte jeden Gast durch den Laden, versorgte sie zweifellos mit Geschichten aus seiner Zeit als Shakespeare-Schauspieler und präsentierte ihnen neben seiner Geschichtslektion auch ein Verkaufsgespräch für ihre teuren Sammlereditionen.

Die Schlange war zu einem eigenen kleinen Festival geworden. Earl tauchte mit einer Laute auf, die er sich aus alten Autoteilen gebaut hatte, und unterhielt die Leute mit schlüpfrigen Liedern, während Touristen in Kostümen auf dem Dorfplatz tanzten. Richard verkaufte ihnen traditionelle Fleischpasteten und Sandwiches, und Frau Ellis hüpfte mit Morrie und Droll und ein paar der anderen Schauspieler in voller Kostümierung die Schlange auf und ab und verkaufte Eintrittskarten für die große Eröffnung heute Abend von Hand.

Es sah nach einer Menge Spaß aus und ich würde darauf wetten, dass viele Leute in der Schlange Interesse an unseren Büchern gehabt hätte. Und doch konnten wir nicht teilnehmen. Wir waren nicht mehr die »offizielle« Buchhandlung. Wir mussten uns zurückhalten und Rasmussens First Folio Fieber *unsere* Stadt übernehmen lassen.

»Ich hasse Rasmussen wirklich«, sagte Quoth. Er hatte sein Frühstück aus Beeren gegessen und sich wieder in seine menschliche Gestalt verwandelt. Normalerweise war Quoth nicht gerne in menschlicher Gestalt im Geschäft, wenn viele Leute da waren, aber heute schien das kein Problem zu sein.

»Stimmt. Er sollte die Leute nicht dafür abkassieren, damit sie seinen Laden betreten können.«

Aber die Leute waren *bereit*, zu zahlen. Gegen Mittag zog sich die Schlange der Menschen, die darauf warteten, einen Blick auf Rasmussens First Folio zu werfen, um den Dorfplatz und versperrte den Eingang zum Pub. Ein paar kamen ins Nevermore, nachdem sie genug davon hatten, auf alte, teure Bücher zu starren, und stattdessen lieber ein paar alte, billige Bücher anschauen wollten. Wir verkauften eine Handvoll Artikel aus unserer auffälligen Shakespeare-Ausstellung, aber nicht annähernd so viel, wie wir verkauft hätten, wenn Rasmussen sich nie im Dorf blicken lassen hätte.

Nicht, dass ich verbittert wäre oder so.

Ganz und gar nicht.

Wir versuchten, uns von dem abzulenken, was auf dem Platz vor sich ging. Morrie und ich spielten Schach. Quoth arbeitete an einem Gemälde. Heathcliff schrie das Radio an. Droll unterhielt zehn Kinder, indem er eine ihrer Lehrerinnen in einen Esel verwandelte. Die Kinder quietschten vor Freude und schienen nicht zu bemerken, dass ihre Lehrerin, als sie den Laden verließ, immer noch nur wieherte.

Um 15 Uhr läutete die Ladenglocke. Ich hörte gerade ein interessantes Hörbuch und ließ die Kundin allein stöbern. Doch nur wenige Augenblicke später spürte ich eine Präsenz auf der anderen Seite des Tresens.

»Hey, haben Sie gesehen, was auf dem Platz los ist?«, fragte jemand. Ich unterbrach mein Hörbuch und schaute auf. Vor mir stand das Mädchen von neulich, das Mädchen, das mit sich selbst stritt. Heute trug sie ein Wollkleid, das ihre Kurven umschmeichelte, und eine Halskette an einem Lederriemen, deren Anhänger so aussah, als könnte es sich dabei um eine römische Münze handeln.

Meine Überraschung muss sich in meinem Gesicht widergespiegelt haben, denn sie winkte mit der Hand in der Luft. »Entschuldige. Ich wollte Sie nicht erschrecken. Ich bin überrascht, dass es hier so ruhig ist. Ich hätte gedacht, dass dieses Festival viele Leute in eine Buchhandlung locken würde.«

»Das sollte man meinen.« Ich versuchte, nicht allzu verbittert zu klingen. »Sie stehen alle bei Rasmussen Bücher an, um die First Folio zu sehen. Unsere ganz normale *Unterhaltungsliteratur* kann da nicht mithalten.«

»Falls es Sie tröstet, ich war heute Morgen dort und Ihre Buchhandlung ist viel cooler. Und Sie verlangen keinen Eintritt und haben auch keinen schlaksigen Typen, der Ihnen durch den Laden folgt, um sicherzustellen, dass Sie nichts stehlen.«

»Durften Sie wenigstens Fotos machen?«

»Nur, wenn man ein Pfund extra bezahlt.« Sie hielt ihr Handy hoch. »Was soll ich sagen? Ich habe mein Selfie mit dem großen bösen Buch. Ich bin besessen von Instagram-Bildern.«

»Darf ich es sehen?«

Sie fragte nicht, warum ein blindes Mädchen Fotos sehen wollte, was mich dazu veranlasste, sie sieben Millionen Mal mehr zu mögen. Ich nahm ihr das Telefon ab und hielt es unter das Licht, so nah an mein Gesicht, dass meine Nase es fast berührte. Da war sie, lächelte in die Kamera, während das Buch in einer samtgefütterten Halterung hinter ihr aufgeschlagen lag. Es zeigte die erste Seite von »Viel Lärmen um nichts« mit einem wunderschönen Blumenrand.

Mir wurde ganz anders. Ich würde die First Folio wirklich gerne sehen. Aber ich würde auf keinen Fall in Rasmussens Laden gehen. Ich gab ihr das Telefon zurück. »Toll. Sie sollten das als Profilbild für Dating-Apps verwenden. Sie Wissen schon: ‚My Folio bringeth all the boys to the yard …«

»And they're like, it's better than thine …«

Ich lachte. »Verily, it's better than thine …«

»… I could teach you, but I must levy a fee'«, beendete sie das Lied mit einem Schnauben. »Ich bin übrigens Bree.«

»Ich bin Mina. Und das ist Oscar.« Bree lächelte Oscar zu, bückte sich aber nicht, um ihn zu streicheln. Sie wusste offensichtlich, dass er am Arbeiten war. »Sie… du warst neulich hier.«

»Ja. Ich wohne in Grimdale, gleich hinter dem Tal. Ich bin gerade erst zurückgezogen. Ich bin dort aufgewachsen, habe aber schon überall auf der Welt gelebt, in Kanada, Deutschland, Vietnam und Neuseeland. Ich bleibe nicht gerne lange am selben Ort, aber meine Eltern brauchen mich, damit ich mich um das Haus kümmere, während sie in ihrem Ruhestand eine große Europareise machen. Grimdale ist *langweilig*. Es ist tot. Todsterbenslangweilig. Da passiert überhaupt nichts. Wir haben nicht einmal eine Buchhandlung. Deshalb bin ich wieder hier. ich brauche mehr Lesestoff.«

»Ich bin in Argleton geboren. Ich weiß alles über das Dorfleben«, lachte ich. »Vielleicht kann ich dir etwas empfehlen. Was liest du denn gerne?«

»Reisebiografien. Und, ähm, historische Berichte über berühmte Schlachten. Alles von … Julius Cäsar. Ich verehre ihn. Ähm, und alles über den Sturz der Monarchie.« Sie neigte den Kopf zur Seite, bevor sie mich wieder ansah. »Ich meine, *Stickerei*. Alles übers Sticken.«

»Das ist … ein vielfältiges Interessenspektrum.«

»Ja, nun, ich lese gerne. Und anscheinend sticke ich auch

gerne.« Brees Lachen klang irgendwie gezwungen. »Alles, um die Stimmen in meinem Kopf zum Schweigen zu bringen.«

Ich zeigte Bree einige unserer beliebten Reisebücher, und sie nahm sich einen Stapel mit. Als sie mir ihr Geld gab, murmelte sie: »Nein, ich weiß nicht, wie viel das in Denarii ist.« Aber abgesehen davon schien sie irgendwie normal zu sein. Ich wollte sie fragen, ob sie mit mir in den Pub gehen wollte, traute mich aber nicht.

»Nochmals vielen Dank.« Bree nahm ihre Büchertasche von mir entgegen. »Hey, gehst du heute Abend zur Eröffnungsfeier?«

»Die werde ich mir nicht entgehen lassen. Mein Freund spielt Macbeth und meine Mama ist eine der drei Hexen.«

»Cool. Vielleicht sehen wir uns dort. Ich hatte überlegt, hinzugehen. Es ist nicht das Burning Man, aber es wird sicher lustig.« Sie nickte mir zu, während sie ihr Handy herausholte. »Hey, wie ist deine Nummer? Ich schicke dir meine per SMS. Vielleicht können wir mal etwas trinken gehen? Wenn du nicht zu beschäftigt bist?«

»Ja.« Ich grinste sie an. »Das würde mir gefallen.«

Um 16 Uhr schlossen wir den Laden und ich ging nach oben, um mich für die Eröffnungsfeier umzuziehen. Ich fand, dass die Kostümbildnerin die Kulisse für das Festival schaffen musste, also hatte ich mir diese Woche jeden Abend ein wunderschönes elisabethanisches Korsett genäht, das meine winzigen Brüste zu einem ziemlich beeindruckenden Ausschnitt quetschte. Dazu trug ich hautenge Wetlook-Leggings, einen Käfigrock nach elisabethanischer Mode, bei dessen Anfertigung Quoth mir geholfen hatte, und meine Lieblings-Docs.

»Wuff.« Oscar saß vor dem Spiegel, während ich mich umzog.

Ich tätschelte ihm den Kopf. »Keine Sorge, Junge. Ich habe dein Kostüm hier.«

Während ich Oscars Rüschen um seinen Hals band und seine Schellenketten an seinem Geschirr befestigte, kam Quoth aus seinem Zimmer. Er trug sein übliches schwarzes Hemd, während sein rabenschwarzes Haar ihm wie ein seidener Wasserfall über die Schultern fiel. Er stieß einen erstickten Laut aus, als er mich sah. Seine Arme schlangen sich um meine Taille, und er zog mich an sich.

»Du siehst aus wie ein Traum«, flüsterte er. »Ich verlor nie den Verstand, außer in jenen Momenten, in denen du mein Herz berührtest.«

»Ja, ja. Schön zitiert, aber du siehst auch nicht gerade schäbig aus.« Ich streifte seine Lippen mit meinen. Quoth schlang seine Finger in den Käfig und riss mich nach vorne, sodass ich gegen ihn prallte. Seine Lippen verschlangen meine, heiß und hungrig.

Ich reagierte, indem ich mich an ihn presste und ihn intensiver küsste, während ich mit meinen Fingern durch sein Haar fuhr. Quoth hauchte gefiederte Küsse auf meine Lippen, meinen Hals, meine Kieferpartie und schmeckte meine Haut, als wäre er von einer mysteriösen Krankheit befallen und ich die einzige Medizin.

Mein Vögelchen. Wie ich dich vermisst habe.

Dies war das erste Mal seit ich ihn zurückgebracht hatte, dass Quoth mich von sich aus so berührt hatte. Seine Finger tanzten über meine Kurven und streiften den Rand meiner Brust. Als seine Lippen wieder die meinen fanden und unsere Zungen sich umschlangen, schmeckte ich Quoth so, wie ich ihn immer gekannt hatte, befreit von der Schuld, die er zu lange mit sich herumgetragen hatte. Er hatte sich von all diesem Schmerz befreit, um die schöne Seele darunter zu offenbaren.

Und er war nicht der Einzige, der durch die Magie unserer Verbindung entblößt wurde. Als ich in Quoths Armen versank, schmolz der ganze Stress der letzten Tage dahin. *Wir können ruhig etwas zu spät zur Eröffnung kommen. Ich kann ihn wieder nach oben bringen und ihn diesen Käfig öffnen lassen und ...*

»Wer sind diese? So eingeschrumpft, so wild in ihrer Tracht? Die nicht Bewohnern unsrer Erde gleichen, und doch drauf stehn?«

Shakespeare-Zitate waren in dieser Buchhandlung keine Seltenheit, aber dass Heathcliff Earnshaw mit solch erstickter Verwunderung sprach ... Ich riss mich von Quoth los, schaute auf und verschluckte mich an meiner Zunge.

Heathcliff stand in der Tür zu seinem Zimmer, gekleidet in einen dunklen Anzug, der seine breiten Schultern und seine wilden, obsidianschwarzen Augen betonte. Er stand zum Ende des Flurs gewandt, wo mehrere Lampen Morrie beleuchteten, der in seinem schottischen Kilt in seiner ganzen Pracht posierte, das Schwert, mit dem ich Dracula getötet hatte, in seinen langen Fingern schwingend.

»Aus meinen Augen fort!«, erklärte Heathcliff und winkte mit den Händen in Richtung des Kilts. »Du steckst sie an.«

»Aber, mein schöner Prinz, die Herbigkeit seines Angesichts macht reife Trauben sauer.« Morrie drückte Heathcliffs Arm gegen die Wand und trat näher, um ihn grob zu küssen. Heathcliff schrie protestierend auf, gab aber seine Lippen frei, und die beiden kämpften um die Oberhand, während ihr Kuss immer heißer wurde, bis die Luft um uns herum in unsichtbaren Flammen knisterte.

»Wir sollten ... zur Eröffnung gehen ...«, keuchte ich, als Quoth seinen Weg an meinem Hals hinunter küsste. Seine Hand glitt zwischen meine Schenkel und neckte mich durch den Stoff meiner Leggings. Ich konnte fühlen, wie feucht ich geworden war.

»Ja, ja. Wir wollen doch nicht zu spät kommen. Das wäre so schrecklich ungezogen von uns. Außerdem zieht es hier ein bisschen.« Morrie rutschte von Heathcliff weg, legte sein Bein auf den Tisch und wackelte mit den Hüften, um Heathcliff einen Blick unter seinen Kilt zu gewähren.

»Was hast du denn da an?« Heathcliff starrte Morrie entsetzt an, obwohl ich hören konnte, wie seine Stimme vor Verlangen immer belegter wurde. Quoths Finger streichelten mich schneller und drückten sich durch den Stoff in mich hinein.

»Das ist mein Kostüm für das Theaterstück«, prahlte Morrie, hielt die Ränder seines Kilt fest und machte einen Knicks. »Mina hat es gemacht und es ist wunderbar. Auch wenn ich heute Abend nicht auftrete, möchte ich, dass jeder auf dem Festival den gutaussehenden, teuflischen Schurken erkennt, der Macbeth spielen wird.«

»Und wie oft willst du heute Abend das Wort ‚Macbeth' sagen?«, fragte ich, meine Worte atemlos, als Quoths Finger feurige Lust zwischen meinen Beinen entfachen. Meine Knie zitterten.

»Ungefähr drei dutzend Mal.« Morrie streckte mir seinen Arm entgegen. »Kommt, kommt, ihr zwei frechen Schurken, wir dürfen unser verehrtes Publikum nicht warten lassen.«

»Einen Moment noch«, sagte Quoth. Er griff um mich herum, drückte mein Kinn nach hinten, beugte seinen Kopf, um seine Zunge tief in meinen Mund zu tauchen, während er seinen Finger in schnellen Kreisen in mich bohrte. Ich schrie in seine Lippen, als meine Beine nachgaben und eine heiße Welle durch meine Adern strömte, die mein Gehirn zu Brei und meine Glieder zu Gelee werden ließ.

»Tsk, tsk«, tadelte Morrie, während er Quoth half, mich

wieder auf die Beine zu stellen. »Mina, ich bin überrascht von dir, dass du hier herumtrödelst, wenn wir an einer sehr wichtigen Veranstaltung teilnehmen müssen. Was ist, wenn heute Abend jemand ermordet wird und wir nicht da sind, um den Fall zu lösen?«

»Die einzige Person, die ermordet wird, bist du, nachdem du alle Schauspieler dazu gebracht hast, siebzehn Mal den schottischen Fluch-Tanz aufzuführen.« Ich klopfte Morrie auf die Schulter, während ich Oscars Geschirr aufhob, und bemerkte, dass alle drei meiner Freunde ziemlich steif die Treppe hinuntergingen.

Bitte lass die Eröffnung reibungslos verlaufen. Bitte lass das Schlimmste, was heute Abend passiert, ein schwerer Fall von Bluthochdruck sein. Ich kann im Moment nicht noch mehr Morde verkraften.

7

Droll wartete in seinem Kostüm am Fuße der Treppe auf uns. Ich hatte ihn in grünen Samt mit blattförmigen Akzenten an Armen und Schultern gekleidet. Dazu hatte er sich Ranken und Blumen in sein Haar gedreht, und wenn er nicht diesen schelmischen Feenblick in den Augen gehabt hätte, hätte ich ihn fast für süß gehalten.

»He, Geist! Wo geht die Reise hin?«, begrüßte er mich.

»Schafft ihn mir vom Hals«, rief meine Großmutter von irgendwo aus der Dunkelheit. »Ich kratze ihm die Augen aus. Ich werde die Wolle aus seinem Lieblingspullover auftrennen. Ich werde ihm die Zunge herausreißen, darauf herumkauen und sie dann auf den Teppich kotzen und erneut runterschlingen ...«

Ich funkelte Droll böse an. »Was hast du ihr angetan?«

»Dies Mädchen ist ein williger Handschuh«, schoss es aus ihm heraus, wobei er Lafeu aus »*Ende gut, alles gut"* zitierte, denn anscheinend las jeder gerade Heathcliffs Shakespeare-Beleidigungsbuch. »Sie geht an und aus, wie man's verlangt.«

»Natürlich ist sie das. Sie ist eine Katze. Aber was hast du *ihr* angetan?«

»Ich bin seelenruhig meinen Geschäften nachgegangen und

einem Stück Schnur unter den Regalen hinterhergejagt. Er hat die Schnur in eine Schlange verwandelt.« Grimalkin schrie: »Sie hat mich in die Nase gebissen!«

Ich beugte mich vor und schaute unter den Rand der Tischdecke. Aus der Dunkelheit starrten mich zwei gelbe Augen an, und ich konnte gerade noch so die zusammengezogenen Schultern meiner Großmutter erkennen, die sich dazu anschickte, sich auf mich zu stürzen.

»Es tut wirklich weh«, beschwerte sich Grimalkin.

»Gerechtigkeit wägt stets in gleichen Schalen«, schoss Droll zurück. »Sie hat eine tote Maus auf mein Kissen gelegt.«

»Und ich werde noch viel Schlimmeres tun.« Grimalkin riss mir die Ecke der Tischdecke aus der Hand. Einen Augenblick später schoss eine schwarze Katze auf uns zu. Sie landete auf vier Pfoten auf dem Teppich, richtete sich auf, krümmte den Rücken, sträubte das Fell und stieß ein wildes Fauchen aus.

Droll duckte sich und rannte zur Tür. Grimalkin jagte ihm nach und versuchte, ihn mit ausgefahrenen Krallen an den Fersen zu erwischen.

»So lasst uns verschwinden, der Tag bricht an«, rief Droll, als er auf die Straße rannte.

»Du kannst Gedanken lesen.« Heathcliff streckte seinen Arm aus und ich hielt mich an seinem Ellbogen fest, während wir in die Nacht hinausgingen. Morrie folgte uns pfeifend, während er sein Schwert durch die Luft schwang. Quoth schloss und verriegelte den Laden und ging neben mir, wobei er meine Hand nahm.

Droll humpelte vor uns her und hielt sich den Knöchel, den Grimalkin ihm aufgeschlitzt hatte. Meine Großmutter saß auf der Markise über Olivers Bäckerei und leckte sich zufrieden die Pfoten, wie es nur eine Katze konnte.

Wir gingen die Butcher Street entlang und eilten über den Dorfplatz. Das Dorf lag größtenteils im Dunkeln, da alle bereits zum New New Globe aufgebrochen waren, aber unter den Straßenlaternen konnte ich sehen, wie Herr Rasmussen die Nachzügler verscheuchte, die immer noch auf einen Blick in die First Folio warteten.

»Ich hasse diesen Mann wirklich von ganzem Herzen«, sagte ich.

»Er hat sich in den Norden, von meiner Dame guter Meinung hineingesegelt,«, fügte Heathcliff hinzu. »wo er hangen wird wie ein Eiszapfe an eines Holländers Bart.«

»Der war gut«, sagte Morrie. »*Was ihr wollt?*«

Heathcliff nickte stolz.

»Soll ich ihn mit einem Zauber belegen?«, warf Droll ein. »Ich könnte ihn in eine Kröte verwandeln. Oder in ein Walross. Oder vielleicht könnte ich ihn dazu bringen, sich in dich zu verlieben. In Liebeszaubern bin ich ziemlich gut. Dann wird er tun, was immer du sagst.«

Ich schauderte. »Danke, Droll, aber wir brauchen keine Magie, um dieses Problem zu lösen. Der Nevermore Bookshop hat keine Angst vor etwas kleinen freundschaftlichen Wettbewerb.«

»Wohl gesprochen«, sagte Morrie. »Aber wir sind ein wenig freundschaftlicher Sabotage nicht abgeneigt.«

Morrie und Droll verbrachten den Rest des Weges zur Schule damit, sich immer komplexere Rachepläne gegen Rasmussen und seine Buchhandlung auszumalen. Sogar Heathcliff schloss sich mit ein paar teuflischen Vorschlägen an, die sich hauptsächlich um Rasmussens Hoden und verschiedene mittelalterliche Foltergeräte drehten. Quoth und ich hielten ein wenig Abstand, während Oscar gehorsam vor mir her trottete.

Ich legte meinen Kopf auf Quoths Schulter. »Ich weiß, dass sie sich alle wegen Rasmussen Sorgen machen«, sagte ich. »Aber ich mache mir Sorgen um dich.«

»Bitte nicht.« Er drückte meine Hand. »Ich bin vollkommen zufrieden.«

»Bist du das wirklich? Quoth, du hast mit Dracula eine schreckliche Erfahrung gemacht, und du kannst dein wunderschönes Lächeln aufsetzen und behaupten, dass es dir gut geht, aber das macht es nicht wahr. Dein Körper gehörte dir nicht. Was Dracula dir angetan hat, war eine Invasion, und du kannst dir nicht immer noch die Schuld dafür ...«

»Mina, mir geht es absolut gut.«

»Das glaube ich nicht. Ich glaube, du würdest dich besser fühlen, wenn du mit jemandem reden würdest ...«

»Es gibt keinen Therapeuten für fiktive Figuren«, sagte Quoth. »Und selbst wenn es einen gäbe, hätte ich nichts zu sagen. Du und Morrie und Heathcliff und der Laden sind alles, was ich brauche.«

»Du gibst dir die Schuld«, flüsterte ich. »Ich sehe es dir an. Ich höre es an deiner Stimme. Du glaubst, dass das, was passiert ist, deine Schuld war.«

»Es *war* meine Schuld.«

Er sagte es so einfach, völlig ohne Hoffnung oder Sehnsucht, dass ich wusste, dass es eine Wahrheit war, die er fest verinnerlicht hatte. Und das ließ mir Tränen in die Augenwinkel steigen.

»Nein, Quoth, das war es nicht. Du kannst die Schuld, die auf Draculas Schultern lastet, nicht auf dich nehmen. Er hat so viele Menschen manipuliert. Denk an Grey Lachlan und all die schrecklichen Dinge, die er unter Draculas Einfluss getan hat. Niemand gibt ihm die Schuld dafür, weil er nicht er selbst war. Selbst als wir in der Kunstgalerie waren und du mich angegriffen hast ... wusste ich, dass das nicht du warst. Du hast versucht, seine Macht zu bekämpfen, und am Ende hast du dein eigenes Leben gegeben, um mich zu retten. Ich musste dir nie vergeben, weil es nichts zu vergeben gibt. Du musst nur einen Weg finden, dir selbst zu vergeben.«

»Ich versuche es. Ich stehe jeden Tag auf und verspreche mir selbst, dass es heute besser wird, dass ich so viel Gutes tun werde, dass ich in den Spiegel schauen kann, ohne mir die Augen auskratzen zu wollen. Aber die Wahrheit ist, dass Menschen wegen dem, was ich getan habe, *gestorben* sind. Alles nur, weil ich mich einsam und nutzlos gefühlt habe und dass ich dir oder sonst irgendjemandem nichts von Wert zu bieten gehabt hatte. Und er zu mir gekommen ist und mir das Gefühl gegeben hat, gebraucht zu werden, also wurde ich zu der Person, die ich innerlich am meisten fürchtete, und ...« Quoths traurige Worte verstummten, als er nach vorne sah. Plötzlich beschleunigte er sein Tempo. »Mina, kannst du es sehen? Es sieht wunderschön aus.«

»Ich kann es sehen!« Wir waren am Rand des Schulgeländes angekommen. Das Theater war mit bunten Lichterketten geschmückt, sodass ich die Umrisse des Gebäudes in der Nacht tatsächlich erkennen konnte. Überall um uns herum unterhielten sich die Leute angeregt über die Stücke und die First Folio, während sie im Biergarten Apfelwein tranken. Wir schlenderten an der Schlange der Leute vorbei, die auf ihre Plätze warteten, und direkt die geheime Treppe hinter der Bühne hinauf, wobei Morrie und Droll uns den Weg wiesen.

Das New New Globe bestand aus drei Rängen mit Sitzplätzen, die kreisförmig um die rechteckige Holzbühne angeordnet waren. Die Sitzplätze auf den Rängen waren für die reicheren Gönner zu Shakespeares Zeiten gedacht gewesen, die oft extra für ein Kissen bezahlt hatten, um die Holzbänke bequemer zu machen. Die Galerien über der Bühnenwand, die sogenannten Lord's Rooms, ermöglichten es dem Adel, von oben auf die Schauspieler herabzuschauen und von allen Anwesenden gesehen zu werden.

Vor der Bühne, in der Mitte des Kreises, befand sich der Hof, wo »Groundlings«-Tickets für einen Penny an alle verkauft wurden, die das Stück stehend sehen wollten. Für mich klang es genau nach dem richtigen Ort, um ganz nah und persönlich an den Schauspielern dran zu sein, und dort würden wir uns auch die meisten Aufführungen anschauen. Die Action auf der Bühne schwappte oft in den Hof über, genau wie bei den Moshpits, die ich von Punk- und Metal-Shows gewohnt war.

Aber heute Abend hatten wir spezielle Tickets reserviert. Morrie eilte voraus und riss die Tür zum ersten Lord's Room auf. »Nach Euch, Mylady.«

Oscar ging voran und führte mich zu einem samtgepolsterten Stuhl direkt am Fenster mit Blick auf die Bühne.

»Das ist so cool.« Ich lehnte mich aus dem Fenster. Die Bühnenlichter beleuchteten Quoths farbenfrohe Kulissen und die Menge, die sich in den Rängen und auf den runden Galerien versammelte. Ich musste meinen Hals verrenken, um auf die Schauspieler hinunterzuschauen, die mit dem Gesicht von uns weg ins Theater blickten, aber ich konnte sowieso nicht viel sehen, also war das für mich in Ordnung. Ich wollte mich viel lieber für eine Nacht mit meinen drei Freunden, meinem Hund und einer lästigen Fee wie eine elisabethanische Adelige fühlen.

Eine kräftige Gestalt setzte sich neben mich und mir wurde ein Teller mit Essen unter die Nase gehalten. »Frau Ellis hat uns eine anständige Platte Essen hingestellt«, sagte Heathcliff und hielt mir eine winzige Fleischpastete zum Probieren hin. »Ich habe schon immer gesagt, wie sehr ich diese alte Schachtel mag.«

»Das hast du noch nie gesagt«, neckte ich ihn, während ich den Mund öffnete, um die Leckerei anzunehmen. Frau Ellis hatte sich für die Eröffnungsfeier ins Zeug gelegt und eine Wurstplatte mit Argleton-Käse und Richards eigener

Räucherwurst sowie kleine Schokoladenbrownies und Scones aus Olivers Bäckerei vorbereitet.

Heathcliff rutschte auf seinem Stuhl hin und her, und ich wusste, dass er immer noch an das dachte, was zu Hause passiert war. Es würde uns schwerfallen, während der zweistündigen Show die Finger voneinander zu lassen.

Heathcliff rückte seinen Stuhl näher und stellte den Teller auf meinen Schoß, damit er seinen Arm um meine Schultern legen konnte. »Da vorne sitzt deine Freundin aus dem Laden. Die, die mit sich selbst redet.«

»Sie heißt Bree.« Ich winkte in die Richtung, in die er meiner Vermutung nach zeigte. Aus dieser Entfernung konnte ich keine Gesichter erkennen.

»Du hast gerade die Säule begrüßt«, sagte Heathcliff. Ich schnaubte. Wenn man dabei war zu erblinden, musste man sich ein dickes Fell zulegen.

»Schau mal, wer die Loge direkt neben uns hat«, stupste Morrie mich in den Arm. Ich konnte natürlich nicht nachschauen, aber ich konnte zuhören. Eine markante Stimme drang durch die Wand.

»... ausgezeichnete Einnahmen für den ersten Tag des Festivals, Lawrence. Mein kleiner Plan wird sich als unser bisher lukrativster erweisen. Ich wusste, dass es Zeit war, London zu verlassen. Diese Landei-Touris saugen jedes bisschen Kultur in sich auf, das sie bekommen können.«

Herr Rasmussen. Unser Erzfeind.

Und nach dem, was er sagte, *hatte er etwas vor*.

»... ich meine, *sieh* dir nur diese Veranstaltung an«, fuhr Herr Rasmussen fort, laut genug, dass wir alle ihn hören konnten. »Das Pop-up-Theater ist sicherlich eine interessante Idee, aber es wird durch die Amateurschauspielerei und die Jahrmarkt-Possen und den völligen Mangel an Klasse und gutem Geschmack ruiniert. Die Frau, die das Festival leitet, würde Kultur nicht erkennen, wenn sie vom Himmel auf ihre Strohhaube fallen würde.«

»Das reicht. Niemand beleidigt unser Dorf oder Frau Ellis außer mir.« Heathcliff ballte die Hände zu Fäusten. »Soll ich rübergehen und ihn wie Shylock behandeln, und ein Pfund von diesem Wichserfleisch mitbringen?«

»Nimm mein Schwert.« Morrie streckte es ihm hin. »Es ist schön scharf. Wenn du einen sauberen Schnitt bekommst, können wir seine Haut in Kissenbezüge verwandeln.«

Die Stimmen wurden zu einem Flüstern. Ich schätze, sie haben uns gehört.

Geschieht ihm recht. Ich hoffe, er kann heute Nacht nicht schlafen, weil er sich Sorgen macht, dass die *Landeier* kommen, um ihn bei lebendigem Leib zu häuten.

»Ich könnte rüberfliegen«, murmelte Quoth. »Ich könnte sie belauschen.«

»Nicht nötig.« Ich lehnte mich in meinem Stuhl zurück, tätschelte Oscars Kragen und drückte mein Ohr an die dünne Sperrholzwand, die unsere Boxen voneinander trennte. »Ich mach das schon.«

Es war ein weit verbreiteter Irrglaube, dass blinde Menschen über verstärkte Sinne verfügten. Man verlor nicht sein Augenlicht und wurde plötzlich zu Daredevil, aber man *lernte*, seine anderen Sinne auf andere Weise zu nutzen. Ich war inzwischen recht gut darin, einzelne Geräusche aus einer Kakophonie von Lärm herauszuhören, was bedeutete, dass ich das Gespräch von Herrn Rasmussen über das Summen des geschäftigen Theaters hinweg belauschen konnte.

»... mach dir keine Sorgen«, sagte Rasmussen. »Das ist nicht gerade ein Dorf der Gelehrten und Gentlemen. Du hast doch diese staubige alte Hütte gesehen, die sie Buchhandlung nennen. Hier sind wir vollkommen sicher.«

Sicher? Was meint er mit sicher?

»Ich weiß nur, dass ich mich besser fühlen würde, wenn wir das Buch aus der öffentlichen Ausstellung nehmen würden«, sagte Lawrence Delacroix. »Wir müssen doch nicht diese ganze Aufmerksamkeit auf uns ziehen, oder? Jasper, du weißt, dass ich das nur sage, weil ich wegen ...«

»Nicht jetzt, Lawrence«, unterbrach ihn Herr Rasmussen mit schroffer und gleichgültiger Stimme. »Die Zeremonie beginnt.«

Und so war es auch. Das Licht wurde gedämpft und auf den Rängen immer schwächer, bis wir in der Dunkelheit saßen. Durch das offene Dach hindurch funkelten Sterne über einer mitternächtlichen Decke. Glücklicherweise spielte das britische Wetter heute Abend mit und es war keine Wolke am Himmel zu sehen.

Ich schnappte nach Luft, als eindringliche Musik erklang und Füße über die Bühne klapperten. Obwohl ich sie nicht sehen konnte, hatte ich genug Proben mitbekommen, um zu wissen, dass sich drei schwarz gekleidete Gestalten um einen Kessel geschart hatten, der langsam mit leuchtend orangefarbenen Flammen glühte, was anerkennende »Ohs« und »Ahs« aus dem Publikum hervorrief.

Quoth hatte gestern an dem Kessel gearbeitet und die orangefarbenen LED-Lichter darin so angebracht, dass sie ein unheimliches, flackerndes Licht auf die Gesichter von Frau Ellis, Cynthia Lachlan und meiner Mutter warfen, die alle drei Hakennasen trugen, während ihre Gesichter mit Furunkeln verziert waren. Von unserem Platz über der Bühne aus konnte ich nur den schimmernden orangefarbenen Kreis des Kessels erkennen, über den sich schemenhafte Hände bewegten. Der Anblick jagte mir eine wohlige Gänsehaut über den Rücken.

»Doppelt plagt euch, mengt und mischt!«, säuselte meine Mutter. »Kessel brodelt, Feuer zischt.«

»Sumpfger Schlange Schwanz und Kopf, brat und koch im

Zaubertopf«, gackerte Frau Ellis. »Molchesaug und Unkenzehe, Hundezung und Hirn der Krähe ...«

Morries Atem küsste mein Ohr. »Macbeth.«

»Halt die Klappe.«

Während die Hexen ihren Zauber wirken, gingen die Lichter im Haus langsam an und die Band begann eine flotte Melodie zu spielen. Unter dem Jubel und Geschrei des Publikums rannten die drei Hexen nach vorne auf die Bühne, warfen ihre schwarzen Umhänge ab, um darunter glitzernde funkelnde rote Unterwäsche zu enthüllen, und tanzten einen sexy Hip-Hop-Tanz zu »Bad Moon Rising« von Creedence Clearwater Revival. Da es meine Mutter war, der dort unten hinterhergepfiffen wurde, war ich froh, dass ich nur den schwarzen Rand ihres Hexenhutes erkennen konnte. Blind zu sein hatte seine Vorteile.

Als die Hexen ihre Nummer beendeten, tanzten sie unter tosendem Applaus von der Bühne und eine andere Gestalt betrat die Bühne. Es war Miles Stapleton, der in seinem goldbrokatenen Gewand prächtig aussah. Als der Applaus abgeklungen war, beugte er sich zum Mikrofon vor.

»Vielen Dank für Ihre Unterstützung des Argleton Shakespeare Festivals und der Eröffnungssaison des New New Globe Theaters. In den nächsten drei Wochen haben wir ein aufregendes Veranstaltungsprogramm für Sie, darunter tägliche Aufführungen von drei der beliebtesten Shakespeare-Stücke im Wechsel: *Macbeth, Ein Sommernachtstraum* und *Romeo und Julia*. Außerdem gibt es eine Vortragsreihe unserer eigenen weltberühmten Shakespeare-Gelehrten, ein Shakespeare-Menü und einen Quizabend im Rose & Wimple, eine Feengrotte für die Kinder, *und* wir haben sogar unsere eigene First Folio im Dorf ausgestellt. Sie haben richtig gehört. Das ist eine ziemlich große Sache. Wenn Sie sich dieses Wunder selbst ansehen wollt, besucht Rasmussen Bücher, die offizielle Buchhandlung des Festivals, auf dem Dorfplatz und geht nach der Show zu seinem Stand im Biergarten, um eure Barden-Fanartikel zu holen.«

Ich knirschte mit den Zähnen und Morrie drückte meinen Oberschenkel.

»Geduld, Hübsche. Wir werden nicht zulassen, dass dieser Unhold dein Festival ruiniert.«

Droll streckte seinen Kopf zwischen uns hindurch. »Ich könnte seine Augen salben und ihn in einen ...«

»Nein«, sagten Heathcliff, Quoth und ich wie aus einem Mund.

Ich wandte meine Aufmerksamkeit wieder der Bühne zu. Miles war an den Rand getreten, wobei seine Stimme immer noch dröhnte. »Heute Abend haben wir für Sieeine kleine Auswahl aus dem Festival zusammengestellt, eine Art Highlight-Reel, wenn man so will, mit Szenen aus allen drei Stücken. Aber zuerst wollen wir mehr über den Dichter lernen und etwas über sein Leben erfahren. Ohne weitere Umschweife möchte ich nun Argletons eigene *Bärdige* Dame, haha, Zenzile Monroe, begrüßen.«

Wir klatschten, als die Bühnenarbeiter zwei Stühle brachten und Zen in ihrem Lady-Macbeth-Kostüm auf die Bühne stürmte. Sie verbeugte sich tief und ließ sich von Miles zu ihrem Platz geleiten. Im Lord's Room neben meinem hörte ich Rasmussen leise zischen.

»Nun, Zen, ich glaube kaum, dass Sie vorgestellt werden müssen«, sagte Miles. »Sie sind die Direktorin unseres geliebten Shakespeare-Museums und eine meiner historischen Beraterinnen für den Bau des New New Globes. Viele Menschen im Publikum heute Abend erinnern sich an Shakespeare als den langweiligen Typen aus dem Englischunterricht in der Schule mit den merkwürdigen Wörtern. Sie könnten fälschlicherweise annehmen, dass ein Festival, das sein Werk feiert, nichts für sie wäre. Könnten Sie ihnen sagen, warum sie das, was wir auf die Beine stellen, lieben werden?«

»Danke, Miles. Ja, das kann ich. Im Gegensatz zu dem, was *einige* Leute denken«, Zens Worte durchschnitten die Luft wie ein Messer, »konnte Shakespeare von allen genossen werden. Es ist ein kompletter Mythos, dass man eine Art Englischgelehrter sein muss, um ihn zu verstehen.«

Ich hörte ein spöttisches Schnauben aus der Box neben unserer.

Zen fuhr fort. »Shakespeare schrieb für die Massen, für das einfache Volk, für diejenigen mit den billigen Plätzen ganz vorne.« Ein Raunen ging durch den Saal, und für einen Moment wünschte ich mir, auch dort unten zu sein. »Deshalb finde ich die Vorstellung so entsetzlich, dass seine First Folio in die Hände eines privaten Sammlers gelangen könnte und nicht in das Museum, wo sie jeder genießen könnte.« Sie hielt inne. »Es macht mich so wütend, dass ich *morden* könnte.«

»Mord ist natürlich ein zentrales Thema in vielen von Shakespeares Stücken. Können Sie mit diesem ...«

Zen und Miles sprachen in ihrem Vortrag über alle möglichen interessanten Fakten. Als sie fertig waren, kamen die Schauspieler aus Romeo und Julia heraus, um eine wilde Kampfszene aufzuführen, die sie in ihrem Enthusiasmus durch die Reihen der Groundlings und sogar bis in unsere Privatloge trieb. Ich lachte und klatschte mit allen anderen, wobei mir die ganze Zeit über Zens Worte nicht aus dem Kopf gehen wollten.

Ich verabscheute Rasmussen genauso sehr wie sie, und seine Einstellung, dass Bücher weggeschlossen werden sollten, damit nur die Elite zu ihnen Zugang hatte, machte mich krank, aber die Art, wie sie das Wort Mord ausgesprochen hatte ...

Es war, als ob sie es wirklich ernst gemeint hatte.

8

In der Pause gingen wir in den Biergarten, wo die Hexen Hof hielten.

»Mama, du warst fantastisch.« Ich umarmte sie fest. Hinter ihr stand ihr Freund, Handy Andy, der nicht aufhören konnte zu strahlen, während er besitzergreifend Mamas Arm hielt und ihr in den Hintern kniff.

»Oooh, du verrückter Kerl.« Mama gab ihm einen Klaps.

Ich drückte Oscars Leine, unsicher, was ich von dem öffentlichen Rumgeturtel meiner Mutter mit Andy halten sollte, vor allem, nachdem ich die Liebe in der Stimme meines Vaters gehört hatte und wusste, dass er immer noch an sie dachte. Aber er war der zeitreisende Dichter Homer und sie war eine Tarotkartenleserin mittleren Alters, die mich ganz allein großgezogen hatte. Sie verdiente einen Mann, der sie glücklich machte. »Und das Kostüm passt gut?«

»Mina, es ist perfekt.« Mama strich mit den Händen über die roten Pailletten und wackelte mit dem Hintern, was mir ein mulmiges Gefühl bescherte. »Du hast wirklich Talent. Ich bin so froh, dass du dich immer noch für Mode begeistern kannst.«

»Ich auch.« Ich lächelte. »Ich hoffe, dass Miles mich, wenn

das Festival gut läuft und das New New Globe auf Tour geht, fragt, ob ich mitkommen und bei den Kostümen helfen möchte ...«

Ich wurde davon unterbrochen, dass Andy und Mama sich einen lauten Schmatzer gaben. Morrie, der spürte, dass ich gerettet werden musste, drängte sich mit Droll im Schlepptau in unsere Gruppe.

»Hallo, Frau Wilde. Es ist mir eine Freude, Sie beide wiederzusehen.« Morrie zwinkerte Droll zu. »Ich freue mich schon so auf unsere gemeinsamen Szenen in Macbeth.«

»Argh!« Droll raufte sich die Haare und fing wieder an, seinen verrückten Tanz aufzuführen.

»Was macht er denn da?« Mama runzelte die Stirn.

»Das ist ein alter Theater-Aberglaube«, erklärte Morrie. »Er muss das jedes Mal machen, wenn ich ‚Macbeth‘ sage ...«

»Bitte hör auf damit«, schrie Droll, während er sich schneller drehte und wild mit den Händen fuchtelte.

»Was war das?«, fragte Morrie liebenswürdig. »Du willst, dass ich aufhöre, ‚Macbeth‘ zu sagen?«

»Aaaaargh!«

Halb rennend halb hüpfend verschwand Droll aus dem Theater. Morrie und ich brachen in Gelächter aus.

»Ich habe nach dir gesucht, meine Hübsche.« Morrie drückte mir ein Glas in die Hand. »Ich habe dir einen Cocktail mitgebracht. Er heißt ‚Der Cocktail der Irrungen ‘.«

»Du bist mein Held.« Ich nahm das Glas entgegen, Morrie legte seinen Arm um meine Schulter und führte mich von Mama und Andy weg, die nicht einmal zu bemerken schienen, dass wir und zurückzogen.

»Ich bin dafür, dass wir den zweiten Teil auslassen«, Morrie beugte den Kopf, um mir köstliche Worte ins Ohr zu flüstern. »Ich will dich zurück nach Nevermore bringen, damit ich diese Korsettschnüre mit einer solchen quälenden Langsamkeit lösen kann, dass du mich anflehst, dich zu ficken, denn du, Mina Wilde, in diesem Outfit, bist alles, was ich will.«

Bei seinen schmutzigen Worten überlief mich ein Schauer der Vorfreude. Ich wollte Heathcliff und Quoth holen und schnell nach Nevermore zurückkehren, aber Morrie hielt mich auf.

»Zuerst solltest du dir etwas ansehen.«

Er führte mich und Oscar durch den Biergarten zu einer Gruppe von Menschen, die sich um einen Tisch drängten. Ich war wütend, weil ich genau wusste, was dieser Tisch bedeutete. Keine Woche zuvor hatte mir Frau Ellis diesen Platz gezeigt und mir gesagt, dass sich dort der Nevermore Bookshop niederlassen werden würde. Stattdessen war es aber Herr Rasmussen, der mit aufgeblasener Brust und seiner herrischen Art alle unsere Kunden in Beschlag nahm.

»Du siehst es vielleicht nicht«, flüsterte Morrie, »aber er hat keine Bücher zum Verkauf.«

Was?

Keine Bücher?

»Aber er ist der offizielle Buchhändler des Festivals«, sagte ich. »Der Sinn des offiziellen Buchhändlers besteht darin, bei allen Veranstaltungen mit Büchern aufzutauchen, die die Öffentlichkeit kaufen kann. Deshalb ist unser Lagerraum mit Shakespeare-Bänden und Zens akademischen Werken gefüllt. Was macht er denn ...«

»Es ist sehr enttäuschend«, sagte Cynthia Lachlan, als sie vorbeiging. »Ich wollte ein Theaterstück für meine Tochter kaufen, aber alles, was der Typ macht, ist, das hier zu verteilen.«

Sie drückte mir ein Blatt Papier in die Hand. Ich gab es Morrie, und er las es laut vor. Es war eine Broschüre, in der die Leute aufgefordert wurden, Rasmussen Bücher zu besuchen, um die First Folio und die anderen Schätze in ihrer Sammlung gegen eine Gebühr zu sehen. Und »nur ernsthafte Anfragen« konnten eine private Besichtigung vereinbaren, um einen Preis für die Bücher zu besprechen. Widerlich.

Überall um mich herum hörte ich enttäuschte Menschen, die Bücher kaufen wollten, es aber nicht konnten. Das waren meine Leute, meine Kunden, und ich hasste es, dass sie diese Gelegenheit verpassten, in Shakespeare einzutauchen, nur weil Rasmussen ein Snob war.

»Frau Ellis«, rief ich. Blitzschnell erschien sie neben mir, ihr Organisatorinnen-Klemmbrett in den Händen. »Herr Rasmussen hat keine Bücher zum Verkauf.«

»Oh ja«, sie runzelte die Stirn angesichts des Tisches. »Er sagte, er könne die Ware nicht rechtzeitig bekommen, also bewirbt er stattdessen die First Folio.«

»Sie haben die Stelle der Buchhandlung einem Typen gegeben, der offenbar entschlossen ist, *keine* Bücher zu verkaufen, und der die Bürger dieses Dorfes hasst, anstatt Mina, die alle verrückten Dinge in diesem Dorf unterstützt hat?«, donnerte Heathcliff, als er sich uns anschloss, und seine Stimme nahm einen Ton an, die darauf hindeutete, dass er kurz davor stand, jemanden zu erstechen.

»Ist schon okay, Heathcliff«, sagte ich. »Es ist nicht wichtig, wer den Stand leitet. Wichtig ist, dass die Leute beim Shakespeare-Festival eine gute Zeit haben, und dazu gehört auch, dass sie die Bücher kaufen können, die sie lesen möchten. Rasmussen hat keinen Vorrat, und wir haben einen Lagerraum voller Bücher, die wir nicht verkaufen können. Morgen gehen wir zu Rasmussen, bevor er öffnet, und werden höflich mit ihm darüber sprechen, wie wir zusammenarbeiten können, um das Festival zu einem Erfolg zu machen.«

»Oh, Mina, das wäre wunderbar.« Frau Ellis gab mir einen Kuss auf die Wange. »Es wäre eine große Erleichterung für mich, wenn ich nicht hören müsste, dass die Leute keine Bücher bekommen haben.«

»Also kein Erstechen?« Heathcliff klang enttäuscht.

»Kein Erstechen.« Ich stieß Droll mit dem Finger in die Brust. »Und du verwandelst ihn auch nicht in einen Esel.«

»Was ist mit einem Fuchs?«, fragte Droll. »Du könntest ihn als Stola tragen?«

»Wir verwandeln keine Menschen in Tiere. Oder Topfpflanzen. Oder Schlepper«, knurrte ich. »Wir werden das wie Erwachsene lösen. Und jetzt mach dich für heute Abend vom Acker, denn ich werde nach Hause gehen, damit meine Freunde mir das Hirn rausvögeln können.«

9

Mein Wecker klingelte und riss mich aus meinen Träumen von Heathcliff in Pantalons. Meiner bescheidenen Meinung nach sahen alle Männer in Pantalons besser aus. Ich drehte mich um und drückte auf den Knopf, der mit blecherner KI-Stimme die Uhrzeit ansagte.

6:45 Uhr.

Warum zum Teufel ist der Wecker auf 6:45 Uhr gestellt?

Ist das wieder einer von Morries Streichen?

Ich wollte das verdammte Ding ausschalten, erinnerte mich dann aber erschrocken, dass *ich* selbst die Architektin meines eigenen Untergangs war. Ich war diejenige, die ihn auf diese unchristliche Zeit gestellt hatte. Wir wollten mit Herrn Rasmussen sprechen. Nach drei Cocktails der Irrungen und dem umwerfenden Sex letzte Nacht hatte ich das völlig vergessen.

Jetzt war ich wach und meine Gedanken schwirrten. Ich hatte so viele Ideen, wie unsere beiden Buchhandlungen zusammenarbeiten könnten, um dieses Shakespeare-Festival zum besten aller Zeiten zu machen.

Das war meine Chance, als Geschäftsfrau Mina zu glänzen.

Rasmussen Bücher würde es noch viel länger geben als das Festival, und Herr Rasmussen hatte Recht, wenn er sagte, dass unsere Geschäfte unterschiedliche Kundengruppen ansprachen. Wir könnten uns ergänzen, anstatt miteinander zu konkurrieren.

Willst du wirklich mit diesem Typen zusammenarbeiten? Die quälende Stimme in meinem Kopf erinnerte mich an das, was ich gestern Abend in den Lord's Rooms mitbekommen hatte. Rasmussen und sein Lehrling hatten geklungen, als hätten sie etwas Unangenehmes vor, und wenn das stimmte, wollte ich nicht, dass Nevermore darin verwickelt wurde.

Aber es kann nicht schaden, mit ihm zu reden. Wir bitten ihn ja nicht, mit uns eine Bank auszurauben. Nur wenn wir unsere Bücher loswerden könnten, würde das sicher helfen, die Rechnungen diesen Monat zu bezahlen.

Ich setzte mich auf und tastete über die Bettlaken. Heathcliff lag noch im Bett, einen riesigen Arm schützend über meine Brust gelegt. Sowohl Morrie als auch Quoth waren bereits auf. Das überraschte mich nicht. Quoth stand oft früh auf. Er malte wahrscheinlich in seinem Atelier auf dem Dachboden. Und Morrie kümmerte sich wahrscheinlich um den morgendlichen Kaffee. Mein kriminelles Superhirn war gerne vor allen anderen bei Oliver, damit er die komplette Auswahl von Scones hatte.

»Steh auf.« Ich stupste den schlummernden Bären neben mir an.

»Nein«, kam die mürrische Antwort aus den Tiefen der Bettdecke. »Ich will hier bleiben, wo es keine Kunden oder verrückten Freundinnen gibt, die mich zwingen, Halskrausen zu tragen.«

»Wir müssen mit Rasmussen reden. Raus, raus, raus aus den Federn.« Ich zog ihm mit dem Kissen eins über. Morrie steckte seinen Kopf in die Tür, wobei er Tassen mit dampfendem Kaffee trug.

»Oh, Kissenschlacht. Da will ich mitmachen.« Er stellte die Tassen ab und streckte die Hand aus, um mich zu packen.

»Ich wollte nicht ...« Aber meine Proteste wurden von Morries Lippen erstickt, heiß und besitzergreifend und völlig beherrschend. Er küsste mich so heftig, dass ich mich in ihm verlor und meinen Griff um das Kissen lockerte. Wenn James Moriarty mir mit seinen Lippen, seinen Händen und seinem Körper befahl, ergab ich mich völlig.

Ehe ich mich versah, riss er mir das Kissen aus der Hand und versetzte mir einen Schlag auf den Rücken.

»Autsch. Oh nein, das tust du nicht. Das ist Krieg.« Ich riss das andere Kissen unter Heathcliffs Kopf hervor und versetzte Morrie damit einen Schlag. Überall flogen die Federn. Morrie holte erneut aus, aber ich drückte mich gegen das Bett und er verfehlte mich. Ich erwischte ihn mit meiner Rückhand und stieß ihn taumelnd zurück. Er schrie vor Überraschung auf.

»Du willst es auf die harte Tour, Hübsche?« Ein grausames Lächeln verzerrte Morries Lippen, als er nach der Bettdecke griff, bereit, sie uns wegzureißen.

»Keine Spielchen. Sie gehört mir.« Heathcliff packte mich an der Taille und riss mich herum, so dass mein Rücken gegen seine harte Brust gepresst wurde. Er beugte seinen Kopf über meine Schulter, um meinen Mund in einem rauen Kuss zu erobern, während seine Hände die Vorderseite meines Nachthemds hinunterwanderten und nacheinander die Knöpfe öffneten. Seine Finger rollten über meine Brustwarze, die daraufhin zu einer empfindlichen Kugel erstarrte, mit der Heathcliff auf seine wilde Art spielte, bis ich unter seinem Kuss nach Luft schnappte.

»Und ihr beide gehört *mir*.« Morrie ließ die Bettdecke fallen und kroch aufs Bett. Er packte Heathcliff am Hals, zog seinen Kopf zurück und verschlang ihn, als wäre Heathcliff ein saftiges Steak und er hätte seit Tagen nichts gegessen.

Morrie und Heathcliff als Paar war immer noch neu für mich, aber es war überhaupt kein Problem, sie zu teilen, wenn sie so heiß dabei waren.

Die beiden wandten sich mir mit hungrigen Augen zu, und mein Innerstes verwandelte sich in eine Pfütze. Morrie drückte sich an mich und zwängt mich zwischen seiner drahtigen Gestalt und Heathcliffs kräftigen, tonnenförmigen Brust ein.

»Dafür haben wir keine Zeit«, hauchte ich.

»Dann sollten wir uns besser beeilen«, grinste Morrie. »Was meinst du, Fürst Grummelton? Willst du einen Rekord brechen, indem wir Mina dazu bringen, viermal in weniger als zehn Minuten zu kommen?«

»Herausforderung angenommen«, knurrte Heathcliff mir ins Ohr.

Morrie drehte mich herum, sodass meine Brust an Heathcliff gepresst wurde. So nah raubte mir mein gotischer Antiheld den Atem. Seine dunklen, anthrazitfarbenen Augen fixierten mich mit unverhüllter Verwundbarkeit, ein Blick, von dem Emily Brontë uns hatte glauben machen wollen, dass der grausame und verdrehte Heathcliff nicht in der Lage sei, ihn zu schenken.

Heathcliff musste meine Gedanken in meinem Gesicht gelesen haben. Er lachte düster, und das Grollen vibrierte auf meiner Haut.

Ich schlang meine Beine um ihn und er drang seufzend in mich ein. Seine Schultern entspannten sich, als er unsere Körper aneinander presste, bis wir uns körperlich und im Geiste so nahe kamen, wie es zwei Menschen nur tun konnten. Selbst so, roh und zart und ruhig, war Heathcliff eine Naturgewalt, die man nicht ignorieren konnte. Ihn zu lieben war wie die bittere

Kälte des Winters auf der Haut zu spüren oder einen Sturm aus dunklen Wolken über die Moore toben zu sehen.

Ihn zu lieben bedeutete, sich von seiner Wildheit mitreißen zu lassen.

Unsere Körper bewegten sich im Einklang. Sein Schwanz dehnte mich, streckte sich und rieb an all den Stellen, die sich so gut anfühlten. Eine Spannung machte sich in mir bemerkbar wie eine Bogensehne, die gespannt wurde. Ich bewegte meine Hüften, um jeden von Heathcliffs tiefen, langen Stößen zu erwidern, und die Sehne spannte sich weiter und weiter.

Heathcliff hatte mich so verzückt, dass ich nicht einmal bemerkte, wie Morrie mit einer Flasche Gleitmittel hantierte, bis er sich vorbeugte und sein schlanker Körper sich um mich herum faltete. Er schob einen mit Gleitmittel bestrichenen Finger nach vorne zwischen mich und Heathcliff und kreiste damit über meiner Klitoris. Ich biss die Zähne zusammen, weil ich dem Napoleon des Verbrechens nicht die Genugtuung geben wollte, mich so schnell kommen zu sehen, aber Heathcliff seufzte leise gegen meinen Mund und ich war weg.

Die Bogensehne riss und entfaltete sich in mir in Wellen schmelzenden Vergnügens. Ich versank in Morrie und meine Lippen lösten sich von Heathcliffs Mund, als mein Körper sich dem Gefühl hingab.

»Eins«, flüsterte Morrie in mein Ohr. Er weigerte sich, nachzulassen. Sein Finger drehte weiter träge Kreise auf meiner Klitoris, während Heathcliff tiefer in mich stieß. Ich wackelte mit den Hüften und versuchte, dem Ansturm von Morries Finger zu entkommen, aber er ließ mich nicht. Er mochte dieses Spiel, und jetzt, da ich in seiner Schlinge gefangen war, hatte er nicht vor, mich gehen zu lassen.

Obwohl ein Schmerzensschimmer das Vergnügen verfolgte, das noch immer in meinen Adern pulsierte, stellte ich mich ihm und presste meine Schenkel zusammen, um Heathcliff noch tiefer hineinzuziehen. Er beugte sich vor und fuhr mit den Zähnen über meine Brustwarze, und ich war wieder weg. Schockwellen erschütterten meinen Körper, als ein weiterer Orgasmus mich überkam.

»Zwei«, flüsterte Morrie. »Bist du jetzt bereit für mich, Hübsche?«

Meine Haut brannte. Meine Gesichtsmuskeln funktionierten nicht. Das Einzige, was ich tun konnte, war zu stöhnen: »Jaaaaa...«

Heathcliff nahm mich in seine starken Arme und hielt mich fest, während Morrie die Eichel seines Schwanzes an meinem Hintereingang ausrichtete. Als Morrie in mich eindrang, schrie ich gegen Heathcliffs Lippen. Wir hatten das jetzt schon ein paar Mal gemacht, mit zweien von ihnen gleichzeitig in mir, und jedes Mal fühlte es sich wie die *vollkommene Perfektion* an. Wie im Himmel. Wie völlige Hingabe.

»Vergiss nicht zu atmen, Hübsche.« Morrie kicherte, seine Stimme dunkel und von Lust erfüllt.

Heathcliff hielt mich still, wobei sein Schwanz zuckte, während Morrie Stück für Stück in mich eindrang. Das Gleitmittel erleichterte ihm den Weg, während sein Kopf an dem engen Muskelring vorbeigleitete. Ich konzentrierte mich darauf, Heathcliffs wilden, torfigen Geruch einzuatmen, während die beiden mich bis an den Rand des Schmerzes dehnten.

Mit einem letzten Stoß saß Morrie tief in mir. Er beugte sich über meine Schulter, um Heathcliffs Mund mit seinen Lippen zu beanspruchen. Da die beiden so ... nun ja, eben *Morrie und Heathcliff* waren, war Sex normalerweise ein Willenskampf, aber das hier fühlte sich anders an. Heathcliff stieß einen zufriedenen Seufzer aus, während er Morries Wange mit seiner riesigen Hand umfasste. Er zog sich ein wenig zurück, damit Morrie tiefer eindringen konnte, und ließ mich nicht zu Atem kommen, bis dieser tiefer in mir saß, als ich es je für möglich gehalten hätte.

Morrie schaukelte zurück und Heathcliff stieß vor, wobei ihre Längen durch die dünne Wand in mir aneinander rieben. Heathcliff knurrte tief in seiner Kehle, als er Morries Mund mit seiner Zunge fickte. Es ging nicht nur darum, dass die beiden mich befriedigten, obwohl das definitiv reichlich der Fall war, so viel konnte ich sagen. Sie gaben sich auch einander hin.

Sie fanden einen Rhythmus und wiegten sich in mir hin und her. Ich konnte nicht beschreiben, wie intensiv es sich anfühlte, wie intim und perfekt und fesselnd es war, von ihnen genommen zu werden, von ihnen besessen zu sein, von ihnen beiden geliebt zu werden. Währenddessen trommelte Morries Finger einen unerbittlichen Rhythmus gegen meinen Kitzler und zog mich in mich selbst zurück, bis sich die ganze Welt auf den roten Punkt in der Mitte meines Sichtfeldes verengte.

Ich schwebte außerhalb meines Körpers und wurde erst wieder zurückgeholt, als Morries Atem mein Ohr kitzelte.

»Drei.«

Als ein weiteres Knurren aus seiner Kehle drang, beugte sich Heathcliff vor. Er drückte gegen Morries Schulter, um ihn zurück auf das Bett zu stoßen. Morries Zähne gruben sich in meine Haut, als Heathcliff sich auf uns stürzte. Er drückte uns beide fest, wobei er uns mit seinem Gewicht und seinem dunklen, besitzergreifenden Blick gefangen hielt. Mit aller Leidenschaft in seinem dunklen, wilden Herzen warf Heathcliff uns aufs Bett. Das Messingbettgestell krachte gegen die Wand, als er uns beide gleichzeitig fickte. Es war heiß und bedürftig und so unglaublich fesselnd, dass Morrie unter mir nach Luft schnappte, und ich spürte, wie sich sein Schwanz in mir zusammenzog. Obwohl ich nicht dachte, dass ich noch etwas übrig hatte, packte mich ein weiterer Orgasmus und warf mich herum wie ein Schiff, das während eines Sturms auf hoher See verloren gegangen war.

Ich weiß nicht, wie lange ich auf dieser Welle in einem Ozean aus purem Vergnügen geritten war, aber als ich wieder auf dem Boden der Tatsachen ankam, zog sich Heathcliff zurück und starrte auf mich herab, die ungezähmten Locken mit Daunenfedern verklebt.

»Vier.« Heathcliff klangerstaunt.

»Das ist nicht fair«, brachte ich hervor. »Der letzte war gestohlen.«

»Von Willigen kann man nicht stehlen.« Morrie grinste. Er rutschte unter mir hervor und wickelte sich ein Handtuch um. Federn klebten an seinem Rücken. »Wenn mich jemand sucht, ich bin unter der Dusche und mache mich für den schrecklichen Rasmussen zurecht. Er sieht aus wie ein Typ, der wirklich mal ordentlich gevögelt werden muss.«

»Scheiße.« Ich zwang meine Glieder, sich zu bewegen. Ich brauchte ein paar Versuche, aber ich drehte mich um und griff nach meinem Handy. Ich drückte auf die Taste, die die Uhrzeit vorlas. »Wir sind spät dran.«

Ich krabbelte aus dem Bett. Die Laken verhedderten sich um mich und ich flog durch die Luft. Zwei warme Arme schlangen sich um mich und bewahrten mich davor, zu Boden zu stürzen. *Quoth.* Es war immer Quoth der mich zusammenhielt, unsere chaotische kleine Familie zusammenhielt.

»Sieht aus, als hättet ihr einige meiner Freunde massakriert«, sagte er und lächelte über die kleinen Flaumfedern, die überall verstreut waren.

»Ich habe Morrie ins Gesicht getroffen, also sind sie für einen guten Zweck gestorben.« Ich sackte gegen Quoth. Vier Orgasmen in weniger als zehn Minuten bedeuteten, dass meine Beine nicht richtig funktionierten. »Wir müssen uns beeilen. Morrie steht unter der Dusche. Das dauert also sieben

Jahrhunderte, und ich muss mich um Oscar kümmern und Koffein besorgen ...«

»Ich war schon mit Oscar spazieren. Und Morrie hat bereits den Kaffee besorgt.« Er drückte mir meinen wiederverwendbaren Becher in die Hand. Quoth hatte ihn für mich online gefunden. Er bestand aus gehärtetem Glas, an dessen Rand sich kleine spürbare Hundepfotenabdrücke befanden.

Ich nahm einen tiefen Schluck Kaffee. Eine von Olivers besten Arbeiten. »Danke. Ich habe Koffein in den Adern. Ich schaffe das.«

Ich durchsuchte meine Kleidung, um mein bestes »Mina-Outfit für die Arbeit« zu finden, einen schwarzen Vintage-Samtblazer, eine schmale schwarze Hose, schwarze Samtballerinas und ein Clash-T-Shirt, und band mir die Haare zu einem unordentlichen Dutt zusammen, bevor ich an die Badezimmertür hämmerte, bis Morrie in einer Wolke aus Aftershave und Perfektion erschien. Er trug den Anzug, den ich an dem Tag gesehen hatte, als wir uns kennengelernt hatten, den maßangefertigten mit Falten, die so scharf waren, dass man sich die Haut daran schneiden konnten. Er rieb sich vor Freude die Hände.

»Nein«, ich wedelte mit dem Finger vor seiner Nase.

»Nein, was?« Seine Stimme war die Definition von Unschuld.

»Nein zu welchem Plan auch immer du gerade ausheckst.«

Quoth verwandelte sich in seinen Raben und setzte sich auf meine Schulter. Im Gegensatz zu Morrie mochte er keinerlei Konfrontation und fühlte sich als Rabe sicherer.

Heathcliff kam aus der Küche, seinen morgendlichen Whisky in der Hand. Er hatte ein dunkles Hemd angezogen, das er bis zu den Ellbogen hochgekrempelt hatte, damit jeder seine muskulösen Unterarme und die Tätowierungen auf seiner dunklen Haut sehen konnte. Er war unsere Muskelkraft. Wenn ich Rasmussen nicht mit Nettigkeit überzeugen konnte, dann konnte Heathcliff es vielleicht mit Drohungen tun.

Ich nahm Oscars Geschirr und Oscar zog mich praktisch die Treppe hinunter, so aufgeregt war er, wieder rauszugehen. Oscar liebte es, als mein Blindenhund zu arbeiten, und er war noch jung und voller Energie, was ihn zum perfekten Hund für mein hektisches Leben machte.

»Ich will auch mit.« Droll kam aus dem Kinderbücherzimmer gerannt, wo er auf der Ausziehcouch geschlafen hatte. Normalerweise versuchten wir, Jobs für fiktive Figuren zu finden. Lydia Bennet brach derzeit Herzen in der Offiziersausbildung für die Marine Ihrer Majestät und Sokrates war ein Social-Media-Star, der in morgendlichen Fernsehshows neben seinem Helden, dem modernen Philosophen Peter Jordanson, auftrat.

Aber Droll ... was sollten wir mit einer Fee anfangen, die Menschen in Esel verwandelte, nur um sich zu amüsieren? Wir hatten versucht, ihm einen Job im örtlichen Streichelzoo zu besorgen, aber er hatte der Kuh zwei Köpfe verpasst und einen Tierpfleger in einen Pinguin verwandelt. Also blieb er im Laden, bis wir herausgefunden hatten, was wir mit ihm machen sollten.

Vielleicht würde Rasmussen einen schelmischen Elf aufnehmen, der eine Spur von Chaos und Verwüstung hinterlässt?

Ich seufzte. »Okay, aber keine Esel.«

Droll legte die Hand auf seine Brust. »Ehrenwort, keine Esel.«

Wir fünf machten uns auf den Weg. Die frische Morgenluft streichelte meine Haut und ich verfluchte mich dafür, dass ich keine Thermoweste angezogen hatte. Arbeits-Mina schien sich offensichtlich nicht für das triste britische Wetter anzuziehen.

Als wir das Ende der Butcher Street vor Olivers Bäckerei

erreichten, blieb Oscar plötzlich stehen und hielt mich auf, gerade als eine amerikanische Stimme sagte: »Whoa there, Nelly.«

»Hallo, Herr Abernathy.« Diesen Südstaatenakzent würde ich überall erkennen. »Entschuldige, dass ich Sie erschreckt habe. Wir haben Sie nicht gesehen.«

»Schon in Ordnung, junge Dame.« Die Stimme von Herrn Abernathy war gedämpft. Ich merkte, dass ich sein Gesicht wegen der riesigen Backwarenschachtel in seinen Armen nicht sehen konnte. Es sah so aus, als hätte er Oliver leergeräumt. »Ich war gerade auf der Suche nach einem köstlichen britischen Gebäckstück und dachte, ich versuche, mal Herrn Rasmussen zu erwischen, bevor er seinen Laden öffnet.«

»Lustig. Wir hatten eigentlich gehofft, selbst mit ihm zu sprechen.«

»Ich würde es mir nicht antun. Der Mann ist völlig weltfremd. Ich habe wie ein Hengst unter den Stuten an die Tür gehämmert, aber niemand hat geantwortet. Diese Stadt hat vielleicht kein anständiges Fried Chicken-Restaurant, aber diese Bäckerei ist gar nicht so schlecht. Ich habe mich in ihre heißen Fleischpasteten verliebt.« Er senkte die Schachtel und deutete auf seine Brust. »Ich habe mich in all ihre Waren verliebt.«

Er hat einen riesigen Soßenfleck auf seinem Hemd, flüsterte Quoth in meinem Kopf.

»Sie sollten Olivers Scones probieren«, sagte ich. »Mit Marmelade und Clotted Cream. Die sind zum Sterben gut. Wollten Sie mit Rasmussen über die First Folio sprechen?«

Hiram schüttelte verärgert den Kopf. »Er sollte wissen, dass er mir nicht ans Bein pinkeln und dann behaupten kann, dass es regnen würde. Er hat mir dieses Buch versprochen. Wir hatten zwar nichts Schriftliches vereinbart, aber es war eine Art Abkommen unter Gentlemen. Ich habe ihm sogar einen beträchtlichen Bonus in bar angeboten, damit er die Folio sofort an mich abtritt, aber er bewegt sich keinen Millimeter auf mich zu und meine Frau ist mit mir zum Festival gefahren und ...«

Hiram warf einen besorgten Blick über den Dorfplatz in Richtung des Rose Cottages, dem schönsten Bed & Breakfast des Dorfes.

Irgendetwas an dem, was Hiram Abernathy sagte, kam mir seltsam vor. Würde ein Mann wie Rasmussen wirklich die Chance ausschlagen, ein seltenes Buch für viel zusätzliches Geld zu verkaufen, nur um es auf einem winzigen Shakespeare-Festival in einem Dorf auszustellen, das er nicht einmal besonders zu mögen schien? Er musste eine ganze Menge an Eintrittskarten verkaufen, um die Differenz auszugleichen. Und ich bezweifelte, dass jemand anderes mit einem so dicken Geldbeutel wie Hiram Abernathy ein Angebot machen würde.

Aber dann erinnerte ich mich daran, wie stolz Shelley auf ihren Papa war, als ich gestern mit ihr gesprochen hatte. Vielleicht versuchte er, etwas Nettes für das Dorf zu tun, um seiner Tochter zu zeigen, dass er ihre Beziehung verbessern wollte. Vielleicht hatte Jasper Rasmussen doch ein Herz ...

»Hiram Abernathy, du isst besser nicht diese zuckerhaltigen Backwaren, oder du bist so tot wie ein Türnagel.«

»Oh nein«, Hiram duckte sich hinter eine Parkbank und hielt seine Schachtel eng an die Brust gepresst. Seine Stimme zitterte vor Angst. »Verstecken Sie mich.«

»Hiram«, kreischte die Stimme. Sie schien näher zu kommen. »Ich habe dir deinen Grünkohl-Rote-Beete-Smoothie gemacht. Wenn du dich nicht *sofort zeigst* ...«

»Sieht aus, als wärst du geliefert, Kumpel«, sagte Heathcliff mit völlig ernster Stimme. Hinter mir prustete Morrie vor Lachen. Hiram drückte sich flach ins Gras, aber es half nichts. Er war viel zu auffällig.

»Hiram Abernathy, was machst du ...«

Droll hob einen Finger. Die Luft knisterte vor funkelnder Energie. Etwas knallte in meinen Ohren.

Als ich auf die Parkbank hinunterblickte, sah ich statt eines Ölbarons, der sich mit seinem Schmuggelgebäck zusammenkauerte, nichts als einen Haufen zerknitterter Kleidung und einen flauschigen, ziemlich verwirrt aussehenden Esel.

IO

»I-A?«, sagte Hiram Abernathy.

»Droll!«, schrie ich.

»Was denn?«, grinste die Fee. »Du sagtest, keine Esel, aber das hier ist ein Wildesel. Das ist etwas ganz anderes.«

Ich wandte mich an Morrie, der kichernd sagte: »Technisch gesehen hat Droll recht. Er hat Abernathy in einen *Kulan* verwandelt, eine asiatische Eselart, die zu einer anderen Spezies gehört als der gemeinläufige Esel ...«

»I-A.« Der Esel stieß eine der umgefallenen Backwarenschachtel an. Er trug immer noch Abernathys Stetson, und als er den Kopf senkte, rutschte der Hut über eines seiner riesigen braunen Augen.

Ich griff nach der Mähne des Esels und funkelte Droll an. »Apropos Esel, hör auf, dich wie einer aufzuführen und verwandle ihn zurück.«

»Aber ich scherze doch nur, um dich zum Lächeln zu bringen.« Drolls Grinsen wurde breiter. »Und du lächelst.«

Es stimmte, verdammt noch mal. Hiram sah als Esel mit seinem großen weißen Hut so lächerlich aus, und er *hatte* uns gebeten, ihn zu verstecken. Aber wovor er sich versteckte ...

93

»Hallo, ihr hübschen jungen Dinger«, sagte eine Stimme mit einem starken Südstaatenakzent. Eine Frau in einem leuchtend gelben Sommerkleid und weißen Cowboystiefeln stapfte auf uns zu. Sie trug eine Tasse mit etwas, das aussah wie orangefarbener Rotz, und lächelte wie ein Tiger, der sich anschickte, auf seine Beute zu springen. »Haben Sie zufällig meinen Mann Hiram Abernathy gesehen? Er hat sich aus unserem Hotelzimmer geschlichen, als ich ihm den Rücken zugewandt habe, ohne seinen morgendlichen Smoothie mitzunehmen. Er ist ein großer Kerl, trägt einen Stetson und bestimmt einen schuldbewussten Gesichtsausdruck ...«

Morrie zog dem Esel heimlich den Stetson vom Kopf und warf ihn in den Mülleimer. »Es tut uns leid, wir haben niemanden gesehen, auf den diese Beschreibung passt.«

Der Esel nickte heftig mit dem Kopf, während er Hirams Kleidung unter die Bank trat.

Die Frau kniff die Augen zusammen und starrte den Esel an. »Warum führen Sie einen Esel durch das Dorf? Zusammen mit einem Hund im Anzug und einer Krähe, möchte ich hinzufügen. Ist das eine Art Zirkusnummer?«

Hat sie mich gerade eine Krähe genannt? Quoth hüpfte auf meiner Schulter auf und ab. *Sie sollte besser aufpassen, sonst gebe ich ihr ein wenig Aroma für ihren Smoothie ...*

»Er ist eigentlich ein Rabe.« Ich tätschelte Quoth den Kopf. »Und das ist Oscar, mein Blindenhund. Was den Esel angeht, nun ja ... er ist Schauspieler beim Shakespeare-Festival. Ich bin Mina Wilde. Ich leite eine Buchhandlung im Dorf. Und Sie müssen Hirams Frau sein.« Ich streckte ihr meine Hand entgegen. »Herzlichen Glückwunsch zum Geburtstag.«

»Danke, meine Liebe. Ich bin Dolores Abernathy, freut mich sehr, Sie kennenzulernen.« Sie schüttelte meine Hand mit festem Druck. »Ja, ich habe Geburtstag, und deshalb bin ich stinksauer, dass Hiram einfach verschwunden ist. Ich habe meine geliebte Ranch zurückgelassen, um zu ihm in dieses gottverlassene Land zu kommen, weil er mir etwas Besonderes versprochen hat, aber da er jetzt weggelaufen ist, vermute ich, dass er mich wie ein Stück Dreck belogen hat. Wenn ich ihn in die Finger kriege, dann werde ich ...« Sie ahmte nach, wie sie jemandem den Hals umdrehte.

«*I-Aaaaaa!*« Hiram bäumte sich auf seinen Hinterbeinen auf und rannte über den Dorfplatz, wobei er beinahe Miles Stapleton umrannte, der gerade aus der Gasse hinter den Geschäften trat. Miles schrie und ließ seine Aktentasche fallen, aber Hiram hielt nicht an. Der Esel wieherte, als er auf die Kneipe zustürmte.

»Hey, pass doch auf.« Richard servierte an den Tischen im Freien gerade das Frühstück. Er sprang zur Seite und verschüttete ein komplettes englisches Frühstück auf Hirams Gesicht, als er hinter einem Blumenkasten in Deckung ging. »Kann jemand dieses Maultier unter Kontrolle bringen?«

»Genau genommen ist er ein Wildesel«, rief Morrie fröhlich.

»Ich helfe Ihnen.« Dolores stapfte auf die Kneipe zu. »Ich habe schon viele widerspenstige Pferde eingeritten, und dieses Tier ist nichts anderes. Man braucht eine feste Hand und einen scharfen Sporn und ...«

»I-Aaaaaaaa.« Ein verängstigter Hiram stürzte über mehrere Tische und verschwand die Straße hinunter in Richtung Kirche, während Dolores ihm entschlossen hinterherlief.

»Sieht aus, als hätte Hiram den Knall ihrer festen Hand schon einmal zu oft gespürt«, sagte Morrie lachend. Ich verbarg mein Grinsen hinter meiner Hand. Ich konnte nicht anders. Hiram, der Esel, sah ziemlich lustig aus, wie er die Straße entlang rannte, um seiner Frau zu entkommen. Und er hatte all seine verbotenen Snacks zurückgelassen. Ich hob die

Bäckereischachtel auf und nahm mir einen unberührten Schokoladenkrapfen.

»Lass uns hier verschwinden, bevor uns jemand für dieses Chaos verantwortlich macht.« Ich funkelte Droll böse an. »Und *verwandle ihn zurück.*«

»Gehn die Sachen kraus und bunt, freu ich mich von Herzensgrund.«, schmollte Droll, aber er wedelte wieder mit dem Finger, und ich hörte das Zischen und Knallen seiner Magie, die sich durch die Luft bewegte.

»Gut, danke. Können wir jetzt ohne weitere Zwischenfälle in die Buchhandlung gehen ...?«

Morrie schrie und warf eine Hand vor mich, aber nicht bevor ich mich auf dem Absatz umdrehte und mit jemandem zusammenstieß, der mir entgegenkam.

»Wuff«, bellte Oscar, als wollte er mich ermahnen, dass ich auf ihn warten musste, bis er mir den Weg vorgegeben hatte.

»Es tut mir so leid. Das passiert leider manchmal. Ich habe Sie nicht gesehen.« Mein Gesicht errötete vor Verlegenheit, als ich mich von dem armen Tropf löste, der sich einem blinden Mädchen auf einer Mission in den Weg gestellt hatte. »Möchten Sie zur Entschuldigung ein paar Donuts? Der Esel hat sie nicht zertreten ... Oh, hallo, Zen.«

»H-hallo Mina.« Zen sah erschrocken aus, als sie sich den Staub abklopfte. »Ist schon in Ordnung, es ist überhaupt nicht Ihre Schuld. Ich war gerade bei meiner morgendlichen Joggingrunde und habe nicht aufgepasst, wo ich hinlaufe.«

»Geht es Ihnen gut? Sie scheinen ein wenig durcheinander zu sein.« Und ich konnte nicht umhin zu bemerken, dass sie eine schöne Bluse und eine Hose trug, keine Laufkleidung.

»Mir geht es gut. Ich habe nur ...« Zen rang die Hände. »Ich war gerade ... ähm, nun, ich weiß eigentlich nicht so recht, was ich getan habe. Ich bin gekommen, um einen weiteren erfolglosen Versuch zu unternehmen, Jasper Rasmussen davon zu überzeugen, die Folio dem Museum zu spenden, aber er ist nicht in seinem Geschäft.«

»Das haben wir auch gehört. Hiram Abernathy hat ebenfalls nach ihm gesucht. Vielleicht verspätet er sich heute ja nur. Er muss morgens schließlich viel Zeit darauf verwenden, seine Teufelshörner zu polieren.«

Heathcliff schnaubte, aber Zen schien meinen Witz nicht einmal zu hören. »Hör mal, Mina, es ist schön, Sie zu sehen, aber ich glaube, ich muss nach Hause. Und duschen. Ja, und meine Vitamine nehmen. Wir sehen uns heute Abend bei unserer ersten Vorstellung, Morrie ...«

Zen wurde von einem Tumult am Rande des Dorfplatzes unterbrochen, als eine Gestalt auf Richard zustürmte und Eier, Rösti, Würstchen und Blutwurst in alle Richtungen spritzte. Die Gestalt hielt nicht an, sondern flog weiter auf uns zu.

»Aus dem Weg«, bellte Shelley Rasmussen und schob Max' Kinderwagen so heftig vor sich her, dass er Heathcliff gegen die Beine knallte.

»Shelley, immer mit der Ruhe. Geht es Ihnen gut?«

»Nein, verdammt, mir geht es nicht gut, okay?«, bellte sie, während sie den Wagen um uns herum schob. »Ich dachte, mein Vater wäre ins Dorf gekommen, um Zeit mit uns zu verbringen, aber es war nur eine seiner Lügen. Ich bin auf dem nach Hause und werde mich nie wieder mit ihm und seinem Unsinn abgeben.«

»Können Sie uns erzählen, was passiert ist? Haben Sie Ihren Vater heute Morgen gesehen?«, rief ich, aber niemand antwortete.

»Sie ist weg«, sagte Heathcliff. »Im Gegensatz zu dem blauen Fleck an meinem Schienbein.«

»Es scheint, als hätte heute jeder etwas gegen Herrn Rasmussen«, sagte ich. »Vielleicht ändert das ja seine Meinung.«

»Es klingt auch so, als würde er niemandem die Tür öffnen«, Heathcliff zog meinen Arm zurück in Richtung Nevermore. »Also können wir genauso gut wieder ins Bett gehen. Morrie könnte Arnika-Creme auf mein verletztes Schienbein auftragen ...«

»Rasmussen wird uns die Tür öffnen«, sagte ich. »Zu einer Geschäftsidee kann er nicht nein sagen. Und wenn nicht, haben wir Droll.«

Droll verbeugte sich tief. »Zu Euren Diensten, meine Königin.«

»Du musst dich nicht verbeugen«, sagte ich. »Obwohl mir dieses ‚Meine Königin‘-Getue gefällt. Das kannst du ruhig beibehalten.«

Geschlossen als Gruppe gingen wir über den Platz zum dunklen Eingang von Herrn Rasmussens Geschäft. Neben der Tür stand der Tisch, an dem die Eintrittskarten verkauft wurden. Auf dem Schild stand, dass er in fünfundzwanzig Minuten öffnen würde, und es würde nicht mehr lange dauern, bis der erste Bus mit Touristen im Dorf ankam und die Leute anfangen würden, sich anzustellen. *Er muss da drinnen sein.*

Ich klopfte an die Tür. Keine Antwort. Die vorderen Fenster lagen im Schatten, aber als ich meine Hände auf das Glas legte, glaubte ich, im hinteren Teil des Ladens ein schwaches Licht zu sehen.

Morrie versuchte es mit der Klinke. »Das ist seltsam. Sie ist nicht abgeschlossen.«

Er stieß die Tür auf und wir drängten uns hinein. Ich sah, dass ich Recht gehabt hatte. Die Lichter hinter der Theke im hinteren Teil waren an und die Vitrinen leuchteten, aber die Hauptbeleuchtung im Laden war immer noch aus, sodass ich kaum etwas sehen konnte. Morrie tastete herum und fand die Lichtschalter, aber der Raum war so dunkel, dass sie kaum einen Unterschied machte.

Schmale Glasvitrinen erstreckten sich über die gesamte Länge des Raums und lenkten den Publikumsverkehr wie ein Trichter zum hinteren Ende, wo ein aufwendiger Tresen und ein Ausstellungsbereich mit samtenen Kissen und allen möglichen Vergrößerungsgläsern aufgebaut waren. Morrie ging in den hinteren Lagerraum, während Heathcliff in der Tür stehen blieb. Quoth flatterte herum und spähte eine schmale Treppe hinauf, die mit einem »KEINE KUNDEN«-Schild abgesperrt war.

»Herr Rasmussen«, rief ich. »Hier ist Mina Wilde vom Nevermore Bookshop. Ich bin hier, um mit Ihnen über den Festival-Buchladen zu sprechen. Ich habe einen Vorschlag, der in Ihrem besten Interesse wäre ...«

»Äh, Mina«, rief Morrie mit ungewöhnlich ernster Stimme hinter der Theke hervor. »Ich glaube nicht, dass wir mit Herrn Rasmussen zusammenarbeiten werden.«

»Sei nicht albern. Er ist Geschäftsmann. Er wird sich ein Geschäft nicht entgehen lassen, egal wie sehr er von seiner riesigen Nase auf uns herabschauen mag.«

»Nein, das meine ich nicht.« Morrie trat zur Seite und gab mir den Blick auf einen dunklen Klumpen auf dem Boden frei. »Er ist tot.«

II

»Oh nein, nicht schon wieder.« Ich schlurfte zwischen den schmalen Regalen hindurch, um Morrie zu erreichen. Wortlos schwenkte er die Schreibtischlampe nach unten, sodass ich die Umrisse von Rasmussens Körper auf dem Boden erkennen konnte. Er lag auf der Brust, während sich seine Beine um das Bein seines Stuhls gewickelt hatten, der neben ihm umgefallen war. Sein makelloser Anzug war völlig zerknittert, und um seinen Kopf herum breitete sich eine dunkle Blutlache aus.

Oscar reckte die Nase, um daran zu schnuppern, und ich zog ihn zurück.

»Ja. Schon wieder.« Heathcliff ragte über meiner Schulter auf. Sein Atem kitzelte mein Ohrläppchen. »Er hat den Laden dichtgemacht, einen Dauerurlaub genommen, seine Tesco-Clubkarte abgegeben, seinen Lagerbestand liquidiert und sich im horizontalen Hilton einquartiert ...«

»Er hat nach dem irdischen Getümmel diesen langen Schlaf des Todes gewählt«, warf Morrie ein. »Das hat Hamlet gesagt.«

»Hört auf. Das ist nicht lustig. Ein Mann ist tot.« Ich hatte

Herrn Rasmussen nicht gemocht, aber das bedeutete nicht, dass ich gewollt hatte, dass er *stirbt*.

»Er war ein Wichser«, sagte Heathcliff. »Das ist schon ein bisschen lustig. Wie ist er überhaupt gestorben? Herzinfarkt, weil er sich Dan Browns Verkaufszahlen angesehen hat?«

Sich auf seiner langen Nase aufgespießt? Sagte Quoth. Entschuldigung, ich konnte nicht widerstehen.

»Nun, ich bin nicht Jo, aber es sieht so aus, als wäre er umgefallen und mit dem Kopf auf die Schreibtischkante geschlagen.« Morrie bückte sich, um die Leiche zu untersuchen. Er deutete auf etwas an der Ecke des Schreibtisches, unter einem Topf mit einer Art Blume. »Er hat eine ziemlich üble Wunde an der Seite seines Kopfes ... Genaugenommen glaube ich, dass es zwei Wunden sind, eine viel schlimmer als die andere. Und ich sehe ein paar Blutspritzer auf diesem Schrank, also vielleicht ein Unfall ...«

»Das war kein Unfall«, sagte Heathcliff. »Schau.«

Er zeigte auf ein Samtkissen am Ende der Theke. Ich war überrascht, dass ich es nicht schon vorher bemerkt hatte, da es auf einem mit Satin bezogenen Sockel einen Ehrenplatz einnahm. Auf dem Schild daneben stand »Shakespeares First Folio«, und zwar in Buchstaben, die groß genug waren, dass selbst ich sie lesen konnte.

Nur war das Kissen leer.

Die First Folio war weg.

12

Jemand hat Herrn Rasmussen getötet und die First Folio gestohlen.

»Wir müssen die Polizei rufen.« Ich wich vom Tatort zurück. »Wir müssen hier weg und dürfen nichts anfassen. Das muss ein missglückter Raubüberfall sein. Die Diebe hatten eine Kopie von Rasmussens Schlüssel oder sind durch die Hintertür gekommen, und sie haben nicht damit gerechnet, dass er so früh schon auf sein würde, und sie ...«

»Das kann kein Raubüberfall sein.« Droll hob etwas vom Boden auf und hielt es mir hin. »Das Buch, das du suchst, ist genau hier.«

»Was machst du da?« Ich schob Drolls Arm weg. Vor Schreck ließ er das Buch fallen. »Jetzt sind deine Fingerabdrücke überall auf dem Buch, was bedeutet, dass die Polizei denken könnte, dass du etwas mit diesem Mord zu tun hast. Du wirst schon Ärger bekommen, weil du Hiram Abernathy in einen Esel verwandelt hast, und jetzt hast du auch noch einen Tatort verunreinigt.«

Droll hob die Hände. »Verzeih mir, Königin von Nimmermehr, ich habe mich geirrt ...«

»Schluss mit dem Unsinn, Fee. Wir müssen *nachdenken*. Mina, sieh dir das an.« Morrie hatte bereits ein Paar makelloser weißer Handschuhe angezogen, die er scheinbar immer in der Tasche bereithielt, denn so war Morrie nun einmal. Er schob das Buch unter eine andere Lampe, schaltete sie ein und zeigte auf einen Bereich des Einbands. Im Lichtkegel konnte ich einen dunklen Fleck erkennen, der sich über die Seiten erstreckte.

»Ist das ...?«

»Meiner professionellen Meinung nach ist das Blut«, sagte Morrie. »Und ich bin zwar nicht Jo, aber ich glaube, dass die Ecke dieses Buches perfekt zu der Wunde an der Seite von Rasmussens Kopf passt. Das war kein missglückter Raubüberfall. Der alte Rasmussen hier wurde mit seiner eigenen First Folio auf den Kopf geschlagen.«

13

Ich starrte auf das Buch hinunter, das im Dorf so viel Aufruhr verursacht hatte. Es war groß, etwa 30 cm hoch und 20 cm breit, mit einem etwa 5 cm dicken Buchrücken, der in einen schweren Einband aus Ziegenleder eingeschlagen war. Wenn man es mit genügend Schwung schwang, konnte es definitiv Schaden anrichten. Und wenn Herr Rasmussen überrascht worden, zurückgefallen und mit dem Kopf auf die Schreibtischkante gestoßen war ... würde das die beiden Wunden erklären, die Morrie entdeckt hatte ...

Ein weiterer Mord in Argleton.

Direkt vor meiner Nase.

Zumindest schien es diesmal eine rein menschliche Angelegenheit zu sein, ohne Übernatürliches im Spiel.

Eines war sicher. Wer auch immer das getan hat, kannte unseren unglücklichen Buchhändler. Die Eingangstür war unverschlossen gewesen. Auf dem Schreibtisch standen zwei leere Kaffeetassen und ein kleiner Teller mit schicken Shortbread-Keksen. Herr Rasmussen war früher im Laden aufgetaucht und hatte einen Gast erwartet. Doch statt eines

Geschäftstreffens war er mit seinem eigenen wertvollen Buch umgebracht worden.

Es sei denn ... Ich überlegte, ob der Mörder vielleicht durch den Hintereingang gekommen war und dann die Vordertür aufgeschlossen hatte, um den Laden so zu verlassen, aber das war unwahrscheinlich, weil wir Shelley, Hiram und Zen auf dem Dorfplatz gesehen hatten, die alle mit Herrn Rasmussen hatten sprechen wollen. Einer von ihnen hätte jemanden durch die Vordertür gehen sehen.

Es sei denn, einer von ihnen war der Mörder.

Sie waren alle in der Nähe von Rasmussens Laden gewesen. Sowohl Zen als auch Hiram waren so wütend darüber, wie Rasmussen sich wegen der First Folio verhalten hatte, dass sie hätten ausrasten können. Shelley würde doch nicht ihren eigenen Vater umbringen? Aber sie *war* heute Morgen wütend gewesen und vom Laden weggerannt ...

Aber wir wissen nicht, wann dieser Mord begangen wurde. Er könnte schon seit Stunden hier liegen. Zieh keine voreiligen Schlüsse, Mina. Es gibt viele Leute in diesem Dorf, die einen Grund hatten, Herrn Rasmussen zu hassen.

Unser unmittelbares Problem war, dass die Polizei sie nicht befragen würde, wenn sie von Drolls Fingerabdrücken abgelenkt würden ...

»Droll«, zischte ich. »Schwörst du, dass du es nicht getan hast?«

»Bei meinem Herzen«, er legte die Hand auf die Brust.

»Dann mach die Fliege. Wenn jemand fragt, warst du nie bei uns.«

»Ich eil, ich eil, sieh, wie ich eil; so fliegt vom Bogen des Tataren Pfeil.« Droll wirbelte im Kreis herum. Seine Haut schimmerte, als er sich in einen wunderschönen kleinen Kobold mit hauchdünnen Flügeln verwandelte und in den Kamin schlüpfte. Irgendwo oben im Schornstein hörte ich ein feines Husten.

Bist du sicher, dass das eine gute Idee war?, fragte Quoth. *Wir hätten ihn bei uns behalten können, und sein Alibi bilden können. Die Polizei weiß, dass Leute, die zufällig an einem Tatort vorbeikommen, diesen oft gefährden.*

»Und was glaubst du, wird Droll tun, wenn Hayes ihn zum Verhör mitnimmt?«, fragte ich. »Wir können Hiram Abernathy vielleicht davon überzeugen, dass er halluziniert hat, ein Esel zu sein, aber ich glaube nicht, dass die Geschichte einer Untersuchung standhält, wenn die Überwachungskamera der Station festhält, wie Wilson sich in einen Pavian verwandelt. Wir müssen diesen Mord strikt im menschlichen Bereich halten. Je weniger Hayes dem Wahnsinn des Nevermore Bookshop ausgesetzt ist, desto schneller wird er diesen Fall lösen und den wahren Mörder finden.«

»Oh, also ist es Hayes' Aufgabe, diesen Mord aufzuklären?« Heathcliff hob eine buschige Augenbraue. »Nicht die einer gewissen neugierigen Buchladen-Mitbesitzerin, die zur Vampirjäger-Amateurdetektivin wurde?«

»Ich halte mich da raus.« Ich verschränkte die Arme und funkelte Heathcliff an. »Wir haben keinen Grund, uns einzumischen. Meine Tage als Mordaufklärerin sind vorbei.«

»Ich könnte das Buch abwischen«, sagte Morrie. »Die Beweise dafür, dass Droll hier war, beseitigen.«

»Nein, dann verwischt es auch die Fingerabdrücke des Mörders ab.« Ich hatte nicht vor, bei der Vertuschung eines Mordes zu helfen, nur um Drolls Haut zu retten. Die Fee hatte schon genug Ärger gemacht. »Vielleicht tauchen Feen-Fingerabdrücke in der Menschenwelt nicht auf ...«

»Krächz?«

»Quoth, was ist los?«, rief ich, als der Rabe zum

Treppenhaus flog. Als er um die Ecke verschwand, hörte ich eine Reihe leiser Aufschläge, gefolgt von einem überraschten Schrei und weiterem Gekrächze.

Da oben war jemand.

Der Mörder.

Und er hat Quoth.

14

»Quoth!«, rief ich und eilte zur Treppe. Heathcliff war zuerst da, aber bevor er unseren Feind ergreifen konnte, erschien eine Gestalt auf dem Treppenabsatz, deren flauschige Hausschuhe auf den Eichenholzdielen ein klatschendes Geräusch machten.

»Hallo?«, rief die Gestalt mit trüber Stimme nach unten. Ich erkannte die Stimme von Rasmussens Lehrling, Lawrence Delacroix. Schritte erklangen auf der Treppe. »Jasper, bist du das? Du bist aber früh auf. Ich glaube, wir haben einen Vogel im Kamin. Ich rufe gleich einen Kollegen deswegen an ... oh.«

Lawrence blieb mitten auf dem Treppenabsatz stehen, direkt unter der einzelnen Glühbirne im Treppenhaus. Er trug einen lachsfarbenen Pyjama, dessen Vorderseite offen war, und eine passende Schlafmütze mit einem Bommel, die neben seinem Ohr baumelte. Verwirrt schaute er uns an.

»Hallo. Was machen Sie denn alle im Laden? Wir öffnen erst um 9 Uhr. Und wo ist Jasper?«

»Er ist genau hier, du verstellte Metze.« Heathcliff packte

Lawrence am Kragen, zog ihn die Treppe hinunter und hielt ihn über den Körper. »Aber erwarte nicht, dass er bald wieder seine alten Streiche abzieht. Er ist in die große Buchhandlung im Himmel gegangen. Obwohl ich wette, dass du das schon wusstest, du Beule, Pestauswuchs, Grützköpfiger, Elfenhaut, Stockfisch, Ochsenschwanz, Hungerdarm, Bettdrücker, Pferdebrecher ...«

»Heathcliff«, warnte ich.

»Du musst schon an deiner Ausdrucksweise arbeiten, wenn du Shakespeare zitieren willst. Ich muss es wissen. Ich war Titus Andronicus an der Uni ... Jasper?« Lawrences Lippen zitterten. Seine Augen füllten sich mit Tränen. »Er ist doch nicht tot, oder? Er kann nicht tot sein.«

»Aber, aber, Lawrence. Du weißt doch, dass du nicht schauspielern darfst.« Morrie trat auf ihn zu. Seine Stimme triefte vor Drohung. »Ich bin der *echte* Schauspieler in diesem Raum, und ich durchschaue deine Scharade. Warum hast du Rasmussen getötet? Hat er dir nicht genug bezahlt? Hat er dir deine Freundin ausgespannt? Hat er sich geweigert, dich an dem Plan, in den er verwickelt war, zu beteiligen ...«

»Ich war es nicht, ich schwöre es.« Lawrences Stimme zitterte. Tränen glitzerten auf seinen Wangen. »Ich hätte ihm nie etwas angetan. Er war ein großartiger Mann. Er liebte Shakespeare genau wie ich, obwohl er nie die gleiche schauspielerische Erfahrung gemacht hatte. Er war ... er war der wichtigste Mensch auf der Welt für mich. Wenn dieser Vogel sprechen könnte, würde er euch sagen, dass ich unschuldig bin.«

Es ist wahr, sagte Quoth, als er von oben herunterflatterte und sich auf meine Schulter setzte. *Ich fand ihn oben, schlafend im Bett. Und schau, wie aufgebracht er ist; es scheint so, als wäre er nicht der Mörder.*

Lawrence schniefte und sein ganzer Körper zitterte vor Schluchzen. Quoth hatte recht. Dies war kein vorsätzlicher Mord gewesen, es war eine plötzliche Entscheidung gewesen, ein Akt der Wut und Leidenschaft. Die Person, die hierfür verantwortlich war, wäre nicht die Art von Person, die überzeugend Trauer vortäuschen könnte. Lawrences Verzweiflung war echt, da war ich mir sicher.

Außerdem bellte Oscar ihn nicht an, was er tun würde, wenn er Lawrence als Bedrohung ansehen würde. Und wenn Quoth, der so tief in die Herzen der Menschen blicken konnte, der Meinung war, dann …

»Ich glaube nicht, dass er der Mörder ist«, sagte ich. »Auch wenn er mal an der Hochschule Titus Andronicus gespielt hat.«

»Wuff«, stimmte Oscar zu.

»Wenn Sie ihn nicht getötet haben, was machen Sie dann hier?«, fragte ich.

»Ich wohne hier«, erwiderte er. »Herr Rasmussen vermietet mir sein freies Zimmer oben, bis ich mir eine eigene Wohnung im Dorf gesichert habe. Oder besser gesagt, er *hatte* mir das Zimmer vermietet … was soll ich nur ohne ihn machen?«

Er schwankte auf den Beinen. Ich stürzte auf ihn zu, verfing mich aber in Oscars Geschirr und schaffte es nicht, bevor Lawrence in Heathcliffs Armen ohnmächtig wurde.

Morrie griff an ihm vorbei, nahm den Telefonhörer des Ladens und wählte eine Nummer, die uns inzwischen allen bekannt war.

»Kommissar Hayes? Ja, hier ist James Moriarty. Sie sollten vielleicht eine Extraration Donuts bei Oliver bestellen und zu Rasmussen Bücher kommen. Sie haben eine weitere Leiche.«

～

DIE NACHRICHT von Rasmussens vorzeitigem Ableben verbreitete sich wie ein Lauffeuer im Dorf. Keine zehn Minuten nachdem wir die verlassene Straße betreten hatten, füllte sich der ganze Ort mit neugierigen Dorfbewohnern, die den neuesten Tatort besichtigen wollten.

Unser Ruf, in Argleton Morde anzuziehen, war so groß, dass sich eine *zweite* Menschenmenge vor dem verlassenen Nevermore Bookshop versammelte und die Hände an die Glasscheiben presste, um hineinzuhorchen. Anscheinend hatten sie nur von einem Mord in einer Buchhandlung gehört und waren zu dem offensichtlichen Schluss gekommen, dass er bei uns sein musste.

Ich blickte zu den Dächern hinauf und suchte nach einem Anzeichen des winzigen Kobolds, obwohl ich wusste, dass ich ihn nie sehen würde. *Bitte lass Droll inzwischen weit weg sein. Bitte lass ihn irgendwo in einem verzauberten Wald ein neues Zuhause finden, damit er aufhören kann, in meinem Leben Unheil zu stiften.*

»Mina, ich bin ja so erleichtert, dich zu sehen.« Frau Ellis schlang ihre Arme um mich, und ihre Teppichtasche klatschte mir auf die Schulter. »Ich habe gehört, dass ein Buchhändler gestorben ist, und habe alles stehen und liegen lassen, um herzueilen ...«

»Uns geht es allen gut. Wir sind nur ein wenig mitgenommen. Wir wollten mit Rasmussen über die Bücherlieferungen für das Festival sprechen, und stattdessen haben wir seine Leiche gefunden.« Bei der Erinnerung schauderte es mich. »Es war schrecklich.«

»Oh je. Und lass mich raten, die Polizei vermutet, dass ihr die Mörder seid?«

»Was macht Sie so sicher, dass er ermordet wurde?«, warf Heathcliff ein und musterte sie misstrauisch.

»*Bitte*, das ist Argleton.« Frau Ellis schnalzte. »Wir leben in einem typischen englischen Morddorf. Hier stirbt niemand eines natürlichen Todes. Entweder werden sie von verärgerten Nachbarn mit einer Gartenschaufel aufgespießt, auf dem Dorffest mit Holunderblütenwein vergiftet oder von zum Leben erwachten literarischen Vampiren ausgesaugt. Ich möchte wissen, ob ich dich aus dem Gefängnis holen muss, damit wir den Mörder jagen und ihn seiner gerechten Strafe zuführen können. Ich habe schon geübt, Schlösser mit meinen Häkelnadeln zu öffnen ...«

»Ich glaube nicht, dass wir Ihre Dienste im Moment brauchen werden«, sagte ich und versuchte, ein Kichern zu unterdrücken. »Wir werden uns aus dieser Untersuchung heraushalten. Es ist an der Zeit, dass die Polizei von Argleton ihre Arbeit selbst macht.«

Ich habe Wichtigeres zu tun, als diesen Fall zu lösen, zum Beispiel meinem Vögelchen zu helfen, wieder fliegen zu lernen.

»Da hast du recht, mein Mädchen. Trotzdem ist es alles so schrecklich.« Frau Ellis schüttelte traurig den Kopf. »Ich mochte den Mann natürlich nicht. Aber er war eine enorme Bereicherung für das Festival. Weißt du, was jetzt, wo er weg ist, mit der First Folio passieren wird?«

Ich zuckte mit den Schultern. »Ich vermute, sie wird Eigentum seines Erben sein. Obwohl da sich auf dem Buch ein Blutfleck befand, könnte die Polizei es als Beweismittel einbehalten müssen.«

Frau Ellis zuckte zusammen. »Oh, das wird Miles nicht gefallen. Apropos, wo wir gerade von unserem tapferen Anführer sprechen ...«

»Mina. Mabel.« Miles kam auf uns zugelaufen und schnappte nach Luft. »Ich bin sofort gekommen, als ich es gehört habe. Das ist eine absolute Katastrophe. Es wimmelt hier nur so von Reportern und ich sehe in der Menge hier all unsere Investoren. Das Festival ist zum Scheitern verurteilt.«

Seltsam. Ich frage mich, warum Miles so schnauft, als wäre er vom Theater hierher gerannt. Vor ein paar Minuten hatten wir ihn noch auf der anderen Seite des Dorfplatzes gesehen. Sicherlich hat er es in der Zeit noch nicht bis zum Theater geschafft?

»Ich bin sicher, dass es nicht so schlimm sein wird«, sagte ich. »Sie haben ein wunderbares Programm zusammengestellt, und das New New Globe ist eine so gute Idee. Wenn die Leute erst einmal die Aufführungen sehen und Theater so erleben, wie Shakespeare es beabsichtigt hat ...«

Miles schüttelte den Kopf. »Ja, aber nur, wenn überhaupt noch jemand zu den Aufführungen kommt. Alle sagen, das Festival sei verflucht! All diese Arbeit, um etwas Wunderbares auf die Beine zu stellen, all die Unterstützung, die das Dorf uns gegeben hat, und die vielen Stunden ehrenamtlicher Arbeit, und das Einzige, woran sich die Leute bei unserem Festival erinnern werden, ist, dass jemand ermordet wurde.«

Miles trottete bedrückt davon.

Quoths Krallen gruben sich in meine Schulter. Ich folgte seinem Blick zur Tür von Rasmussens Laden. Lawrence Delacroix stand auf der Treppe und sah mit offenem Mund geschockt zu, wie Polizisten und das Spurensicherungsteam das Gebäude betraten. Tränen liefen lautlos über seine hageren Wangen und tropften auf seinen falsch zugeknöpften Pyjama. Es fiel mir schwer, es nachzuvollziehen, aber er musste Herrn Rasmussen sehr bewundert haben, um von seinem Tod so betroffen zu sein ...

»Arrrgh!«

Ein ohrenbetäubender Schrei unterbrach meine Gedanken. Menschen in der Menge sprangen zur Seite, als jemand sich den Weg zur Buchhandlung bahnte.

»Papa, *nein.*« Shelley fiel auf dem Platz auf die Knie, fuchtelte mit den Armen und schlug mit den Fäusten auf den Dorfplatz. Die Menschen wichen von ihr zurück, so verwirrt von ihrem Ausbruch der Trauer, wie es nur Briten in Gegenwart unverhohlener Gefühle sein können.

Das scheint eine Menge Tränen für jemanden zu sein, der uns zuvor erzählt hat, wie sehr sie mit ihrem Vater abgeschlossen hat. Und Shelley würde wahrscheinlich ihren eigenen Schlüssel für den Laden haben und ...

Nein, hör auf. Hayes ist an der Reihe, einen Mord in diesem Dorf aufzuklären. Du hast schon genug getan.

Wie aufs Stichwort trat Kommissar Hayes vor die Tür, hob das Absperrband an und winkte uns zu sich. »Mina Wilde, warum bin ich nicht überrascht, dass Sie als Erste am Tatort waren?«

»Ich schwöre, dieses Mal sind wir völlig unschuldig«, sagte ich. »Wir kamen, um mit Herrn Rasmussen über den Kauf einiger unserer Shakespeare-Bestände für das Festival zu sprechen, und fanden ihn so vor. Wir haben nichts angefasst, außer das Buch aufzuheben, was Morrie nur mit Handschuhen getan hat.«

Ich gab Hayes so viele Details wie möglich über alles, was geschehen war, bevor wir Rasmussens Leiche entdeckten. Das Einzige, was ich ausließ, war, dass Droll bei uns gewesen war. Hoffentlich würden sich die anderen Zeugen nicht an ihn erinnern, wenn Hayes mit ihnen sprach.

Hayes kratzte sich am Kopf. »Das sind eine Menge Leute, die heute Morgen mit Rasmussen zu tun hatten. Zenzile Monroe hat gestanden, heute Morgen auf dem Platz gewesen zu sein, aber sie behauptet, die Ladentür sei verschlossen gewesen, sodass sie angeblich nicht hineingegangen ist. Sie hat auch keinen Hehl daraus gemacht, dass sie den Mann verachtet hat«, sagte Hayes. »Wir haben sie alle gestern Abend gehört.«

»Ja, aber das war bei einer *Shakespeare*-Aufführung. Es sollte möglichst dramatisch sein. Und ich habe auch Shelley

Rasmussen und Hiram Abernathy auf dem Platz gesehen.« Ich ließ den Teil über Hirams neu entdeckte Liebe zu Heu aus.

»Und wir sollten auch verdächtig sein«, warf Morrie ein. Er klang hoffnungsvoll.

Ich funkelte ihn an. »Was machst du denn da?«

»Nun, wenn wir ehrlich sind, *hätten* wir es sein können.« Morries Augen funkelten. »Wir haben ein Motiv. Der Kerl hat Nevermore den Platz als Festivalbuchhändler weggenommen. Und wir waren diejenigen, die seine Leiche gefunden haben.«

»Geben Sie gerade ein Geständnis ab, Herr Moriarty?«, fragte Hayes.

Bildete ich mir das ein, oder lag da ein Hauch von Hoffnung in Hayes' Stimme?

Morrie grinste. »Und Ihnen den Spaß verderben, mich zu schnappen? Niemals.«

Kommissar Hayes seufzte. »Ich würde *gerne* annehmen, dass Sie es mit all Ihrer Erfahrung in Mordfällen besser wissen, als den Kerl am helllichten Tag mit einem riesigen Buch zu erschlagen, also nein, Sie sind keine ernsthaften Verdächtigen. Aber wir müssen uns an die Vorschriften halten«, Er zuckte zusammen. »Bitte verlassen Sie nicht das Dorf, ohne es mir zu sagen, okay?«

»Alles klar.«

Hayes wandte sich wieder dem Tatort zu. Ich berührte mein Handy, um mir die Uhrzeit ansagen zu lassen. 8:46 Uhr. »Wir sollten zurückgehen und den Laden öffnen.«

»Warum?« Heathcliff schmollte. »Die Leute werden den ganzen Tag hier rumhängen und auf grausige Details hoffen. Niemand wird Literatur kaufen wollen.«

»Das werden sie, wenn wir alle Schaufenster mit Büchern über wahre Verbrechen neu dekorieren. Jetzt komm schon.« Ich schob Heathcliff in die ungefähre Richtung des Ladens.

In dem Moment, als wir Nevermore betraten, verwandelte

sich Quoth von seiner Rabenform in einen Mensch. Er saß auf der Tischkante, tätschelte nervös das ausgestopfte Gürteltier und ließ seine nackten Füße baumeln. »Mina, ich denke, wir *sollten* diesen Mord aufklären.«

»Das können wir nicht.« Ich schüttelte den Kopf. »Ich habe Hayes versprochen, dass wir uns aus dieser Sache raushalten.«

Quoth warf einen Blick über die Schulter. »Ja, aber ... du weißt, dass sie diesen Fall vermasseln werden. Verdammt, sie könnten sogar zu dem Schluss kommen, dass der arme Mann gestolpert ist und ihm die First Folio dabei mehrmals auf den Kopf gefallen ist.«

Ich schnaubte, aber Quoth scherzte nicht.

»Ich denke einfach, dass wir dazu beitragen könnten, den Mörder seiner gerechten Strafe zuzuführen.«

Ich schaute in seine Augen und sah etwas darin schwimmen. *Schmerz.* Aus irgendeinem Grund war Rasmussens Tod für Quoth zu einer persönlichen Angelegenheit geworden.

»Warum willst du es *wirklich* tun?«, fragte ich, während ich seine Hand nahm und sie drückte.

»Weil ... weil ich Menschen verletzt habe«, beendete er den Satz und starrte auf unsere ineinander verschlungenen Finger. »Wenn ich nicht gewesen wäre, hätte Dracula Miriam und Dana vielleicht nicht wegen ihres Schmutzes getötet. Und Frau Ellis, Fiona, deine Mama und du, meine schöne Mina ... ihr alle wärt meinetwegen fast gestorben.«

»Nichts davon ist deine Schuld. Du hattest dich nicht unter Kontrolle. Wir alle haben schreckliche Dinge in unserer Vergangenheit getan, auf die wir nicht stolz sind, aber wir müssen uns selbst vergeben. Du bist mehr als deine Handlungen. Du musst dich nicht dafür schämen, wer du bist.«

»Das muss ich wohl.« Er schaute weg. »Ich kann nicht aufhören, daran zu denken, dass es allen, die ich liebe, besser gehen würde, wenn sie mich nie kennengelernt hätten. Deshalb ist Jo ja auch fortgegangen. Sie konnte es nicht ertragen, mich anzusehen, und ich kann es ihr nicht verübeln.«

»Das stimmt nicht. Jo und Fiona machen einen wohlverdienten Urlaub.«

Aber noch während ich das sagte, gingen mir Jos Worte aus unserem letzten Gespräch durch den Kopf. »Es ist nicht so, dass ich Quoth nicht lieben würde, aber es ist schwer, mit ihm im selben Raum zu sein und zu wissen, dass er einem blutrünstigen Vampir geholfen hat, mein Mädchen zu verfolgen. Fiona und ich müssen einfach für ein paar Wochen aus Argleton und dem Nevermore Bookshop verschwinden.«

»Es stimmt. Ich kann es in deinem Gesicht lesen.« Quoths Schultern senkten sich. »Und ich kann das auch vollkommen nachvollziehen. Ich kann es ja auch nicht ertragen, mich im Spiegel anzusehen. Aber wenn ich etwas Gutes tun kann, wenn ich das Festival vor diesem Mörder retten kann, dann habe ich vielleicht endlich das Gefühl, dass ich einen Teil meiner Schuld abgetragen habe.«

»Wir könnten Bäume pflanzen?«, sagte ich. »Oder uns freiwillig im Tierheim melden ...«

Aber Quoth hatte all das bereits getan. *Außerdem* kochte er Mahlzeiten für Earl Larson und die Obdachlosen vor Ort. *Und* er hatte einen Kunstkurs für Kinder in der Sozialsiedlung gegeben, in der ich aufgewachsen war. Gute Taten halfen ihm nicht, sich selbst zu vergeben, warum sollte es dann die Aufklärung eines Mordes?

Quoth drückte meine Hand. »Das Dorf *braucht* dieses Festival, Mina. Sie brauchen eine große, glitzernde, lustige Veranstaltung, um ihnen zu zeigen, dass die Welt mehr als nur ein schrecklicher Ort ist. Sieh dich an. Sieh dir an, wie du dich in die Kostüme und die Buchauslagen gestürzt hast, sobald Frau Ellis an die Tür geklopft hat. Du brauchst dieses Festival ebenfalls. Und es zu retten, ist das, was ich tun muss, um zu heilen.«

Ich warf einen Blick aus dem Fenster, wo sich zwei Gestalten, die nur Hayes und Wilson sein konnten, über den Dorfplatz bewegten. Hayes' Worte hallten in meinem Kopf wider.

Ich seufzte. »Okay, wir machen es. Wo sollen wir anfangen?«

15

Während Quoth zu Rasmussen Bücher hinüberflog, um die polizeilichen Ermittlungen zu belauschen, nahm ich einen winzigen silbernen Schlüssel aus Morries Schublade mit den Sexspielzeugen und ging auf die andere Straßenseite, um mich in Frau Ellis' alte Wohnung zu begeben.

Morrie hatte das Gebäude von Grey Lachlan gekauft, nachdem der Bauunternehmer von Draculas Einfluss befreit worden war, aber er hatte noch nicht entschieden, was er damit anfangen wollte. In der Zwischenzeit hatte ich die Frühstücksecke als Schreib- und Nähzimmer in Beschlag genommen. Wenn es im Laden so ruhig war, dass man Heathcliff in die Nähe von Kunden lassen konnte, kam ich hierher, um an meinem Buch zu arbeiten.

In letzter Zeit hatte ich nicht so viel geschrieben, weil ich an den Kostümen gearbeitet hatte, aber da mir der Mord an Rasmussen noch frisch im Gedächtnis war, dachte ich, es wäre der perfekte Zeitpunkt, um die Szene zu überarbeiten, in der ich Ashleys Leiche zum ersten Mal entdeckt hatte.

Im letzten Jahr hatte ich die Geschichte darüber

geschrieben, wie Heathcliff, Morrie, Quoth und ich uns zum ersten Mal begegnet waren und verliebt hatten, und über den allerersten Mord, den wir gemeinsam aufklärt hatten. Den Mord an meiner ehemaligen besten Freundin Ashley Greer. Anfangs war es nur ein neues Hobby gewesen, um mich davon abzulenken, dass ich nicht mehr in der Modebranche arbeiten konnte, aber immer öfter ertappte ich mich dabei, wie ich davon träumte, eines meiner eigenen Bücher in den Händen zu halten und es im Buchladen im Regal neben den Büchern meiner Lieblingsautoren zu sehen.

Ich schrieb nicht gern, wenn die Jungs in der Nähe waren, weil ich Angst hatte, dass sie es lesen wollten und es schrecklich wäre und sie es mir sagen würden (Morrie), oder schlimmer noch, sich in den Bemühungen, meine Gefühle nicht zu verletzen, verrenken würden (Heathcliff und Quoth). Es war erstaunlich, wie sehr ein wenig Ruhe und Frieden meiner Kreativität zuträglich waren. In den letzten zwei Monaten, seit ich in dem leeren Gebäude geschrieben hatte, hatte ich den ersten Entwurf im Schnellverfahren durchgeboxt und war nun dabei, ihn zu überarbeiten und zu optimieren. Ich versuchte, jede Szene perfekt und jede Emotion genau so hinzubekommen, wie ich sie in Erinnerung hatte.

Ich hatte sogar die ersten drei Kapitel an die renommierten Meddleworth House Stiftung geschickt, damit sie mich für ihr jährliches Autoren-Retreat in Betracht zogen. Schriftsteller aus dem ganzen Land bewarben sich, um eine Woche auf dem berühmten Landsitz zu verbringen und von preisgekrönten britischen Autoren unterrichtet zu werden. Ich glaubte nicht, dass ich eine Chance hatte, aber das konnte man ja erst wissen, wenn man sich bewarb.

Ich saß über meinen alten, abgenutzten Laptop gebeugt, der mit lauter Bandaufklebern übersät war und tippte vor mich hin, als eine schwarze Gestalt von den Dachsparren herabflatterte und sich neben mich setzte, um seinen Schnabel in meine inzwischen kalte Tasse Tee zu tauchen. Einen Moment später drückte Quoths warmes Bein gegen meines, während er sich nackt in den Stuhl neben mir sinken ließ. Widerwillig wandte ich mich von meinem Manuskript ab und ihm zu.

»Hast du etwas Nützliches gehört?«, fragte ich.

»Ich habe *alles* gehört.« Er klang ziemlich selbstzufrieden.

»Willst du mir sagen, dass du die ganze Zeit in einer Ecke von Rasmussens Laden gesessen hast und niemandem auch nur auf die Idee kam, das zu hinterfragen?«

So viel zu unserer aufmerksamen Polizei.

»Ich habe sogar den Marshmallow aus Wilsons heißer Schokolade gestohlen.« Quoth zuckte mit den Schultern. »Vielleicht geht Kommissar Hayes davon aus, dass in allen Buchhandlungen ein Rabe lebt, sodass er es nicht für seltsam gehalten hat. Ich weiß es nicht. Aber willst du wissen, was ich gehört habe?«

Ich zog das Whiteboard, das wir als Mordtafel verwendeten, zu mir heran und reichte ihm den Stift. »Bitte.«

»Zunächst einmal ist Jos vorübergehender Ersatz ein echter Sturkopf. Aber er hatte eine Assistentin dabei, die absolut reizend war. Sie hat mir sogar heimlich eine Handvoll Nüsse aus ihrem Mittagessen zugesteckt, als niemand hingesehen hat. Merk dir den Namen George Fisher, denn von ihr werden wir noch viel hören.«

»Notiert.«

»Zweitens: Der Todeszeitpunkt lag etwa zehn oder zwanzig Minuten vor unserem Eintreffen im Laden. Der Hintereingang war von innen verschlossen und die Fenster im Erdgeschoss waren mit Farbe zugeklebt, sodass es sehr gut möglich ist, dass wir an dem Mörder vorbeigelaufen sind, als wir über den Platz gezogen sind.«

»Puh«, sagte ich. »Das ist ein wenig beängstigend. Stell dir vor, wenn Droll Hiram nicht in einen Esel verwandelt hätte, wären wir vielleicht mitten in die Verzweiflungstat des Mörders hereingeplatzt.«

»Genau. Das bringt mich zu Punkt drei und vier. Du hattest recht, dass der Mörder jemand war, den er kannte. Es wurden keine Anzeichen für einen Einbruch gefunden, und Wilson betonte, dass potenzielle Diebe kein Buch im Wert von zwei Millionen Pfund zurücklassen würden, ganz zu schweigen von den anderen wertvollen Gegenständen, die ausgestellt und nicht angerührt wurden.«

Quoth schrieb dies an die Tafel.

»Was ist mit Punkt vier?«, fragte ich.

»Dazu komme ich gleich. Die unverschlossene Eingangstür wirft Fragen auf. Zen hat gesagt, dass die Tür verschlossen war, als sie sie probiert hat. Lawrence schwört, dass er vor dem Schlafengehen überprüft hat, ob alles abgeschlossen ist, und er behauptet, dass Rasmussen die Tür normalerweise nicht außerhalb der Öffnungszeiten unverschlossen lässt. Das und der Tee und die Kekse deuten darauf hin, dass er einen Gast erwartet und die Tür für ihn geöffnet hat. Aber wenn das wahr ist, wie konnte dann jemand zwischen Zen und uns das Gebäude betreten, ohne dass wir ihn gesehen haben?«

»Es sei denn, Zen lügt, was das Schloss angeht«, sagte ich, während Quoth weitere Notizen machte. »Mach weiter.«

»Die First Folio ist definitiv die Mordwaffe«, sagte Quoth. »Er wurde mindestens dreimal damit geschlagen. Zweimal auf den Kopf, wie wir schon festgestellt hatten, und einmal auf die Schulter, wahrscheinlich ein Schlag, der sein Ziel verfehlt hat.«

»Also wurde er definitiv *angegriffen.*«

»Genau. Und sechstens ...«

KLOPF, KLOPF, KLOPF.

»Wer klopft da an unsere Kammertür?«, fragte Quoth, als er aufstand, um aus dem Fenster zu spähen.

KLOPF, KLOPF, KLOPF.

»Das kommt nicht von unserer Haustür.« Ich nahm Oscars Geschirr und gesellte mich zu Quoth ans Fenster. Das Geräusch kam von der anderen Straßenseite. Oscar sprang auf das Fensterbrett, kratzte an der Scheibe und wimmerte, während Hayes und Wilson gegen die verschlossene Tür der Buchhandlung hämmerten.

Viel Glück dabei. Wenn er in einer seiner Launen war, würde Heathcliff nicht einmal einem reisenden Whiskyverkäufer die Tür öffnen.

Quoth duckte sich hinter die Couch und bedeckte seine Geschlechtsteile mit einem Stapel Bücher, gerade als Hayes uns im Fenster entdeckte und herüberkam. Er zeigte mit dem Daumen auf die Buchhandlung. »Mina! Hayes hier. Sie müssen ihn dazu bringen, diese Tür zu öffnen.«

»Was ist los?« Ich warf einen Blick auf Quoth.

Er zuckte mit den Schultern. »Das ist das Sechste, was ich dir sagen wollte. Sie sind hier, um Droll zum Verhör mitzunehmen. Sie glauben, er wäre der Mörder.«

16

»Lasst mich los, ihr Schurken«, schrie Droll, als die Polizei ihn aus der Buchhandlung eskortierte. Auf der Straße versammelte sich eine Menschenmenge, denn dies war Argleton und niemand hatte etwas Besseres zu tun. Sie tuschelten untereinander, während Wilson Droll in ihren Streifenwagen schob.

»Er war schon immer ein komischer Kauz«, sagte Deirdre von der Post. »Erst letzte Woche habe ich ihn im Pub erwischt. Er hatte Harriet Wistledowns Hocker geklaut und sich auf den Boden gekniet, damit sie auf seinem Rücken sitzen konnte! Und dann ist er umgekippt und sie ist hingefallen! Ihr Rock ist ihr über den Kopf gerutscht und man konnte ihren Unterrock sehen. Er fand das zum Totlachen, aber die arme Harriet war noch tagelang knallrot.«

»Wohlgemerkt, diese Buchhandlung zieht immer die seltsamsten Leute an«, sagte ihre Freundin. »Erinnerst du dich an den Social-Media-Star, der nur Bettlaken getragen und auf der Straße New-Age-Unsinn von sich gegeben hat?«

Wenn man das klassische Griechenland als New Age betrachtet, wollte ich ausrufen und wünschte, ich hätte Heathcliffs Beleidigungsbuch zur Hand.

Quoth, der gestresst genug war, um sich wieder in einen Raben verwandelt zu haben, krallte seine Krallen in meine Schulter und nickte aufgeregt mit dem Kopf.

»Ich wette, dieser gruselige Heathcliff hat ihn dazu angestiftet«, schnaubte Tom, der Metzger. »Merkt euch meine Worte, er ist der Drahtzieher dahinter. Ein neuer Buchladen kommt in die Stadt und plötzlich wird der Besitzer *ganz bequem* umgebracht, gerade rechtzeitig, damit Nevermore aushelfen und den Tag retten kann? Ich glaube nicht an Zufälle, nicht nach all den Morden, die mit diesem Ort in Verbindung gebracht wurden. Und habt ihr seine kalten, toten Augen gesehen? Wer Heathcliff Earnshaw erzürnt, ist ein toter Mann.«

Oh nein, das wirst du nicht tun. Niemand wird meinen Heathcliff für diesen Mord verantwortlich machen.

Mina, warte ... Quoth flatterte mit den Flügeln, um mich abzulenken, aber ich duckte mich unter ihm hindurch und drängte Oscar zur Tür.

»Mina, warte ...«

Ich stürmte nach draußen und wedelte mit den Armen, um die Aufmerksamkeit von den abfahrenden Polizeiautos abzulenken. »Ihr liegt völlig falsch. Das ist nicht Heathcliffs Schuld, und Drolls auch nicht. Ich weiß, dass er gerne Schabernack treibt, aber er ist nicht bösartig. Die Polizei hat keine Beweise dafür, dass er der Mörder ist. Man kann einen Mann nicht verurteilen, bevor er überhaupt einen fairen Prozess hatte ...«

»Er hat mich in einen Esel verwandelt«, schrie Hiram Abernathy. »Wenn das nicht böswillig ist, dann ...«

Neben ihm schlug Dolores ihm auf den Hinterkopf. »Halt die Klappe, Hiram Abernathy, und hör auf, einem anderen

Mann die Schuld zu geben, nur weil du dich vor deinem Frühstücks-Smoothie im Stall versteckt hast.«

»Genau. Danke, Dolores«, sagte ich. »Offensichtlich hat niemand die Macht, jemanden in einen Esel zu verwandeln. Und Droll *wird* von diesem Mord freigesprochen werden, ihr werdet es schon sehen. Solange hier niemand Shakespeare-Bücher kaufen will, schlage ich vor, dass ihr hier verschwindest, denn die Ader über Heathcliffs Auge pulsiert ganz stark und ...«

Ich musste kein weiteres Wort sagen. Die Menge zerstreute sich, obwohl ich sie murmeln und nuscheln hörte, als sie weggingen.

Dieses Dorf ist so verdammt beeinflussbar.

Oscar und ich kletterten die Stufen zum Laden hinauf. Quoth flatterte über unsere Köpfe hinweg herein. Ich schlug die Tür hinter uns zu und drehte das Schild auf GESCHLOSSEN. »Heathcliff, Morrie, bewegt eure Ärsche hier runter. Wir haben ein großes Problem.«

Heathcliff donnerte die Treppe hinunter, sein Gesicht rot vor Wut. »Du warst großartig da draußen«, zischte er mir ins Ohr, nahm meinen Arm und führte mich in den Hauptraum.

»Kräääächz.« Quoth tauchte hinter Heathcliffs Schreibtisch auf, und einen Moment später hörte ich ihn in seiner menschlichen Gestalt nach dem Kleidervorrat suchen, den er dort aufbewahrte.

Morrie stolzierte in seinem Macbeth-Kostüm vor dem Fenster auf und ab und versuchte, mit einem Schwert gegen einen unsichtbaren Feind zu kämpfen. Als er uns sah, ließ er die Waffe fallen und rieb sich vor Freude die Hände. »Du hast diesen Ausdruck im Gesicht, Hübsche. Lass mich raten. Wir werden einen Mord aufklären.«

»Oh nein, das werden wir nicht«, schnappte Heathcliff. »Mina hat versprochen, dass wir unsere Detektivstiefel an den Nagel hängen. Dieser Laden ist eine mordfreie Zone.«

»Wir haben vielleicht keine Wahl«, sagte ich mit einem Blick auf Quoth, der sich an den Schreibtisch lehnte und sich hinter einem Vorhang aus seidigem Haar versteckte. »Hayes hat gerade Droll verhaftet.«

Morrie schlug sich auf die Stirn. »Ich wusste, wir hätten seine Fingerabdrücke vom Buch abwischen sollen.«

»Aber wie haben sie Drolls Fingerabdrücke mit denen aus dem Buch vergleichen können?«, sagte Heathcliff. »Er mag ein nerviger Tunichtgut sein, aber er hat nicht genug Ärger gemacht, um ein Vorstrafenregister zu haben.«

»Erinnert ihr euch noch daran, als Richard Droll vor einem Monat den Job als Barkeeper im Pub gegeben hat und er das Bier gegen Spinatsaft ausgetauscht hat?«, fragte Quoth.

»Oh ja, das war zum Totlachen«, sagte Morrie.

»War es nicht«, schnauzte Heathcliff. »Ich hatte Durst.«

»Wie sich herausstellte, fand Wilson das auch nicht so lustig. Ich habe gehört, wie sie Hayes davon überzeugt hat, dass Droll ein schlechter Einfluss sei, also hat sie seine Fingerabdrücke vom Bierglas genommen und sie dem System hinzugefügt.«

»Darf sie das? Einfach die Fingerabdrücke einer beliebigen Person ohne deren Zustimmung nehmen?«

»Wer weiß? Darüber müssen sich die Anwälte vor Gericht streiten. Der Punkt ist, dass sie Droll verhaftet haben, was bedeutet, dass sie nicht nach dem wahren Mörder suchen werden. Was sollen wir also tun?« Ich ließ mich in Heathcliffs Sessel fallen und stützte meinen Kopf in die Hände.

Es gab ein seltsames Geräusch, wie Glitzer, der vom Himmel fiel, und dann sagte Heathcliff: »Ich glaube nicht, dass wir uns um Droll Sorgen machen müssen.«

»Natürlich müssen wir das. Er mag nervig sein, aber wir sind für ihn verantwortlich und ...«

»Dreh dich um, meine Hübsche.«

Ich wirbelte herum.

Ich blinzelte zweimal, während sich meine Augen an die Beleuchtung gewöhnten. Auf dem Poesieregal saß Droll, seine Hände voller Fingerabdrucktinte.

»Nervig, bin ich das?«, grinste er schelmisch. »Würde ein nerviger Droll *das hier* tun?«

Hinter seinem Rücken holte er einen Strauß Wildblumen hervor, die er mir hinhielt.

»HATSCHIIII!«

Heathcliff schlug sich die Hände vor den Mund. Der gesamte Buchladen erzitterte. Oscar wimmerte und versteckte sich hinter meinem Bein.

Drolls Lippe wackelte.

Heathcliff packte die Blumen und schleuderte sie aus dem Fenster.

»Ich habe mich geirrt. Aber würde ein nerviger Droll so etwas tun ...«

Heathcliff schloss seine Faust um Drolls Hand, bevor er noch mehr Unheil anrichten konnte.

»Wir geben dir nicht die Schuld an dem Mord«, sagte ich zu Droll. »Aber die Sache ist die: Man darf dich nicht in Argleton sehen. Die Polizei sieht es nicht gerne, wenn jemand aus ihrer Obhut verschwindet. Sie werden jeden Moment schreiend die Straße entlangkommen, um nach dir zu suchen, und wenn sie dich hier finden, kriegen wir alle Schwierigkeiten. Und im Gegensatz zu dir können wir uns nicht aus einer Gefängniszelle herauszaubern.«

Droll sah aus, als würde er gleich widersprechen, aber ein Blick von Heathcliff genügte, und seine Schultern senkten sich. »Und so weit bin ich ohne Schuld. Aber was soll ich tun?«

Es klopfte an der Tür. »Mina, Heathcliff. Machen Sie sofort auf!« Es war Wilson, und sie klang *stinksauer*.

Heathcliff packte Droll an den Handgelenken und wedelte

mit ihnen in der Luft. »Wirf deinen Feenstaub und verschwinde. Ich weiß nicht, warum wir überhaupt versucht haben, dir zu helfen. Du passt an keinen Ort außer der Hölle.«

Droll ließ den Kopf hängen. »Wie du willst«, murmelte er und ließ die Schultern hängen, als hätten Heathcliffs Worte ihn wirklich getroffen. »Hin und her, hin und her. Alle führ ich hin und her. Land und Städte scheun mich sehr. Kobold, führ sie ...«

»Geh einfach«, knurrte Heathcliff. Und mit einem *PLOPP* und einem Funkeln verschwand Droll, gerade als die Polizei unser uraltes Schloss aufbrach und in den Laden stürmte.

»Mina, da sind Sie ja.” Hayes beugte sich schwer atmend über den Schreibtisch. Er klang, als wäre er den ganzen Weg vom Revier hierher gerannt. Hinter ihm verschränkte Wilson die Arme. »Wir müssen mit Ihnen über diesen Droll reden. Er ist aus unserer Obhut geflohen.«

»Das sind ja schreckliche Neuigkeiten«, sagte Morrie.

»Das stimmt, das stimmt.« Hayes kratzte sich am Kopf. »So etwas habe ich noch nie gesehen. Es war, als wäre er einfach wie durch Magie verschwunden. Das Schloss wurde nicht einmal manipuliert. Und es hat mich an die Nacht erinnert, in der *Sie* aus der Haft verschwunden sind, Mina. Ich weiß, dass dieser Droll ein Freund von Ihnen ist. Er hat diese Buchhandlung als seinen Wohnort angegeben, also hoffe ich, dass Sie mir hier helfen können.«

»Sagen Sie uns einfach, wo er sich versteckt hält«, sagte Wilson, »und wir werden Sie schonen.«

Sie klang nicht so, als würde sie so etwas tun.

Morrie zuckte mit den Schultern. »Ich fürchte, wir sind genauso ratlos wie Sie. Minas Flucht war rein opportunistisch ... und sie hat den wahren Mörder geschnappt, also war es am Ende gut so. Droll hingegen wohnt nicht hier. Er sagt das nur, weil er uns Ärger machen will. Und was das Verschwinden angeht, damit kennt er sich aus. Er ist ein Magier.«

Guter Witz, Morrie.

»Ein Magier?« Hayes klang skeptisch.

»Klar«, nickte ich energisch. »Er verdient sein Geld damit, vor aller Augen zu verschwinden. Das gehört zu seiner Routine. Ich meine, nur ein Magier würde sich freiwillig Droll nennen.«

»Und wie hat er das gemacht? Ich habe nämlich Überwachungsvideos, auf denen er sich in einer verschlossenen Zelle einfach in Luft auflöst, und ich bin ein wenig ratlos, wie das möglich ist.«

»Leider verrät ein Magier nie seine Tricks, nicht einmal seinen Freunden. Darf ich vorschlagen, dass Sie sich die Liga der schlauen Scharlatane, die führende Londoner Magiergesellschaft, einmal genauer ansehen?«

»Sie glauben, er ist nach London gegangen?«

»Ich denke«, sagte Morrie, »wenn ich auf der Flucht vor dem Gesetz wäre, würde ich es bei einem Haufen von Leuten versuchen, die es sich zur Aufgabe gemacht haben, lebende Kaninchen aus dunklen Unterregionen zu ziehen, in denen es niemals ein Kaninchen geben sollte.«

Hayes hielt Morrie einen Finger vor die Nase. »Na gut. Wenn ich auch nur ein *Flüstern* höre, dass Sie, Mina oder Herr Earnshaw etwas damit zu tun haben, werden Sie alle im Gefängnis landen, verstanden?«

»Wir versprechen, dass wir brav sein werden«, sagte Morrie liebenswürdig.

Hayes und Wilson gingen. Doch bevor Heathcliff ihnen nachstürmen und die Tür schließen konnte, kam ein neuer Kunde herein. Er stützte sich auf den Schreibtisch und rang nach Luft.

»Gut, Sie haben wieder geöffnet. Ich wollte fragen, ob Sie Bücher von ...« Er schaut kurz auf sein Handy. »Stella Mey haben.«

»Tut mir leid, die sind ausverkauft.«

»Ähm ... sicher. Könnten Sie mich anrufen, wenn Sie neue reinbekommen?« Er gab mir eine Karte. »Ich meine, ich möchte sofort einen Anruf bekommen, *sobald* jemand welche vorbeibringt. Ich zahle für diesen Service auch gerne einen Aufpreis.«

»Sind Sie ein großer Mey-Fan?« Er schien nicht der Typ zu sein, der sich für Vampirromane für junge Erwachsene begeistert, aber ich hatte lange genug in einer Buchhandlung gearbeitet, um zu wissen, dass Leser einen immer wieder überraschten.

»Das werde ich sein, sobald ich ihre Bücher in die Finger bekomme.« Der Mann kritzelte seine Nummer auf einen Zettel und ging.

»Das ist die vierte Person, die diese Woche nach Büchern von Stella Mey fragt«, sagte Heathcliff. »Sie sind alle richtig verzweifelt, und doch scheint keiner von ihnen zu wissen, wer sie ist.«

Ich drehte mich zu Heathcliff um. »Es ist seltsam, aber das riecht beinahe nach ...«

»Mina, Liebling!«

Mamas Stimme hallte durch den Laden. Heathcliff schrie erschrocken auf und huschte in sein Büro und schlug die Tür hinter sich zu. Mama kam herein, wobei sie ihr paillettenbesetztes Hexenkleid, einen bodenlangen Pelzmantel und eine Sonnenbrille mit Flügeln trug. Ich unterdrückte ein Lachen, als ich mich vorbeugte, um sie zu umarmen. Ich fuhr mit den Fingern durch das Fell und fand kahle Stellen. Der Mantel roch auch etwas muffig, was darauf hindeutete, dass sie ihn gerade im Wohltätigkeitsladen des Dorfes Argleton gekauft hatte.

»Na, du geheimnisvolle schwarze Mitternachtshexe?« Morrie beugte sich vor, um meiner Mutter einen Kuss auf die Wange zu geben. »Bist du bereit für die Premiere?«

»Natürlich.« Sie nahm ihre Sonnenbrille ab und wirbelte in ihrem lächerlichen Outfit herum. »Ich trage mein Kostüm überall, Mina, nur für den Fall, dass die Paparazzi ein Foto von mir machen. Ich könnte deinen Namen in die Zeitung bringen, dann wärst du reich und berühmt.«

»Danke, Mama, das ist wirklich aufmerksam von dir«, sagte ich. Bei Mama war es am besten, ein paar ihrer weniger verrückten Ideen durchgehen zu lassen. »Wie läuft das Geschäft mit den Vampirjäger-Sets?«

»Ach, das ist Schnee von gestern.« Mama winkte ab. »Nach Oktober hätte ich ein Vampirverschwinde-Set nicht mal verkaufen können, wenn mein Leben davon abgehangen hätte. Andy und ich haben jetzt ein neues Geschäft, und das Beste daran ist, dass es *dir* zugutekommt.«

Ich war mir hundertprozentig sicher, dass es das nicht tat. »Ähm, Mama, vielleicht solltest du ...«

»Stella Meys Bücher sind ausverkauft, wie ich sehe.« Mama zwinkerte mir zu, während sie auf eine leere Stelle im Regal zeigte.

Jep, ich hab's gewusst. »Mama, was hast du getan?«

Sie beugte sich vor, hielt sich die Hand vor dem Mund und flüsterte verschwörerisch. »Ich bin die Buchflüsterin.«

»Die was?«

»Die Buchflüstererin. Du hast doch sicher schon von mir gehört?« Mama sah beleidigt aus. »Ich bin überall auf TikTok.«

»Oh Mina«, Morrie hielt sein Handy hoch. »Du musst dir unbedingt diese App ansehen, die ich gefunden habe.«

Ich nahm ihm das Handy ab und tippte auf den Bildschirm. Mamas Gesicht grinste mich in einem kurzen Video an. Sie war so gekleidet wie jetzt, mit einem glitzernden Kleid, einer Sonnenbrille mit Flügeln und einem abgenutzten Pelzmantel, und wedelte mit den Händen über eine Kristallkugel. »Die Buchflüstererin sagt dir, dass Stella Mey in fünf Jahren, drei

Monaten und achtzehn Tagen eines schrecklichen, tragischen Todes sterben wird, was ihre Bücher zu einer hervorragenden Investition macht. Aber nicht so gut wie Steffanie Holmes, die Liebesroman-Autorin, die einen Schokokeks zu viel gegessen hat und kurz davor steht, herauszufinden, dass einer davon vergiftet war ...«

»Mama, was *ist* das?«

»Ich habe mitbekommen, wie gestresst du wegen des Typen auf dem Dorfplatz warst, als der seine Konkurrenzbuchhandlung eröffnet hat, also dachte ich, ich könnte dir ein kleines Zusatzgeschäft verschaffen«, erklärte Mama. »Er hat mich im Grunde auf die Idee gebracht. Er und seine schicken Sammlerbücher. Ich hatte keine Ahnung, wie viel Geld man mit staubigen alten Büchern verdienen kann!«

»Ja, Mama, aber das ist nicht das, was du tust.«

»Natürlich nicht. Wer will schon stundenlang nach staubigen alten Büchern suchen?«, spottete Mama. »Mein Geschäft ist viel besser. Es ist wirklich sehr einfach. Ich sage voraus, welcher berühmte Autor als Nächstes sterben wird, und dann kaufen die Leute alle ihre Bücher in Erwartung ihres bevorstehenden Ablebens auf, in der Hoffnung, dass diese Bücher nach ihrem Tod mehr wert sind.«

Mama breitete die Arme aus, als würde sie auf unseren Applaus warten.

»Mama, das kannst du nicht machen. Was ist, wenn diese Autoren nicht sterben? Oder was ist, wenn sie *doch* sterben? Du würdest von ihrem Tod profitieren. Das ist ... unmoralisch.«

»Warum nicht?«, grinste Mama. »Die neue Buchhandlung auf der anderen Seite des Platzes profitiert doch auch von der Arbeit längst verstorbener Schriftsteller, und da zuckt niemand mit der Wimper. Wo ist da der Unterschied?«

»Der Unterschied ist ... ist ... dass der neue Ladenbesitzer *tot* ist. Jemand hat ihn *ermordet*. Du bewegst dich auf einem gefährlichen Terrain, also solltest du vielleicht besser aufhören, bevor ...«

»Mina, bitte, wenn ich mich von jedem kleinen Mord in diesem Dorf von meinem Weg abbringen ließe, wäre ich nicht die erfolgreiche Unternehmerin, die ich heute bin.« Mama runzelte die Stirn und schaute auf ihr Handy. »So schade, dass er sich heute entschieden hat, abzutreten. Ich bin nicht darauf gekommen, dass ich meine Vorhersagen auch auf die Leute ausdehnen könnte, die Bücher verkaufen. Ich frage mich, wie lange es deinen Heathcliff noch geben wird, bei all dem Alkohol, den er säuft ...«

»Wenn *irgendeiner* unserer Namen in deiner App auftaucht, Mama, dann schwöre ich, dass ich ... ich werde ...« Mir fiel keine Strafe ein. »Ich werde Heathcliff auf dich hetzen.«

»Hey, zieh mich da nicht mit rein«, schrie Heathcliff aus seinem Büro.

Mama tätschelte meinen Arm. »Ehrlich, Mina, du machst dir zu viele Sorgen. Ich muss los, Liebling. Du wirst mir danken, wenn du in Geld schwimmst. Wie ich sehe, habt ihr viele Damon-Slaughter-Thriller da drüben. Ich werde mein nächstes Video über ihn machen. Morrie, wir sehen uns heute Abend zu unserem Bühnendebüt.«

Bevor ich noch ein Wort sagen konnte, rauschte sie an mir vorbei und hinterließ eine Duftwolke und ein vages Gefühl des Unbehagens.

Zwischen Quoths Kreuzzug, den Mord aufzuklären und sich selbst zu vergeben, Morries Mission, die Produktion zu verfluchen, und den Versuchen meiner Mutter, uns aus unserer prekären finanziellen Lage zu helfen, war mein Leben plötzlich zu einem Shakespeare-Stück geworden.

Ich hoffte nur, dass es keine Tragödie werden würde, in der am Ende alle sterben.

17

Wir wussten, dass Hayes und Wilson den Tag damit verbringen würden, alle Leute zu befragen, die wir auf dem Platz gesehen hatten, und sich auf die aussichtslose Suche nach Droll zu begeben. Also beschlossen Quoth und ich, mit einer anderen Art von Untersuchung zu beginnen. Wir hatten drei Namen auf unserer Verdächtigenliste, drei Personen, die wir an diesem Morgen auf dem Platz gesehen hatten und die aus verschiedenen Gründen wütend auf Herrn Rasmussen gewesen waren. Wir hatten nicht genug, um unsere Verdächtigen einzugrenzen oder ein klares Motiv zu ermitteln, aber wir wussten *genau*, wo wir hingehen mussten, um den neuesten Tratsch über ihr Leben zu erfahren.

Unser erster Halt war Olivers Bäckerei, wo wir uns mit seinen berühmten Marmeladenkrapfen eindeckten. »Haben Sie heute Morgen auf dem Platz etwas gesehen?«, fragte ich Oliver, während er unsere Leckereien in eine Schachtel packte und ein Wurstbrötchen für Oscar dazu legte.

»Sie meinen, abgesehen davon, dass dieses Maultier mein Schild umgeworfen hat?«, fragte Oliver.

»Genau genommen war es kein Maultier, sondern ein Esel«, sagte Quoth mit einem schüchternen Lächeln.

»Apropos Esel, dieser Amerikaner ist hereingekommen und hat von mir verlangt, ihm eine Schachtel Leckereien zu machen, obwohl ich ihm sagte, dass wir erst in zwanzig Minuten öffnen«, sagte Oliver. »Er hat immer wieder über seine Schulter geschaut, während ich seine Schachtel gefüllt habe, und mich angebellt, dass ich schneller machen soll.«

»Was hat er bestellt? Lass mich raten ... ein Dutzend Marmeladenkrapfen?«, fragte ich. »Mince Pie und Chips?«

»Er hatte einen großen roten Fleck auf seinem Kragen«, erklärte Quoth. »Wir hatten angenommen, dass er von etwas stammte, das er hier gegessen hatte.«

Oliver schüttelte den Kopf. »Das kommt nicht von meinen Waren. Er hat nichts mit Tomatensoße oder Marmelade bestellt. Hauptsächlich Streuselkuchen und Käsescones. Den Fleck hat er sich woanders geholt.«

Zum Beispiel, indem Rasmussens Blut auf seinen Kragen gespritzt ist, während er ihn mit der First Folio verprügelt hat?

Oliver überreichte uns unsere Schachtel. Sie roch fantastisch, aber ich konnte mit Müh und Not widerstehen, sie zu öffnen und den halben Inhalt zu verschlingen, bevor wir unser Ziel erreichten. Oscar und ich mussten joggen, um mit Quoth mitzuhalten, der über den Cricketplatz auf das New New Globe zuraste. »Frau Ellis«, rief ich, als ich die Bühneneingangstür aufschwang. »Wir kommen mit Leckereien.«

Als wir den Backstage-Bereich betraten, sprangen Frau Ellis und ihre Freundinnen auseinander, ihre Gesichter schuldbewusst. »Mina, Allan, was für eine Überraschung. Wir hatten euch bei all der Aufregung im Dorf erst später erwartet.«

»Was machen Sie denn alle hier?«, fragte Quoth schüchtern,

obwohl wir genau wussten, warum sie da waren. »Wir brauchen die Schauspieler doch erst zur Abendvorstellung.«

»Oh, nun, ähm«, stammelte Cynthia Lachlan. »Wissen Sie, wir haben ...«

»Sie haben nur über den Mord an Herrn Rasmussen getratscht, nicht wahr?«, fragte ich, während ich einen Stuhl herumdrehte und die Backwarenschachtel abstellte. »Und wir wollen alles wissen.«

18

»Wisst ihr«, sagte Frau Ellis, während sie in ihren dritten Marmeladenkrapfen biss. »Ihr zwei seid viel bessere Ermittler als dieser trottelige Kommissar Hayes. Er hält unsere Informationen nicht für besonders nützlich.«

»Wir haben ihm gesagt, dass dein Freund Droll ein vollkommen harmloser junger Mann ist«, fügte Sylvia Blume hinzu und klopfte sich die Krümel von ihrem Samtkleid. »Wenn man bedenkt, dass unsere Steuergelder für diese Farce verschwendet werden, während der wahre Mörder immer noch da draußen sein Unwesen treibt. Stellt euch mal vor, dieser entzückende junge Mann könnte jemanden in einen Esel verwandeln? Das ist doch absurd ...«

Neben mir hustete Quoth leicht. Sein Blick huschte zu einer Stelle hinter Frau Ellis' Kopf. Augenblicke später verdrehten unsichtbare Hände Frau Ellis' blau gefärbtes Haar zu zwei Teufelshörnern.

Droll war im Haus.

»Wir wissen, dass Kommissar Hayes nichts als Watte zwischen den Ohren hat«, sagte Frau Ellis. »Er wollte nicht einmal meine Theorie hören, dass der Mörder ein verrückter Shakespeare-Fan ist, der entschlossen ist, die berühmtesten Morde des Barden nachzustellen. Hat diesem jungen Mann denn niemand beigebracht, dass er auf ältere Leute hören sollte?«

Ich musste lachen bei dem Gedanken, dass jemand Hayes mit seinem grauen Haar und seinen müden Augen als jung bezeichnen könnte.

Quoth schenkte Sylvia ein weiteres Glas Tee ein. »Sie haben immer so tiefe Einsichten«, sagte er mit seiner sanften, freundlichen Stimme. »Ich denke, wenn jemand in das Herz unseres Mörders sehen könnte, dann wären Sie es.«

»Vielen Dank, dass Sie das bemerkt haben, junger Mann«, Sylvia berührte den Kristall um ihren Hals. »Ich besitze tatsächlich die Gabe des Zweiten Gesichts, obwohl es viele gibt, die an meinen Visionen zweifeln.«

Aus gutem Grund, dachte ich, sagte es aber nicht. *Sylvias Visionen rühren eher vom Starren in eine leere Weinflasche als irgendeiner übersinnlichen Gabe.*

Sylvia rieb sich die Schläfen und summte leise vor sich hin. Quoth beugte sich vor, völlig verzückt von ihrer Darbietung. Mein Vögelchen hatte eine Art, Menschen das Gefühl zu geben, etwas Besonderes zu sein, sodass sie sich entspannen und ihm gegenüber öffnen würden. Sylvia beobachtete Quoths Gesichtsausdruck genüsslich, während sie mit der Handfläche auf den Tisch schlug und verkündete: »Die Geister haben zu mir gesprochen und gesagt, dass die Polizei Zenzile Monroe genauer unter die Lupe nehmen sollte.«

»Oh, ich weiß nicht, Sylvia«, sagte Hazel Barrowly, während sie sich Marmelade und Sahne von den Fingern leckte. »Zen hat den Mann vielleicht gehasst, aber ich kann mir nicht vorstellen, dass sie das kostbare Buch verunstalten würde, indem sie es mit seinem Blut bespritzt.«

»Ich schon, wenn sie verzweifelt genug war.« Frau Ellis rieb sich vor Freude die Hände. »Wusstet ihr, dass der Stadtrat damit droht, das Shakespeare-Museum zu schließen?«

Ich beugte mich vor. *Das ist es. Deswegen haben wir uns dazugesetzt. Niemand kennt die schmutzige Schattenseite des Dorfes so gut wie Frau Ellis und ihre alten Damen.* »Wirklich?«

»Ich habe letzten Monat auf der Gemeindeversammlung alles darüber gehört. Sie haben es wegen seines kulturellen Wertes so lange offen gehalten, aber der neue Bürgermeister will Kosten sparen und kein bodenloses Fass in seinen Büchern haben. Dieses Museum ist Zens ganzes Leben. Sie ist verständlicherweise am Boden zerstört. Und wenn sie Rasmussen dazu bringen könnte, seine First Folio zu spenden, dann würde der Ort offenbleiben.«

»Aber wäre das nicht ein Grund, den Kerl am Leben zu lassen, anstatt ihn brutal zu Tode zu prügeln?«

»Nicht unbedingt.« Sylvia griff nach einem weiteren Donut. »Die Geister sind sich uneinig über ihre Motive, aber Zen könnte in Rage geraten sein, nachdem er sich wiederholt geweigert hat, das Buch zu spenden, und ihn in seiner Verzweiflung damit geschlagen haben, ohne sich darüber im Klaren zu sein, dass der Schlag ihn töten könnte.«

»Oder war es vielleicht ein kalkulierter Angriff?«, schlug Frau Ellis vor. »Zen wusste, dass Shelley Rasmussen die Spende der First Folio unterstützt. Wenn sie Jasper umgebracht hat, würde Shelley das Geschäft erben und Zen das Buch geben.«

Verzweiflung oder Vorsatz? Ich erinnerte mich daran, wie wir Zen auf dem Platz begegnet waren und wie nervös sie gewirkt hatte. Es könnte der Schock über ihre Tat gewesen sein oder der Versuch, ihr Verbrechen mit etwas übertriebener Schauspielerei zu verbergen. Sie hatte erzählt, dass sie bei Rasmussen gewesen sei, aber die Tür verschlossen gewesen war. Minuten später hatten wir die Tür jedoch offen vorgefunden. Es konnte durchaus sein, dass sie uns angelogen hatte.

»Aber sie ist nicht die Einzige, die in finanziellen Schwierigkeiten steckt«, fügte Cynthia hinzu und beugte sich wie eine Souffleuse verschwörerisch vor. »Grey hat mir erzählt, dass Miles Stapleton sein Haus mit einer Hypothek belastet hat, um den Bau des New New Globes zu finanzieren. Er hat nicht einmal seiner Frau davon erzählt. Wenn sich das Festival als Flop herausstellt, verliert er alles.«

Ich konnte nicht glauben, dass Miles so etwas Dummes tun würde. Aber würden ihn schlechte finanzielle Entscheidungen zum Mörder machen?

»Wenn das wahr ist, welchen Grund hätte Miles dann Rasmussen zu töten?« Frau Ellis nippte genüsslich an ihrem Tee wie Miss Marple, wenn sie einen besonders grausamen Mord untersuchte. »Dieser Mord hat dem Festival negative Presse und finanzielle Probleme beschert, und das könnte für Miles nicht schlimmer sein. Nein, das ergibt keinen Sinn. Andererseits glaube ich auch nicht, dass Zen dieses Verbrechen begangen hat. Schon allein deshalb nicht, weil sie es nie wagen würde, eine First Folio mit solcher Respektlosigkeit zu behandeln. Ich denke, wir sollten uns Herrn Hiram Abernathy und seine Frau Dolores ansehen.«

»Ich habe sie heute Morgen getroffen«, sagte ich. »Sie schien reizend zu sein.«

»Oh, das ist sie. Aber sie mag es, wenn die Dinge auf eine bestimmte Art und Weise ablaufen, und Hiram macht sich bei dem bloßen Gedanken, ihr missfallen zu können, in die Hose. Gerüchten zufolge hat sie gedroht, ihm die Eingeweide rauszureißen, wenn er ihr dieses Buch nicht bis zu ihrem heutigen Geburtstag besorgt. Womöglich war der Mann verzweifelt und als Herr Rasmussen nicht verkaufen wollte, wurde er gewalttätig.«

»Er ist ein *Texaner*«, überlegte Cynthia. »Die sind dafür bekannt, dass sie schnell aus der Haut fahren.«

Die Damen brachen in Gelächter aus.

»Aber Rasmussen eins überzubraten, scheint auch nicht sein Stil zu sein«, überlegte Frau Ellis. »Ich würde eher eine Schießerei im Cowboy-Stil erwarten. Pistolen auf dem Dorfplatz im Morgengrauen.«

»Nun ja, er ist nun mal Texaner. Die Leute in Texas machen ihren Tee mit *Eiswürfeln* und Zitronenscheiben.« Cynthia rümpfte die Nase, während sie ihre Teetasse wie einen wertvollen Schatz in den Händen hielt. »Man weiß nie, wozu Menschen fähig sind, die so grausam mit Tee umgehen.«

»Und was ist mit Shelley Rasmussen?«, fragte Quoth, während er die Donuts herumreichte. »Sie wurde ebenfalls zur Tatzeit auf dem Dorfplatz gesehen, und hat davon gesprochen, wie sehr sie ihren Vater verabscheut.«

»Oh ja, Shelley. Sie ist ein seltsames Mädchen«, sagte Hazel. »Sie ist mal mit meinem Fergus ausgegangen, wusstet ihr das? Er meinte, sie wäre ganz nett, aber es gäbe zu viele Dinge in ihrem Leben, die er sich nicht erklären könne.«

»Was denn zum Beispiel?«, fragte Quoth.

»Sie wohnt in der Sozialbausiedlung und bekommt meistens nicht mal zwei Pfennige zusammengekratzt, aber dann taucht sie manchmal mit Bündeln voller Bargeld auf. Sie hat meinen Fergus letzten Sommer sogar mit auf einen Urlaub nach Ibiza genommen. Sie hat ihm erzählt, dass ihr Vater ein reicher Typ in London wäre und dass er hin und wieder von Schuldgefühlen überfallen würde, weil er sie vernachlässigt hat, und ihr dann Geld schickt. Kommt euch das nicht wie eine seltsame Vater-Tochter-Beziehung vor?«

Eigentlich nicht, wollte ich sagen. *Es ist ziemlich normal, dass abwesende Eltern versuchen, ihre Verfehlungen mit Geld für ihre*

Kinder auszugleichen. Manche werfen sogar mit Buchhandlungen um sich.

»Ich wünschte, mein Vater würde mir hin und wieder Geldbündel schicken«, seufzte Sylvia dramatisch. »Alles, was ich von ihm bekomme, sind exorbitante Rechnungen von seinem Altersheim und gelegentliche Anrufe, in denen er fragt, ob ich seine Dritten irgendwo gesehen hätte.«

»Mein Fergus hat sich überlegt, ob Shelley nicht eine Drogendealerin sein könnte«, sagte Hazel. »All dieses Bargeld. Ihr wisst ja, was für Dinge die Leute in der Siedlung damit anstellen würden. Nichts für ungut, Mina ...«

Ich biss die Zähne zusammen, beschloss aber, Hazels Kommentar über mein Zuhause zu überhören. Als die Damen in eine hitzige Debatte über die finsteren Abgründe, in die Shelley Rasmussen möglicherweise gefallen war, verfielen, zog sich mein Magen schmerzhaft zusammen.

Alle Tratschtanten des Dorfes fraßen Quoth quasi aus der Hand, aber wir waren nicht ein Stück näher dran, herauszufinden, wer Jasper Rasmussen ermordet hatte oder warum.

19

Bald füllte sich der Backstage-Bereich mit Schauspielern, die sich für die Premiere umzogen und vorbereiteten. Für ein paar Stunden hatte ich keine Zeit, über den Mord an Herrn Rasmussen nachzudenken, weil ich damit beschäftigt war, Borten wieder anzunähen und Säume zu befestigen. Quoth, der von Kopf bis Fuß in Schwarz gekleidet war und wie der Leadsänger einer angesagten Emo-Goth-Band aussah, huschte über die Bühne und brachte die Requisiten und Bühnenbilder in Position, damit sie zwischen den Szenen bewegt werden konnten.

»Die Londoner Presse hat einen der Lord's Rooms gebucht«, sagte Quoth, als er mit Lady Macbeths Dolch für den Requisitentisch vorbeischlurfte. Er klang nervös. Ich konnte es ihm nicht verübeln. Ich wusste, dass die Journalisten den Fokus in ihren Artikeln über das Festival auf Rasmussens Mord legen würden. Wir mussten ihnen zeigen, dass der letzte Vorhang in Argleton noch nicht gefallen war.

»Fürchtet euch nicht«, rief Morrie, als er mit wehendem Kilt und schwingendem Schwert in den Raum schritt. »Ich bin es, Macbeth, hier, um die Show zu retten.«

»Sag diesen Namen nicht!«, rief Handy Andy, der Macduff spielte. Er drehte sich hektisch im Kreis.

»Oh, stimmt ja.« Morrie schlug sich an die Stirn. »Ich hatte vergessen, dass ich nicht immerzu Macbeth sagen darf.«

»Argh!« Die Darsteller sprangen von den Schminkstühlen auf und begannen, wild durch den Raum zu tanzen, während sie Zeilen aus dem Stück sangen, die den Fluch aufheben sollten.

Morrie grinste verschmitzt, als er sich in den ihm zugewiesenen Schminkstuhl fallen ließ, und Sylvia machte sich daran, ihn in den schottischen König zu verwandeln.

Heathcliff traf einen Moment später ein. Er war ganz in Schwarz gekleidet und roch nach Torf und Schweiß, diesem köstlichen, unbeschreiblichen Heathcliff-Geruch, bei dem mir die Knie weich wurden. Er hatte Quoth geholfen, einige der schwereren Kulissen an ihren Platz zu bringen, und kam herüber, um mir einen Kuss auf die Wange zu geben und Morries Kilt mit einer Mischung aus Abscheu und Begierde zu mustern.

»Bist du bereit, dir einen Platz im Publikum zu suchen?«, fragte er, während er meinen Arm drückte. »Wir können den Schurkenkönig allein lassen, damit er über seine verschiedenen ruchlosen Taten nachdenken kann.«

»Schön ist wüst, und wüst ist schön.« Morrie legte ein Bein auf den Schminktisch und gab Heathcliff so einen direkten Blick unter seinen Kilt. Morrie trug sein Kostüm, wie man an Heathcliffs versteiften Körper erkennen konnte, auf traditionelle schottische Art.

»Halt still«, zupfte Sylvia an Morries Haaren. »Wir sind fast fertig.«

»Vorhang in fünf Minuten«, rief Miles, während er mit vor Nervosität zitternder Stimme durch den Raum stolzierte. »Alle auf ihre Plätze.«

»Was ist das?«, fragte Heathcliff und zeigte auf etwas, das am Spiegel klebte.

»Oh, das ist eine Nachricht. Sie muss von einem meiner vielen Verehrer sein.« Morrie nahm sie und entfaltete das Papier. Er las die Nachricht laut vor. »Hier steht: ‚Ich weiß, dass ihr den Mord an Rasmussen untersucht. Trefft mich nach der Show vor dem Bühneneingang. Ich muss euch etwas Wichtiges sagen.' Sie ist nicht unterschrieben.«

»Erkennst du die Handschrift?«, fragte ich. »Was ist mit dem Briefpapier?«

»Mir ist es egal, ob es von der verdammten Königin höchstpersönlich ist«, knurrte Heathcliff. »Wir werden uns nicht mit einem anonymen Briefeschreiber in einer Seitengasse treffen. Das ist quasi eine Einladung zum Totschlag.«

»Aber die Nachricht klingt nicht bedrohlich«, gebe ich zu bedenken. »Es steht nur darauf, dass der Ersteller Informationen hat und vielleicht zu viel Angst hat, persönlich mit uns zu sprechen. Es muss jemand aus dem Ensemble oder der Crew sein, da er den Zettel an Morries Spiegel gehängt hat. Heißt das, dass der Mörder Teil des Ensembles …?«

»Ich wollte meinen ganzen Ruhm für einen Krug Bier und Sicherheit geben.« Heathcliff zog mich zur Tür. »Es ist von entscheidender Bedeutung, dass wir an der Bar vorbeikommen, bevor sie schließt.«

»Wir kümmern uns nach der Show darum, Hübsche.« Morrie rückte seinen Kilt zurecht und beugte sich vor, um mich zu küssen. »Die Bühne ist bereit, die Lichter sind gedimmt und die Menge verlangt nach Macbeth!«

Alle im Raum stöhnten auf.

~

Morries böses Lächeln erhellte mein Herz, als er in den Flügeln verschwand. Meine Aufgabe war nun erledigt. Heathcliff, Oscar und ich schlichen uns durch den Bühneneingang hinaus und gesellten uns zu den Leuten im Parkett. Heathcliff holte uns etwas zu trinken, und ich lehnte mich an den Bühnenrand, während das orangefarbene Licht den Kessel und das Hexen-Make-up der bizarren Schwestern und ihre hakenförmigen Nasenprothesen beleuchtete.

»Wann treffen wir drei uns das nächstemal?«, fragte meine Mutter. »Bei Regen, Donner, Wetterstrahl?«

Sie planten ihr Treffen mit unserem todgeweihten König, und dann wechselte die Szene zu einem Militärlager, wo König Duncan von Schottland die Nachricht erhielt, dass seine Hauptmänner Macbeth und Banquo mit großer Tapferkeit gekämpft hatten und Macbeth den Verräter Macdonwald erschlagen hatte. In der nächsten Szene kehrten die Hexen für einen weiteren Zauber zurück und Morrie schritt neben Richard, der Banquo spielte, auf die Bühne. Mein kriminelles Superhirn spielte einen großartigen Macbeth, der in seinem Schwert und Kilt erstrahlte, während er seine schöne Frau umgarnte. Neben mir biss Heathcliff die Zähne zusammen und zerdrückte seinen Plastikbecher in seiner großen Hand. Mir wurde ganz trocken im Mund, so viel Selbstbewusstsein strahlte Morrie aus, während er über die Bühne schritt und seinen blutigen Weg zum Thron plante.

Er hatte recht gehabt. Er war dazu geboren worden, Macbeth zu spielen.

Und Zen war auch ziemlich gut. Man merkte, dass sie die Rolle liebte und alles daran setzte, eine authentisch furchterregende Lady Macbeth zu sein. Und meine Mama, Cynthia und Frau Ellis als Hexen brachten das Publikum mit ihren Possen zum Lachen.

Ich konnte Quoth nicht sehen, wenn das Licht aus war, aber

ich würde seine leichten Schritte überall erkennen, während er der Bühnencrew half, die Kulissen zu bewegen und die Requisiten zwischen den Szenen zu arrangieren. Das Licht ging wieder an und enthüllte die Szene von Lady Macbeths Schlafgemach, aber sie war nirgends zu sehen.

Heathcliff zeigte auf etwas und ich schnappte nach Luft, als ich Zen sah, die ein weites weißes Hemd mit Blutflecken trug und durch die oberen Galerien und den Balkon hin und her ging und sich verzweifelt die Hände rieb. Der Doktor und die Dame erschienen auf der Bühne und sprachen über ihren Abstieg in den Wahnsinn.

»Fort, verdammter Fleck«, schrie Zen. »Fort, sag ich…«

Während sie sich immer wilder die Hände rieb, kletterte sie über den Rand der Galerie und stellte sich auf einen schmalen Sims direkt über den Rängen. Ihr Nachthemd flatterte um ihre Beine, als sie drei Stockwerke über unseren Köpfen schwankte und taumelte.

Die Menge hielt den Atem an. Mein Herz zog sich zusammen, aber ich betete mir vor, dass Zen vollkommen sicher war. Ich konnte die Takelage unter ihrem Kleid nicht sehen, aber ich wusste, dass sie in das System eingespannt war, das Morrie mit mathematischer Präzision entworfen hatte, um sie sicher auf die Erde zu bringen.

Im Stück ereignete sich Lady Macbeths Selbstmord hinter der Bühne, aber Frau Ellis hatte entschieden, dass sich Sex und Gewalt gut verkaufen, also hatte sie sich für so viel Blut und Gedärme wie möglich auf der Bühne eingesetzt. Zens Haare klebten ihr im Gesicht, während sie ihren Text schrie. »Noch immer riecht es hier nach Blut; alle Wohlgerüche Arabiens würden diese kleine Hand nicht wohlriechend machen. Oh, oh, oh!«

Das Licht wurde düster und bekam einen Rotstich. Sie rang

die Hände, als die Musik ihren Höhepunkt erreichte und trat von der Kante.

Ihre Worte verwandelten sich in einen Schrei.

Irgendetwas an dieser Szene ließ mir das Blut in den Adern gefrieren.

Ihr Schrei wurde abrupt von einem widerlichen Knirschen unterbrochen.

Die Band verstummte.

Die Menge wurde still.

»Ich glaube nicht, dass das Bühnenblut ist«, sagte Heathcliff.

Ich konnte nichts sehen, aber ich musste es *wissen*. Niemand rührte sich. Niemand sprach.

Wir müssen ihr helfen.

»Zen. Können Sie uns hören?« Ich schob Oscar nach vorne. Heathcliff legte seinen Arm in meinen und bahnte sich einen Weg durch die fassungslose Menge. Hinter uns hörte ich Morries vertrauten, langen Schritt über die Bühne auf uns zu schreiten.

Heathcliff ließ sich auf die Knie fallen und zog mich neben sich zu Boden. Zen lag in einem dunklen Klumpen auf dem Boden, wobei ihre Beine in unmöglichen Winkeln abstanden. Die Luft stank nach frischem Blut. Heathcliff legte vorsichtig ihren Kopf in seinen Schoß. »Sie werden wieder gesund«, sagte er schroff.

Ich konnte an dem hellen Ton in seiner Stimme erkennen, dass Zen sehr, sehr weit davon entfernt war, gesund zu sein.

»Mina ...«, brachte sie hervor und streckte mir eine blutverschmierte Hand entgegen. »Meine Nachricht. Du musst ...«

Aber sie kam nicht dazu, ihren Satz zu beenden.

Zens Kopf sackte zur Seite. Heathcliff tippte ihr gegen die Wange, aber sie reagierte nicht.

Sie war tot.

20

»Sie ist tot«, verkündete Heathcliff.

»Wer hätte gedacht, dass in dieser Frau so viel Blut fließt«, stimmte Droll an, der in einem Funkenregen neben uns erschien.

»Halt die Klappe«, murmelte Heathcliff. »Und verschwinde von hier. Die Polizei ist auf dem Weg.«

»Jetzt beheult der Wolf den Mond, durstig brüllt im Forst der Tiger ...«

»Geh *weg*, Droll.« Ausnahmsweise war Morrie nicht in der Stimmung für Scherze. Er starrte auf den zusammengefallenen Körper hinunter. Seine Schultern hingen herab, während er mit seinen langen Finger an seinen Ärmeln zupfte. Ich wusste, dass er sich verantwortlich fühlte. Er hatte die Takelage entworfen, und sie hatte im denkbar schlechtesten Moment versagt.

Quoth zog mich an sich und schlang seine Arme um mich. Ich vergrub mein Gesicht an seiner Schulter und ließ sein dunkles Haar wie einen Vorhang über mein Leben fallen, um mich vor dem Schrecken zu verstecken.

Wir waren alleine. Sobald sich der Unfall ereignet hatte, hatten Heathcliff und Morrie die Kontrolle über die Situation übernommen. Aufgrund der Bauweise des New New Globes gab es keinen Bühnenvorhang, den wir hätten herunterziehen können, um Zens Leiche vor neugierigen Blicken zu verbergen. Die nächstbeste Lösung hatte darin bestanden, alle nach draußen zu bringen. Heathcliff hatte seinen unglaublichen Witz und Charme, auch bekannt als seine beeindruckende Statur und Gewaltandrohungen benutzt, um das verängstigte Publikum in den Biergarten zu treiben, wo sie auf die Polizei warten sollten. Frau Ellis und ihre Freiwilligen sorgten mit Adleraugen dafür, dass niemand den Ort verließ, bevor er befragt worden war.

Das bedeutete, dass niemand da war, der uns davon abhalten konnte, einen Blick auf den Tatort zu werfen. Wir sollten die Leiche nicht berühren, bevor die Polizei eintraf, zumindest nicht mehr als wir es bereits getan hatten, nachdem ihr Kopf bei ihrem Tod auf Heathcliffs Schoß gelegen hatte, aber Quoth konnte sich nicht zurückhalten. Er beugte sich über Zen und lehnte sich vor, um nach Hinweisen zu suchen. Dann inspizierten er und Morrie die Takelage.

»Zumindest weiß ich jetzt, dass mein Entwurf fehlerfrei war«, sagte Morrie. »Siehst du diese Karabiner? Die, die ich verwendet habe, waren aus Stahl und dafür ausgelegt, das Fünffache von Zens Gewicht zu halten. Aber sie wurden durch billige, schwache ersetzt. Schau, sobald die Takelage mit Zens Gewicht belastet wurde, sind sie glatt entzwei gebrochen.«

»Ich habe sie überprüft«, sagte Quoth mit tränenerstickter Stimme. »Ich habe heute Nachmittag jedes Element der Takelage überprüft, genau so, wie du es mir gezeigt hast, und dann habe ich sie noch einmal überprüft, bevor sie in die Gurte gestiegen ist. Ich sage dir, dass ja noch die richtigen Karabinerhaken gehangen haben.«

»Ssssch, Vogelchen, wir glauben dir«, sagte Morrie. »Aber

das ändert nichts an der Tatsache, dass die Takelage sabotiert wurde. Es ist Mord gewesen.«

»Wer hatte zur Takelage Zugang, nachdem Quoth Zen überprüft hatte?«, fragte ich.

»Theoretisch jeder.« Morrie zeigte auf einen Teil der Sitzplätze auf der Galerie im dritten Stock. »Die Takelage wird vom Lichtpult aus bedient, hinter dem Publikum auf der dritten Galerie. Jeder in der Show oder im Publikum hätte vorbeigehen und den Austausch vornehmen können, während der Beleuchter abgelenkt war. Jede einzelne Person in diesem Theater heute Abend ist verdächtig.«

Quoth vergrub den Kopf in den Händen. »Wenn ich vorsichtiger gewesen wäre, wäre sie nicht gestorben.«

»Du kannst dir dafür nicht die Schuld geben, Vögelchen.« Morries Stimme zitterte. »Wenn dann ist es meine Schuld.«

Morrie drehte sich abrupt um und ging zum Bühneneingang an der Seite. Ich wies Oscar an, ihm zu folgen, und setzte mich neben ihn. »Geht es dir gut?«

»Mir geht es besser als ihr«, antwortete er und rang die Hände in seinem Schoß. Das war ungewohnt für Morrie. Normalerweise zeigte er kein Mitgefühl für die Opfer, die wir untersuchten. Er zog es vor, einen Mord als eine Sammlung interessanter Rätsel zu betrachten. Aber Zens Tod hatte ihn mitgenommen.

»Willst du mir sagen, was dich so beschäftigt? Quoth flippt nämlich da drüben aus, weil er denkt, dass es seine Schuld ist, und es kann nicht *jeder* die Schuld haben.«

Ich meinte es als Scherz, aber Morrie zuckte zusammen, so dass ich wünschte, ich könnte es zurücknehmen. »Ich denke nur die ganze Zeit daran, dass jemand sie erwischt hat, bevor sie mir sagen konnte, was sie wusste.«

»Was meinst du?«

»Zen hat die Notiz geschrieben. Ich habe eine Einkaufsliste in ihrer Tasche gefunden und die Handschriften verglichen.« Morrie faltete die Notiz auseinander, die sie ihm hinterlassen hatte, und las sie noch einmal. »'Trefft mich nach der Show vor dem Bühneneingang. Ich muss euch etwas Wichtiges sagen.' Was glaubst du, wollte sie uns sagen? Ich gebe zu, als ich es zum ersten Mal las, dachte ich, sie würde ein Geständnis ablegen, aber ...«

»... aber jetzt, wo sie ermordet wurde«, fügte ich hinzu, »liest es sich, als hätte Zen gewusst, wer der Mörder war.«

21

Da das Shakespeare-Festival offiziell auf Eis gelegt wurde und die Polizei das New New Globe belagerte, hatten die Bewohner von Argleton und die Besucher des Dorfes nichts zu tun, außer herumzuhängen und sich zu amüsieren. Und das taten sie auf typisch englische Dorfart: indem sie den Pub stürmten und endlos über die Morde tratschten.

Dank Frau Ellis hatte es sich herumgesprochen, dass wir den Mord untersuchten. Der Nevermore Bookshop war noch nie so geschäftig gewesen wie jetzt, wo die Leute in unserem Shakespeare-Bestand stöberten und endlose Theorien über die Motive des Mörders austauschten. Einige glaubten, es sei ein Kritiker gewesen, der Zen ermordet habe, weil sie eine schreckliche Lady Macbeth abgegeben hatte, während andere dachten, es könnte ein eifersüchtiger Liebhaber gewesen sein, der sie auf echte Shakespeare-Art hatte leiden lassen wollen.

Ich war so damit beschäftigt, die Kasse zu bedienen und die haarsträubenden Theorien zu widerlegen, dass ich den ganzen Tag kaum eine Chance hatte, über den Fall nachzudenken. Schließlich hielt ich es nicht mehr aus und scheuchte sie mit dem Versprechen aus dem Laden, dass wir uns gleich im Pub treffen würden, um den Fall bei einem Bier weiter zu lösen. Ich ging von Raum zu Raum, führte die Nachzügler zur Tür und schlug sie hinter ihnen zu. Meine Füße taten weh. Meine Finger rochen abgestanden, weil ich zu viele alte, tintenbeschmierte Seiten angefasst hatte, und ich brauchte dringend einen Drink.

Ich wollte gerade nach oben gehen, um zu duschen, als ich jemanden im Flur husten hörte. *Scheiße, hatte ich vergessen, die Haustür abzuschließen?*

»Wir haben geschlossen«, rief ich. Niemand antwortete, aber als ich um die Ecke kam, stieß ich direkt mit einer Kundin zusammen.

»Uff.«

»Entschuldige«, sagte eine vertraute Stimme. Die Gestalt trat zurück, unter eine der Lampen, die ich aufgestellt hatte, und ich erkannte sie an ihrem Fledermaus-Kapuzenpullover. »Mina, richtig?«

»Richtig. Und du bist Bree. Ich erinnere mich an deinen Kapuzenpullover.«

»Danke.« Bree senkte ihre Stimme. »Hör zu, ich war gestern Abend im Theater. Ich habe gesehen, was mit dieser armen Frau passiert ist. Und ich habe gehört, dass du heimlich diese Morde untersuchst.«

»Ich würde nicht im Traum daran denken, unserer Polizei in die Quere zu kommen«, sagte ich automatisch.

»Ich bin nicht hier, um dich zu verpetzen. Die Polizei könnte nicht einmal ein Besäufnis in einer Brauerei organisieren.« Bree schaute über ihre Schulter. Ich blinzelte, konnte aber nichts erkennen. Nicht, dass das meine Stärke gewesen wäre. Als sie sich umdrehte und wieder sprach, war ihre Stimme noch leiser. »Ich könnte vielleicht helfen.«

»Wie?«

»Okay, also, erstmal habe ich dir die Bilder geschickt, die

ich von der First Folio gemacht habe. Sie könnten nützlich sein, da ich davon ausgehe, dass die Polizei die Ausgabe verwahrt.«

»Sie haben sie heute tatsächlich zurückgegeben«, sagte ich. »Sie gehört jetzt Shelley Rasmussen, aber da Zen weg ist und das Shakespeare-Museum schließt, hat sie beschlossen, es Miles zu leihen, damit er es im Theater ausstellen kann, sobald die Restauratoren das Blut entfernt haben. Aber wer weiß, wann ich es tatsächlich zu sehen bekomme, also werden die Fotos sehr hilfreich sein, danke.«

»Gern geschehen. Und ...« Sie machte eine Pause und verlagerte ihr Gewicht von einem Fuß auf den anderen. »Das ist nicht einfach für mich. Bitte halte mich nicht für einen Freak.«

»Bree, ich verspreche dir, du kannst kein größerer Freak als ich sein. Sag mir einfach, was es ist.«

»Okay, sagen wir, ich bin zufällig eng mit einer ... lokalen Shakespeare-Expertin vertraut. Jemand, mit dem du sehr gerne sprechen würdest, aber aus bestimmten Gründen nicht kannst.«

Sie spricht von Zen.

Bree fuhr fort. »Und diese ... ähm, renommierte Gelehrte hat mir gesagt, ich solle dir sagen, dass du dir mal die Lilie ansehen sollst.«

»Die was?«

»Die Lilie. Du musst dir die Lilie ansehen. Mehr kann ich dir nicht sagen.« Bree trat aus dem Licht, und die Schatten fielen über ihr Gesicht und verdeckten sie vor meinen Augen. »Ich habe keine Ahnung, was sie meint, aber sie scheint zu glauben, dass du es herausfinden wirst.«

»Warte. Woher weißt du ...«

»Viel Glück, Mina.«

»Bree?«

Schritte entfernten sich hastig. Ich streckte meine Hand in die Dunkelheit, griff aber nur ins Leere.

Bree war weg.

Das war vielleicht seltsam.

Schau dir die Lilie an. *Was könnte das bedeuten? Und wie soll mir das helfen, einen Mörder zu entlarven?*

Und wo genau hat Bree diese seltsame Nachricht her?

22

»Schau dir die Lilie an«, Morrie grübelte über die kryptische Botschaft nach. »Es klingt, als hätte jemand ein wenig zu viel von Gottes heiligem Kraut geraucht.«

»Vielleicht ist es eine Person?«, schlug Quoth vor. »Jemand namens Lily?«

»Soweit wir wissen, könnte es auch der Name ihres Lieblingspornostars sein, soweit wir wissen«, sagte Heathcliff. »Das ist zu kryptisch für einen Hinweis. Wir haben nichts, woran wir uns orientieren können, und währenddessen ist die Polizei im Theater und versucht bestimmt, Morrie die ganze Sache anzuhängen, jetzt, wo sie in London keine Fee finden können.«

Es stimmte. Die Polizei war aus London zurückgekehrt, ohne ihren Verdächtigen geschnappt zu haben, und da niemand im Theater erzählt hatte, Droll gesehen zu haben, wurde er im Moment nicht verdächtigt. Aber das bedeutete nicht, dass wir aus dem Schneider waren. Es würde ihnen ähnlich sehen, Morrie die Schuld für die Sabotage der Takelage zu geben. Wir mussten herausfinden, wer der wahre Mörder

165

war, bevor er erneut zuschlug. Und der einzige Hinweis, den wir hatten, war Brees kryptische Nachricht von Zen.

»Haben diese beiden Verbrechen überhaupt etwas miteinander zu tun?«, fragte Heathcliff. »Diesen Fehler haben wir schon einmal gemacht.«

Er hatte recht. Bei den Morden des Clubs der verbotenen Bücher hatten wir uns im Kreis gedreht, weil wir angenommen hatten, es hatte nur einen Mörder gegeben, obwohl es in Wirklichkeit zwei gewesen waren. Aber ich war mir sicher, dass wir es mit derselben Hand zu tun hatten. Diese Morde waren einfach zu dramatisch, zu ... Shakespeare-mäßig.

»Sie hängen zusammen, da bin ich mir sicher«, sagte ich. »Erinnerst du dich, was ich am Eröffnungsabend zufällig mitbekommen habe, als Rasmussen und Delacroix miteinander gesprochen hatten? Rasmussen dachte, er sei in Argleton ‚sicher‘, was implizierte, dass er in London *nicht* sicher gewesen war. Und Delacroix wollte das Buch nicht länger öffentlich ausstellen. Vielleicht hatten sie Drohungen erhalten? Und was auch immer sie bedroht hatte, was auch immer es war, Zen wusste davon und nun hat sie den Preis für dieses Wissen gezahlt. Solange wir keine andere Spur haben, kann uns nur diese Lilie zur Antwort führen ...«

»Oh. Rasmussen hatte einen Blumentopf auf seinem Schreibtisch stehen«, sagte Quoth. »Ich habe ihn bemerkt, als ich mich reingeschlichen habe, um die Polizei zu belauschen. Ich kann mich nicht erinnern, aber es könnte eine Lilie gewesen sein.«

»Das muss es sein«, sagte ich und erinnerte mich an den Topf mit der winzigen scharlachroten Blume. »Ich meine, ich habe keine Ahnung, wie eine Pflanze uns einen Hinweis geben könnte, aber *wenn* es eine Pflanze ist, nach der wir suchen, dann muss es eine am Tatort sein.«

»Bist du sicher, dass wir deiner neuen Freundin vertrauen

können?«, fragte Morrie. »Woher wissen wir, dass sie vor ihrem Tod mit Zen gesprochen hat? Und warum sollte Zen ihr diesen wichtigen Hinweis anvertrauen? Ich bin mir nicht sicher, ob sie alle Tassen im Schrank hat. Ich bin in der Reiseabteilung über sie gestolpert, wo sie sich heftig mit sich selbst darüber gestritten hat, ob es nun Istanbul oder Konstantinopel war. Ich habe ihr geraten, sich auf das Lied zu beziehen.«

»Ich vertraue Bree«, sagte ich, obwohl Morrie recht hatte. Sie schien ein bisschen verrückt zu sein, und ich hatte nicht wirklich einen Grund, ihr zu vertrauen, abgesehen von der Tatsache, dass sie einen großartigen Sinn für Mode hatte. Aber ich konnte die Erinnerung an das Zittern in ihrer Stimme nicht abschütteln, als sie mir von der Lilie erzählt hatte. »Vielleicht geht es gar nicht um die Lilie selbst. Vielleicht klebt auf dem Boden des Topfes ein Schlüssel zu Rasmussens geheimem Sexkeller.«

»Geheimer Sexkeller?« Morrie wurde munter. »Das schauen wir uns an.«

»Und *wo* oder besser *wie* schauen wir uns das an?« fragte Quoth.

»Natürlich, indem wir in den Tatort einbrechen.« Morrie schob seine Finger in seinen Kilt. »Wir werden die Antworten finden, oder ich will nicht länger Macbeth heißen...«

»Sag das Wort so oft du willst«, schnauzte Heathcliff. »Ich werde trotzdem keinen albernen Tanz aufführen. Wenn die Schauspieler dich aus der Stadt jagen, weil du einen Fluch über sie gebracht hast, wird das allein deine Schuld sein.«

ICH KAUERTE mich hinter den Mülleimern in der Gasse hinter Rasmussens Laden und zwängte mich neben den Napoleon des Verbrechens. Die Aussicht, im Namen der Aufklärung eines

Mordes ein weiteres Gesetz zu brechen, schien ihn nicht aus der Ruhe zu bringen, und er pfiff sogar leise die Melodie von »Istanbul, not Constantinople«. Ich war enttäuscht von mir selbst, dass ich nur wenige Tage, nachdem ich dem Verbrechensaufklären abgeschworen hatte, schon wieder im Sattel saß, aber ich hatte keine andere Wahl.

Wir hörten ein unheilvolles Klicken, gefolgt von einem leisen »Krächz«.

»Gut gemacht, Vögelchen«, flüsterte Morrie. Er nahm meine Hand und führte mich durch die Hintertür. Wir beschlossen, dass ein Einbruch durch die Seitengasse weniger auffällig wäre als durch die Vordertür, vor allem angesichts des großen Andrangs im Pub auf dem Dorfplatz. Quoth war durch ein offenes Fenster in Delacroix' Wohnung geflogen und hatte das Schloss von innen mit seinem Schnabel geknackt.

Morrie ergriff meine Hand, seine Finger vor Aufregung verkrampft. Wir duckten uns hinein, gingen durch einen unordentlichen Lagerraum und unter dem Absperrband hindurch in den Hauptladen. Das einzige Licht im Laden kam von den Fenstern mit Blick auf den Dorfplatz, und sie wurden von den hohen Regalen verdeckt, die mit teuren Büchern vollgestopft waren.

»Ich kann rein gar nichts sehen«, sagte ich. Gut, dass ich nicht sehen musste, um herumzuschnüffeln.

Ich wies Oscar an, mich zum Schreibtisch zu führen. Ich tastete herum, bis ich die Topfpflanze an der Ecke des Schreibtisches fand. Die Erde im Topf war knochentrocken. Niemand hatte sie seit Rasmussens Mord gegossen. Ich schätze, Lawrence hatte nicht viel für Blumen übrig.

Ich hörte ein leises Schabgeräusch, als Morrie den Topf hochhob und die Unterseite inspizierte. »Kein geheimer Schlüssel zu einem Sexkeller.« Er klang enttäuscht. »Kein verstecktes Kokain im Dreck. Sieht aus wie eine ganz gewöhnliche ... hey, Vögelchen, was für eine Blume ist das überhaupt?«

»*Sehe ich etwa aus wie ein Botaniker?*«, gab Quoth zurück.

»Warte.« Ich kramte nach meinem Handy. »Ich habe eine App ...«

Ich hatte die App vor ein paar Wochen heruntergeladen, weil die Pflanzkübel neben dem Eingang zu Nevermore mehr Unkraut als Pflanzen enthielten und ich das ändern wollte. Aber ich wusste nicht, was herausgezogen werden musste und was zurückbleiben sollte, und die Jungs waren nicht gerade eine Hilfe.

Es war eine tolle App. Man richtete das Telefon auf eine Pflanze und sie sagte einem, um welche Art es sich handelte und ob es sich um Unkraut oder etwas Schönes und/oder Nützliches handelte.

Ich richtete die Kamera auf die Pflanze und wartete auf das Tonsignal, das anzeigte, dass die App ihre Suche abgeschlossen hatte. Mein Telefon las die Informationen vor.

»Herzlichen Glückwunsch. Das ist eine *Sprekelia formosissima*, allgemein bekannt als Jakobslilie. Es handelt sich um eine ausdauernde krautige Spargelartige, die keine echte Lilie ist. Der Trivialname kam zustande, da die scharlachroten Blüten Lilien ähneln. Sie ist in Mexiko und Guatemala beheimatet und wurde 1658 von Entdeckern nach England gebracht ...«

»Langweilig.« Morrie gähnte. »Steht da, ob man sie rauchen kann? Verursacht sie Halluzinationen oder wachsen einem Hörner auf dem Schwanz?«

»Nein, Morrie, *psst.*« Ich starrte wieder auf die Informationen. Irgendetwas störte mich, aber ich konnte es nicht genau einordnen. Ich betrachtete das Bild auf dem Bildschirm und die verwelkte Pflanze vor mir genau ...

»... 1658 von Entdeckern nach England gebracht ...«

...1658...

»Das ist es«, rief ich aus.

»Was ist es?«

»Morrie, ich habe dir doch die Bilder geschickt, die Bree vom First Folio gemacht hat. Eines zeigt die erste Seiten von *Viel Lärm um nichts*, oder?«

»Ich glaube schon.« Morrie tippte auf seinem Handy herum.

»Vergleich es mal mit der Blume und sag mir, was du siehst.«

»Hm«, Morrie hielt das Display gegen die Lilie. Ich konnte die Details auf dem Folio-Bild nicht ganz erkennen, aber ich wusste bereits, was er sagen würde, bevor er es sagte.

»Sie sieht genauso aus wie Rasmussens Lilie hier. Aber ich verstehe nicht ...«

»Die Jakobslilie wurde erstmals 1658 entdeckt und nach England importiert.« Mein Blut rauschte durch meine Adern. »Aber die First Folio wurde 1623 gedruckt. Es ist unmöglich, dass eine Abbildung *dieser* Blume in *diesem* Buch enthalten sein könnte, es sei denn, der Autor hatte Zugang zu den Gewässern von Meles.«

Also ist der Schöpfer der First Folio entweder ein weiteres von Homers verschollenen Kindern, sagte Quoth. *Oder ...*

»... oder Zen wollte uns damit etwas sagen«, flüsterte ich. »Deshalb wurde sie getötet. Rasmussens First Folio ist eine Fälschung.«

23

»Willst du mir sagen, dass dieser Mistkerl das ganze Buch gefälscht hat?«, sagte Heathcliff. »Und er hat es an zwei Londoner Experten für Echtheitsprüfungen vorbeigeschmuggelt?«

»Das ist teuflisch«, sagte Morrie. »Ich bin beeindruckt.«

»Vergiss nicht, dass der Typ ermordet wurde, bevor du in deine Hose wichst«, schnauzte Heathcliff.

Wir waren wieder in Nevermore und drängten uns im Hauptraum der Buchhandlung zusammen, während Morrie, Quoth und ich Heathcliff über unsere Erkenntnisse informierten.

»Eine First Folio wurde bei Christies für fast zehn Millionen verkauft«, sagte ich. »Damit Hiram es vom Markt nehmen konnte, bevor jemand anderes bieten konnte, muss er mindestens so viel bezahlt haben. Selbst wenn Rasmussen monatelang daran gearbeitet hat, ist das eine großartige Rendite.«

»Ich würde zu gerne wissen, wie er es gemacht hat«, sagte Morrie. »Das Herstellen von Fälschungen ist eine ernste Angelegenheit. Man muss nicht nur den Text und die

Illustrationen *exakt* kopieren, auch die Tinte, das Papier und der Klebstoff für die Bindung müssen perfekte Kopien dessen sein, was damals verwendet wurde. Wenn moderne Zutaten verwendet werden, fliegt es sofort auf. Ich wünschte, wir könnten ihn fragen ...«

Heathcliff schlug Morrie auf den Arm. Morrie streckte ihm die Zunge heraus, und die ganze Sache hätte sich wieder zu Sex auf dem Schreibtisch entwickeln können, wenn Morrie nicht in diesem Moment einen Anruf erhalten hätte. Er lief durch den Raum und sprach mit dem Anrufer in der leisen, bedrohlichen Stimme, die er für seine kriminellen Kontakte verwendete.

»Jetzt, da wir wissen, dass es eine Fälschung ist, ergibt sich eine ganz neue Sicht auf unsere Verdächtigen«, sagte Quoth. »Wenn Hiram von dem Betrug erfahren hat, wäre er sehr wütend geworden. Das würde erklären, warum er sich nicht die Mühe gemacht hat, das Buch mitzunehmen, nachdem er Rasmussen erschlagen hat. Und dann ist da noch Shelley mit ihrem mysteriösen Geldregen ...«

»Was ist mit Miles?«, fragte ich. »Wir haben ihn bisher ausgeschlossen, weil er kein Motiv hatte, aber er *war* zum Zeitpunkt des Erschlagens in der Nähe. Und was, wenn er herausgefunden hat, dass die First Folio eine Fälschung ist ...«

»Oh, er weiß, dass die First Folio eine Fälschung ist«, sagte Morrie und legte sein Handy auf den Schreibtisch. »Meine Kontakte in London haben gerade Miles Shackleton dabei erwischt, wie er versucht hat, sie auf dem Schwarzmarkt zu verkaufen.«

24

Zwei Stunden später stiegen wir in London aus einem Zug und machten uns auf den Weg durch die Stadt zu einem verlassenen Lagerhaus, in dem Morries »Freunde« Miles festhielten.

»Lass mich das Verhör übernehmen.« Morrie strich sich durchs Haar und zupfte an den Manschetten seines makellosen Anzugs. Mein Mund wurde ganz trocken. Vielleicht war ich ein schlechter Mensch, aber ich liebte es, wenn Morrie den Gangsterboss raushängen ließ. Ich war so ein Fan von bösen Jungs, und James Moriarty war der Böseste von allen. »Quoth, ich möchte, dass du am Fenster Wache hältst. Stell sicher, dass wir allein sind. Großer Mann, du lehnst dich an die Tür. Sag nichts, schau einfach nur böse. Schaffst du das?«

»Dafür brauche ich nicht mal Schauspielunterricht.« Heathcliff ließ seine Knöchel knacken. »Ich bin ein Naturtalent.«

Böser Junge Nummer zwei. Ich presste meine Schenkel zusammen. *Ich hoffe, wir können dieses Verhör schnell hinter uns bringen, denn ich will diese drei unbedingt mit nach Hause nehmen und ihnen das Hirn rausvögeln.*

»Mina, du bist meine rechte Hand«, sagte Morrie. »Ich will dich an meiner Seite haben. Du wirst seine süße Erlösung sein, wenn er sie am meisten braucht. Lass Miles wissen, dass er nur kooperieren muss und alles aufhören wird.«

»Was wird aufhören?« Meine Stimme zitterte vor Lust.

»Das weiß nur ich, aber du wirst es herausfinden.« Morries Worte drangen bis in meine Zehenspitzen. Ich ließ ihn meinen Arm nehmen, und wir gingen zusammen ins Lagerhaus. Wir wurden von einem von Morries »Leuten« begrüßt. Ich weiß nicht, was sein Job war, aber ich wusste, dass er muskulös genug war, um Heathcliff einen fairen Kampf zu liefern, also fragte ich lieber nicht nach. Widerwillig zog ich Oscar den Mantel aus und übergab ihn an den Hünen. Oscar blickte den Mann mit seinen großen braunen Augen an, und der furchteinflößender Golem von Gangster wurde zu Wachs.

»Wer ist ein braver Junge?«, säuselte er mit russischem Akzent und kratzte Oscar zwischen den Ohren. »Möchtest du ein Leckerli? Ich wette, du möchtest ein Leckerli. Ich habe *Pirozhki* in meinem Büro. Möchtest du ein paar leckere *Pirozhki?* Komm mit dem alten Viktor mit, dann gibt er dir alle Leckerlis.«

Oscar trottete Viktor hinterher, und sein Schwanz wedelte vor Freude. Gangster störten ihn überhaupt nicht, solange sie leckere Snacks dabei hatten.

»Hier entlang.« Morrie ging voran, durch einen schmalen Korridor. Es roch nach Urin und halbgarem Hackfleisch. Wir blieben vor einer riesigen Stahltür stehen. Morrie tippte eine Kombination in ein Tastenfeld und die Tür schwang auf. Ich betrat einen schummrigen Raum mit Betonwänden, in dem es nur ein schmales Fenster hoch oben an der Wand gab, das einen blassen Lichtstreifen hereinließ. Der Anblick verursachte mir ungeachtet der kalten Luft Gänsehaut.

Morrie schaltete eine Lampe ein, die einen Mann beleuchtete, der an einen Stuhl gekettet war und sich vor

Schreck zusammenkauerte. Ich konnte nicht in die dunklen Ecken sehen, aber ich wusste aufgrund des Geruchs und der Akustik, dass der Raum leer und kalt war und keine Toiletten vorhanden waren. Mit einem Flattern flog Quoth über meinen Kopf hinweg und verschwand in Richtung Fensterbank, um dort Wache zu halten.

Der Mann war Miles Stapleton, und er sah aus, als wäre er hier seit Monaten hier eingesperrt, nicht nur seit den paar Stunden, die wir von Argleton bis hierher gebraucht hatten. Ich schätze, Viktor hatte seine Gastfreundschaft nicht auf seine Gefangenen ausgedehnt.

»Ihr seid nicht die Polizei«, stammelte Miles.

»Nein, sind wir nicht.« Morrie zog einen Stuhl aus der Dunkelheit und schwang ein langes Bein darüber, sodass er rücklings darauf zu sitzen kam. Er musste kein Messer zücken, um Drohungen auszustoßen. Allein seine bloße Anwesenheit und die drohende Bosheit von Heathcliff hinter uns ließen Miles erzittern. »Und das könnte eine gute oder eine schlechte Nachricht für dich sein, je nachdem, wie du unsere Fragen beantwortest. Und wenn du mir die Informationen gibst, die ich haben will, könnte ich dich ihnen zusammen mit all deinen Fingern übergeben.«

»Mina, ich weiß nicht, wo Sie diesen Kerl aufgegriffen haben, aber er ist ein Gauner«, schrie Miles. »Sehen Sie sich an, was seine Schläger mir angetan haben. Alles, was ich versucht habe, war, ein Shakespeare-Festival zu veranstalten ...«

»Ich werde von Ihnen keine Beziehungsratschläge annehmen, Miles. Sie haben die First Folio gestohlen«, sagte ich. »*Und* Sie haben Jasper Rasmussen und Zen Monroe getötet.«

»Nein«, schrie er.

»Es hat keinen Sinn, es zu leugnen«, Morrie verschränkte die Finger. »Sie haben die Folio in Ihrem Besitz und haben versucht, sie meinem Freund Viktor zu verkaufen. Wir haben schon bestätigt, dass es die Folio ist, die Rasmussen gehörte. Und wir haben Sie an jenem Morgen auf dem Platz gesehen, weil Sie gerade einen unschuldigen Buchhändler ermordet hatten.«

»Ich habe die Folio genommen, okay? Aber ich habe Rasmussen nie etwas angetan. Ich habe ihn an diesem Tag nicht einmal gesehen! Und so unschuldig war er auch nicht!«

Ah, jetzt kommen wir zum Kern der Sache. Ich verschränkte die Arme. »Ich denke, das sollten Sie besser erklären. Wussten Sie, dass die First Folio eine Fälschung war?«

»Nicht zuerst.« Miles stützte den Kopf in die Hände. »Als er sie mir brachte und vorschlug, sie auf dem Festival auszustellen, habe ich meine Sorgfaltspflicht erfüllt. Rasmussen hatte es von zwei Shakespeare-Experten in London beglaubigen lassen. Er hat mir ihre Briefe gezeigt und ich habe sogar mit einem von ihnen am Telefon gesprochen. Ich war so begeistert, sie für das Festival zur Verfügung zu haben. Es würde garantiert die Aufmerksamkeit der Presse und neue Investoren für das New New Globe bringen, und Rasmussen erklärte sich bereit, mich mit der Hälfte der Gewinne aus seinen Eintrittskarten zu beteiligen, wenn ich ihn zum offiziellen Buchhändler des Festivals machte. Alles lief perfekt, aber dann beschloss Zen, ihre Nase reinzustecken. Sie zahlte ihre zwei Pfund, um einen Blick auf die Folio zu werfen, und kam sofort vorbei und sagte mir, dass sie überzeugt davon war, dass es eine Fälschung sei, und ich nicht zulassen durfte, dass die Integrität des Festivals durch die Verbindung mit ihm in Verruf gerät.«

»Wie kommt es, dass Sie das nicht der Polizei gesagt haben?«, fragte ich. Wenn die Polizei von Anfang an gewusst hätte, dass die Folio gefälscht war, hätten sie vielleicht nicht so viel Zeit damit verbracht, Droll hinterherzujagen. *Und Zen könnte noch am Leben sein.*

»Woher wissen Sie, was ich der Polizei erzählt habe und was nicht?«, schnappte Miles und zerrte an seinen Ketten, um sich zu mir zu beugen. Heathcliff war im Nu auf der anderen Seite des Raumes und baute sich drohend vor ihm auf. Miles schluckte. Er beschloss, mir von jetzt an nicht mehr ins Gesicht zu sehen oder seine Ketten auszutesten.

»Zen wollte, dass ich der Polizei davon erzähle, aber ich habe ihr gesagt, sie solle vorerst schweigen und mich das regeln lassen. Rasmussen hat die Fälschung wahrscheinlich angefertigt, um sie an jemanden wie Hiram Abernathy zu verkaufen, jemanden, der nicht genau genug hinschauen würde, um den Schwindel zu bemerken. Das Buch war mir egal. Ich wollte nur das Festival retten. Wenn's nach mir geht, ist es seine Sache, wofür Hiram sein Geld ausgibt, und wenn die Öffentlichkeit Gefallen daran findet, das Buch zu sehen, was schadet das schon? Aber wenn herauskäme, dass die First Folio eine Fälschung war, würde das das ganze Festival in Verruf bringen und ... und ...«

»Und Sie wären ruiniert«, beendete Morrie den Satz für ihn. »Wir wissen, woher die Mittel für das New New Globe stammen. Aus der Hypothek auf Ihr Haus.«

»Woher wissen Sie das?«, fragte Miles zittrig.

»Ein kleiner Hinweis«, lächelte ich. »Wenn Sie Ihre Finanzen geheim halten wollen, dann stellen Sie nicht die Dorfklatschtante ein, um Ihr Festival zu organisieren.«

»Ja, ja, schon gut«, schnappte Miles. »Es stimmt, dass ich wegen des Theaters in der Klemme stecke. Aber ich dachte, ich könnte das wieder hinbiegen. Ich bin früh aufgestanden und habe versucht, mit Rasmussen zu reden. Ich bin durch die Gasse hinter den Geschäften gegangen, weil ich Zen auf dem Platz gesehen habe und ihr nicht unbedingt begegnen wollte. Die Tür war nicht abgeschlossen, also bin ich reingegangen, aber als ich durch den Lagerraum ging, habe ich gehört, wie er sich lautstark mit seiner Tochter gestritten hat.«

Shelley und Herr Rasmussen haben sich im Laden gestritten? Ich beugte mich vor. »Worüber stritten sie sich? Haben Sie etwas gehört?«

»Sie schrie, dass er alles ruinieren würde«, sagte Miles. »Es klang nach einer Familienangelegenheit, und ich wollte mich nicht einmischen, also schlich ich mich hinten wieder aus dem Laden und ging ins Pub. Ich dachte, ich würde mir eines von Richards berühmten großen Frühstücken gönnen und den Kopf frei bekommen, bevor ich mit Rasmussen darüber sprach. Ich war gerade auf dem Weg dorthin, als dieser Esel über den Platz rannte und alle aufgescheucht hat. Als die Polizei eintraf, aß ich gerade meine Würstchen und gebackenen Bohnen.«

»Warte mal, Sie sind durch die Hintertür gegangen?«, fragte ich. »Aber die war doch abgeschlossen.«

»War sie nicht, das schwöre ich. Ich bin direkt nach draußen in die Gasse gegangen.«

Und der Mörder hat sie hinter Ihnen zugeschlossen.

»Kann jemand bestätigen, dass Sie im Pub waren?«, fragte Morrie.

»Ich dachte, das wüssten Sie bereits?«, fauchte Miles. »Da Sie doch alles wissen.«

»Tun Sie uns den Gefallen.«

»Richard und etwa fünf andere können bestätigen, dass wir ein nettes Gespräch über das Wetter und Leute geführt haben, die ihre verdammten Esel auf der Straße frei herumlaufen lassen.« Miles sah zu Morrie auf. Seine Stimme zitterte. »Und das ist alles, was ich mit der ganzen unglücklichen Sache zu tun hatte, bis Shelley die Folio von der Polizei zurückbekam und sie mir geliehen hat, um sie auf dem Festival auszustellen. Ich dachte, ich könnte sie vielleicht an einen ahnungslosen Trottel verkaufen und dann behaupten, sie wäre gestohlen worden.

Damit hätte ich das Geld bekommen, das ich brauche, um meine Finanzen und meine Ehe zu retten. Aber dann hat mich Ihr Viktor hierher geschleppt, um mich zu foltern, und hier sind wir nun.«

Morrie beugte sich vor, und seine Stimme triefte vor Bosheit. »Ist das alles, was Sie uns zu sagen haben?«

»Ich schwöre es beim Geist von William Shakespeare, ich habe Ihnen alles gesagt, was ich weiß«, schluchzte Miles. »Bitte übergeben Sie mich einfach der Polizei. Sie werden mir doch nichts antun, oder?«

NACHDEM WIR OSCAR aus Viktors liebevoller Umarmung befreit hatten, wies Morrie ihn an, zu Miles zurückzukehren und »sicherzustellen, dass wir alles haben«. Wir überließen Viktor seiner Arbeit und verließen das Lagerhaus. Morrie knöpfte seinen Blazer auf und lockerte seine Krawatte. Ich hielt ein schweres Buch mit gefälschten Shakespeare-Werken unter meinem Arm.

Hinter uns hörte ich Miles brüllen. Ich wollte lieber nicht wissen, was da drinnen vor sich ging.

»Also war er es nicht«, sagte Heathcliff.

»Nein, war er nicht. Aber wir haben einige nützliche Informationen erhalten und wir haben die First Folio zurück.« Ich ließ das Buch in Heathcliffs Arme fallen. »Wir müssen mit Shelley reden.«

25

»Hallo, Mina.« Shelley setzte Max auf dem Boden neben einem Satz bunter Bauklötze ab und ließ sich in einem drehbaren Friseurstuhl nieder. Wir hatten sie gebeten, uns in der Umkleidekabine des New New Globe zu treffen, unter dem Vorwand, dass es um die Ausstellung der First Folio gehen würde. Morrie hatte das Verhör leiten wollen, aber Quoth bestand darauf, dass er an der Reihe sei. Ich persönlich war dankbar, denn Miles' angsterfüllte Schreie hallten immer noch in meinen Ohren wider. »Was gibt's?«

»Hallo, Shelley, vielen Dank, dass Sie sich mit uns treffen konnte.« Ich ließ mich auf einem Stuhl ihr gegenüber nieder. Quoth saß auf dem Schminktisch und ließ seine langen Beine baumeln, während er Shelley durch einen Vorhang aus seidigem Haar betrachtete. »Ich weiß, dass Sie im Moment eine schreckliche Zeit durchmachen, die Beerdigungsvorbereitungen und all das.«

»Es ist furchtbar, aber ich komme schon zurecht.« Sie tupfte sich mit der Kante ihres Ärmels die Augen. Quoth reichte ihr wortlos eine Schachtel Taschentücher. Er hatte sogar für Mordverdächtige Mitgefühl.

»Wie Sie vielleicht gehört haben, untersuchen wir den Mord an Ihrem Vater.«

»Und ich weiß das zu schätzen«, sagte Shelley. »Das tue ich wirklich. Die Polizei unternimmt rein gar nichts. Sie sind unten in London und jagen irgendeinen Magier, aber das ergibt keinen Sinn. Warum sollte ein Magier meinem Vater etwas antun wollen? Ich bin mir sicher, dass sie nie den wahren Mörder meines Vaters fassen werden.«

»Ich neige dazu, dem zuzustimmen«, lächelte ich. »Aber wir haben eine ziemlich gute Erfolgsbilanz bei der Aufklärung von Verbrechen in Argleton. Und wir haben neue Beweise gefunden, die darauf hindeuten, dass der Mörder Ihres Vaters ihm viel näher gestanden hat. Aber wir wollten erst mit Ihnen reden, bevor wir zur Polizei gehen, weil ...«

»Weil wir wissen, was Sie getan haben«, beendete Quoth den Satz. Bei diesen Worten verspannte sich sein Körper, als erwarte er, dass Shelley ihn schlagen würde.

Shelleys Gesicht errötete. »Sie wollen doch nicht andeuten, dass ...«

Ich legte ein Blatt Papier vor ihr auf den Tisch. »Einer der Vorteile, wenn wir einen Fall untersuchen und nicht die Polizei, ist, dass wir an Orte gelangen können, an denen sie rechtlich nicht suchen dürfen. Und mein Freund Morrie hat etwas Interessantes über Sie herausgefunden. Ihr Sohn besucht eine superteure Kindertagesstätte in Grimdale, und Sie haben im letzten Jahr drei schicke Auslandsurlaube gemacht und eine sehr schöne Prada-Handtasche. Das ist ein ganz schön protziger Lebensstil für eine alleinerziehende Mutter, die Sozialleistungen bezieht. Und das Seltsame daran ist, dass diese hohen Ausgaben auf Ihren Konten mit wichtigen Posten in

Rasmussens Sammlungen zusammenfallen, die in London versteigert wurden.«

Ich legte ein zweites Blatt Papier neben das erste, auf dem die Daten der Verkäufe aufgeführt waren.

Shelley fuhr sich mit der Hand über den Mund. »Wie können Sie es wagen, in meine privaten Konten zu schauen? Das geht Sie überhaupt nichts an ...«

Quoth zog die First Folio hinter seinem Rücken hervor und ließ sie in ihren Schoß fallen. »Wir wissen, dass sie eine Fälschung ist«, sagte er mit kaum mehr als einem Flüstern. »Und Sie wissen es auch.«

Shelley stieß einen erstickten Laut aus.

»Wir sind verpflichtet, diese Informationen der Polizei zu übergeben«, sagte ich. »Wenn Sie also einen Haufen Ärger vermeiden wollen, sollten Sie besser anfangen zu reden.«

Shelley seufzte. »Na schön, ja, ich wusste, dass es eine Fälschung war. Viele von Papas Büchern sind Fälschungen. Er hat eine kleine Werkstatt in seiner Wohnung in London, in der er sie herstellt. Ich glaube, es begann als Hobby, nur um zu sehen, ob er es kann. Aber dann wurde er süchtig danach, seine angeberischen Kunden und die spießigen alten Gutachter hinters Licht zu führen. Er wollte mir beibringen, wie man das macht, damit ich eines Tages das Geschäft übernehmen kann, aber ich war nicht interessiert. Ich habe Papa gesagt, dass ich sein schmutziges Geheimnis bewahren würde, aber dass er sich besser um mich und Max kümmern musste. Und er hat sein Wort gehalten. Er hat sein Geschäft in London gehabt und aus unserem Leben herausgehalten, und wir konnten uns dank seiner Großzügigkeit ein paar Luxusgüter leisten. Es war eine Win-win-Situation und ein Verbrechen ohne Opfer. Es spielt keine Rolle, ob diese Bücher echt sind oder nicht. Sie bereiten den Menschen Freude. Ich meine, nicht einmal die Experten konnten sagen, dass es Fälschungen waren, also was soll das dann? Papa wurde nie gefasst, und solange er mich weiter bezahlte, war es mir egal, was er tat.«

»Aber dann beschloss er, nach Argleton zu kommen«, sagte ich.

»Ich habe ihm davon abgeraten«, sagte Shelley. »Ich habe ihm erzählt, dass wir uns hier ein gutes Leben aufgebaut haben und ich nicht wollte, dass er sein kriminelles Unternehmen hierher bringt, wo die Leute tratschen und jedes kleine Detail deines Lebens unter die Lupe nehmen. Aber er bestand darauf, dass er ein neues Kapitel aufgeschlagen hatte. Er würde keine Fälschungen mehr anfertigen, sondern nur noch ein legitimes Antiquitätengeschäft führen. Pfft, noch so eine Lüge. Als ich von Hiram Abernathy und der First Folio hörte, wusste ich sofort, dass Papa eine Fälschung angefertigt hatte. Nur war dies eine hochkarätige Fälschung mit viel Medienaufmerksamkeit. Es war nur eine Frage der Zeit, bis es jemand herausfinden würde.«

»Jemand wie Zenzile Monroe«, sagte Quoth. »Sie haben sie getötet, weil sie es herausgefunden hatte. Vielleicht hat sie es Ihnen sogar gesagt, weil Sie das Museum so unterstützt haben.«

»Ich würde Zen nie etwas antun!« Shelley schlug mit der Faust auf die Bank. Concealer-Flaschen klapperten und Lippenstifte rollten über den Rand. »Sie hat Max geliebt. Sie war ein guter Mensch. Nein, ich bin in Papas Laden gegangen und habe gedroht, der Polizei von der gefälschten Erstausgabe zu erzählen, wenn er sie nicht sofort vom Festival zurückzieht und nach London zurückkehrt.«

»Und was ist dann passiert?«

»Was glaubt Ihr denn, was passiert ist?«, sagte sie. »Er sagte mir, ich würde mir zu viele Gedanken machen, und dass er die Folio den führenden Shakespeare-Experten in London vorgelegt hätte und dass ich mir nicht so viele Sorgen machen würde, wenn er mir zehntausend Pfund auf mein Konto überweisen würde.«

Quoth stieß zischend die Luft aus.

Shelley fuhr fort. »Oh, sicher, werden Sie ganz hochmütig. Aber haben Sie eine Ahnung, wie teuer Windeln sind? Zehntausend ist eine Menge Geld, und ich habe nichts falsch gemacht. Wenn er erwischt würde, wäre es seine eigene verdammte Schuld. Also verließ ich den Laden und eilte über den Platz, wütend darüber, dass er sein Wort mir gegenüber gebrochen hatte und dass Zen darunter litt, bis ich direkt in Sie hineingelaufen bin.« Sie starrte uns beide finster an. »Sie erinnern sich doch, oder?«

Ich nickte. »Aber Sie sind gleich danach verschwunden. Sie hätten zurückgehen und ihn töten können.«

»Was hätte das für einen Sinn? Warum sollte ich mir den Geldhahn abdrehen? Sicher, ich kann jetzt, wo er weg ist, Papas Geschäft übernehmen, aber ich weiß nicht das Geringste darüber, wie man einen Buchladen führt, und ich kann nicht in London herumlaufen und mich auf zwielichtige gefälschte Buchgeschäfte einlassen. Ich bin eine *Mutter*. Ich habe Miles dieses Buch gegeben, weil ich dachte, dass es vielleicht etwas Gutes bewirken und das Festival retten könnte, solange die Leute glauben, dass es echt wäre. Aber wenn Sie beide auspacken, ist der letzte Vorhang für das New New Globe gefallen.«

»Haben Sie irgendwelche Beweise dafür, dass Sie Ihren Vater nicht getötet haben?«

»Ich kann nichts beweisen, was nicht passiert ist«, sagte Shelley, »aber mein Papa war noch am Leben, als ich den Laden verlassen habe. Wer auch immer ihn getötet hat, ist nach mir hereingekommen.«

»Durch welche Tür sind Sie in den Laden gekommen und wieder gegangen?«, fragte ich.

»Durch die Hintertür. Papa schließt sie morgens auf, weil er auf der hinteren Stufe seine ekelhaften Zigarren raucht.« Shelley hielt das Buch hoch. »Was soll ich denn damit jetzt anfangen?«

»Überlassen Sie es erst einmal uns«, sagte ich. »Es könnte nützlich sein, um den wahren Mörder zu fassen.«

»Also kann ich jetzt gehen?« Sie nahm ihren Sohn in die Arme. »Sie werden mich doch nicht einsperren?«

»Nicht sofort«, sagte Quoth. »Danke, dass Sie mit uns gesprochen haben.«

Shelley trat das Buch über den Boden, wo es vor meinen Füßen liegen blieb. Sie rannte aus dem Raum und schlug die Bühnenklappe hinter sich zu. Ich sah Quoth an, der das Buch aufhob und darin herumblätterte. »Sie könnte lügen.«

»Das habe ich auch gedacht. Aber sie hat nicht ganz Unrecht. Wenn sie die Mörderin wäre, warum sollte sie sich dann ihren eigenen Geldhahn abdrehen? Ich kann verstehen, dass sie wütend auf ihren Papa ist, aber wenn Geld im Spiel ist, kann ich mir einfach nicht vorstellen, dass sie ihn verprügelt. Und sie schien Zen wirklich gernzuhaben.« Ich streichelte Oscar zwischen den Ohren. »Ich weiß, dass das nicht sehr wissenschaftlich ist. Wenn Jo hier wäre, würde sie mir sagen, dass ich mich an die Fakten halten und mich nicht in Aussagen verstricken soll, weil Menschen ständig lügen.«

»Aber Jo ist nicht hier«, sagte Quoth. »Ich bin hier.«

»Genau, und niemand versteht Menschen besser als du. Niemand verbringt so viel Zeit im Verborgenen und beobachtet sie. Was denkst du also?«

»Ich kann mir nicht vorstellen, dass Shelley ihrem Papa mit dem Buch eins überzieht«, sagte er. »Irgendetwas an diesem

Verbrechen ist so bösartig, so *leidenschaftlich*, dass es um mehr als nur Geld und gefälschte Bücher gehen muss.«

»Ich glaube, da hast du recht.« Ich ließ mich in den Stuhl sinken. »Wenn es nicht Miles oder Shelley waren und wir Hiram ausschließen, bedeutet das, dass wir wieder am Anfang stehen.«

26

»Ich habe mich ein wenig mit meinen Kumpels in London unterhalten«, sagte Morrie, während wir über den Dorfplatz in Richtung Pub schlenderten. Wir hatten Karten für die heutige Aufführung von *»Ein Sommernachtstraum«*, aber aufgrund der laufenden Ermittlungen war das New New Globe auf unbestimmte Zeit geschlossen. Stattdessen hatte Frau Ellis einige der Schauspieler zusammengetrommelt, um Schlüsselszenen auf der winzigen Bühne im Rose & Wimple nachzustellen, und wir wollten gute Plätze ergattern.

»Mit ‚Kumpels‘ meinst du wohl Viktor und andere Herren von zweifelhaftem Ruf?« Ich grinste.

Morrie nickte. »Willst du hören, was sie zu sagen hatten, oder nicht?«

»Sehr gern.« Quoth fuhr sich mit der Hand durch die Haare und strich sie sich ins Gesicht, um sich dahinter zu verstecken. Er hatte heute Abend nicht einmal kommen wollen. Er meinte, er wäre müde, aber ich kannte den wahren Grund; er *glaubte,* es sei seine Schuld, dass wir den Mörder noch nicht gefasst hatten.

Er gab sich die Schuld für alle Missgeschicke in Argleton, und wenn er sah, dass es den Dorfbewohnern schlecht ging, überzeugte ihn das nur noch mehr davon, dass sie ohne ihn besser dran wären.

Ich hoffte, dass ich ihm mit der Einladung zu einem Besuch einer urkomischen Amateurtheateraufführung mit einem Haufen betrunkener Dorfbewohner zeigen konnte, dass das Fest nicht das Wichtigste in Argleton war. Unsere Freunde, unsere Familie, die Art und Weise, wie wir Menschen behandeln, unsere Fähigkeit, Unglücke abzuschütteln und zu lachen, wenn das Pech uns über die Haare lief, all das machte uns zu dem, was wir waren. Und Quoth war ein geliebter und wichtiger Teil des Dorflebens. Niemand hielt ihn für so böse und unwürdig, wie er selbst das tat.

Mir war klar, dass er sich die Schuld dafür gab, dass wir den Mörder noch nicht gefasst hatten. Es war ihm so wichtig, der Stadt das Fest zurückzugeben, aber bisher hatten wir nur immer tiefere Schichten der Korruption aufgedeckt. Ich wusste nicht, was ich noch sagen konnte, um ihn davon zu überzeugen, dass nur weil wir den Fall nicht gelöst hatten und nur weil er Menschen verletzt hatte, während er unter Draculas Einfluss gestanden hatte, das nicht bedeutete, dass mein lieber, wunderbarer Vogel in irgendeiner Weise unwürdig war.

Aber ich war keine Brene Brown oder Sokrates. Ich war nur ein Mädchen, das in einer Buchhandlung arbeitete und drei unvollkommene, aber wunderbare Männer liebte. Ich wusste nicht, wie ich ihm helfen konnte, außer indem ich an seiner Seite blieb und ihm immer wieder sagte, dass ich ihn dafür liebte, wie er war, nicht für das, was er tat. Ich drückte Quoths Hand, während Morrie uns erzählte, was er herausgefunden hatte.

»Es hat sich herausgestellt, dass unser Herr Rasmussen in der zwielichtigen kriminellen Unterwelt Londons einen hervorragenden Ruf als Dokumentenfälscher hatte. Er hat jahrelang ahnungslose Kunden betrogen, indem er alte Bücher gefälscht hat, um sie zu überhöhten Preisen zu verkaufen. Oft hat er sich gezielt an bestimmte Sammler gewandt, ihnen ihre Lieblingsautoren vor die Nase gehalten und dann angedeutet, dass er das Buch einer Universität anbieten oder andere interessierte Parteien erfinden könnte, um den Preis in die Höhe zu treiben. Die Sammler waren so versessen darauf, das Objekt zu besitzen, dass sie bei der Herkunft nicht so gründlich waren, wie sie es normalerweise gewesen wären, und wenn sie später doch die Wahrheit herausgefunden haben, war es ihnen einfach zu peinlich, das Verbrechen zu melden.«

»Und diesen Trick hat er versucht, mit der First Folio bei Hiram Abernathy anzuwenden«, sagte Heathcliff. Mein gotischer Antiheld ging mit federndem Schritt. Heute Abend lief alles nach Plan für Heathcliff. Wir näherten uns dem Alkohol und da das Festival abgesagt worden war, war der Laden wieder einmal leer.

»Abernathy ist das perfekte Opfer. Er ist reich wie Krösus und weiß so gut wie nichts über die Objekte, die er kauft.« Morrie tippte sich an die Kinnlade. »Aber ich glaube nicht, dass das der Plan war. Wenn er das Buch an Abernathy verkaufen hatte wollen, warum hat er es dann überhaupt erst zum Festival gebracht? Warum die unerwünschte Aufmerksamkeit der Medien und Shakespeare-Gelehrten auf sich ziehen? Irgendetwas passt hier nicht zusammen.«

Heathcliff zupfte Morrie ungeduldig am Ärmel. »Können wir das Zusammenpuzzeln vielleicht in der Nähe der Bar tun?«

»Ich denke, wir sollten uns Hiram noch einmal ansehen«, sagte Quoth, als wir das Rose & Wimple betraten. »Er sitzt mit seiner Frau an einem Tisch in der Ecke und sie teilen sich ein Stück Kuchen mit zwei Kerzen. Wie *süß*. Vielleicht sollten wir ihn in die Enge treiben, wenn er auf die Toilette geht, und versuchen, die Wahrheit aus ihm herauszubekommen.«

»Oder *vielleicht* sollten wir, da seine Frau gestern Geburtstag hatte, sie einen schönen Abend verbringen lassen und dasselbe tun«, sagte ich. *So sollte der heutige Abend nicht ablaufen. Wir versuchen, Quoth aufzuheitern, nicht, ihn noch besessener zu machen.* »Komm schon, ich habe Frau Ellis gebeten, uns einen Platz in der Nähe der Bühne zu reservieren ...«

»Glaubst du, Hiram hat herausgefunden, dass die Folio gefälscht war?«, fuhr Quoth fort. Ich glaube nicht, dass er mich überhaupt gehört hat. »Wir haben mitbekommen, wie viel Angst er vor seiner Frau hat. Was ist, wenn *sie* es herausgefunden hat und ihn auf einen Rachefeldzug geschickt hat, weil er versucht hat, sie zu betrügen? Er hatte da diesen mysteriösen roten Fleck auf seinem Hemd ...«

»Aber der Zeitpunkt passt nicht«, gab ich zu bedenken, als wir uns setzten. »Wir haben Hiram mit seinem blutbefleckten Hemd gesehen, bevor Miles den Streit zwischen Shelley und ihrem Papa belauscht hat, und zu diesem Zeitpunkt war er ein Esel ...«

»Horch«, rief eine Stimme von der anderen Seite des Tisches. Meine Kehle schnürte sich mir zu, als mir klar wurde, dass unsere Party von einer mysteriösen Gestalt gestört wurde, die sich gerade von Frau Ellis das Ohr abkauen ließ. Obwohl, als ich mich vorbeugte und seine Silhouette und seinen komischen falschen Schnurrbart betrachtete, kam er mir tatsächlich ziemlich vertraut vor.

Bestimmt würde er nicht zurückkommen, nicht nachdem wir ihm gesagt haben, wie gefährlich es für ihn hier war ...

»Was machst du hier, Droll?«, zischte ich, als Frau Ellis aufstand, um Heathcliff, Morrie und Quoth mit Küssen zu überschütten.

Droll wedelte mit einer übelriechenden Blume vor meiner

Nase herum. »Kein Athener zeigte sich, zum Versuch auf seinem Auge, was dies Liebesblümchen tauge ...«

Ich langte nach der Blume, aber er hielt sie außerhalb meiner Reichweite. »Danke für das Hilfsangebot, aber du darfst dich hier nicht sehen lassen. Wenn Hayes dich mit diesem lächerlichen Schnurrbart sieht, wird er dich sofort erkennen. Und du kannst nicht einfach Leute dazu bringen, sich zu verlieben, um Morde aufzuklären. So funktioniert das nicht ...«

Als Antwort darauf hielt Droll die Blume hoch und blies ihre Pollen durch die Luft, gerade als Frau Ellis in den Sitz neben ihm sank. Als die zarte Blüte über ihr Gesicht wehte, versteifte sie sich und ihr Körper zitterte so stark, dass der Tisch bebte.

»Droll, was hast du getan?«

»Allen Zauber dieses Taus, Flegel, gieß ich auf dich aus.«, schoss es aus ihm heraus.

»Nein, du dummer Kobold, Frau Ellis ist keine Verdächtige. Nimm *sofort* den Zauber von ihr, sonst schwöre ich bei Isis, ich werde ...«

»Gut, hier ist die erste Runde.« Heathcliff ließ sich mit einem Tablett voller Drinks in den Händen auf den Stuhl neben mir fallen. Er begann, die Gläser auf den Tisch zu knallen. »Die erste von vielen, wenn ich gezwungen bin, drei Stunden lang schrecklichen Shakespeare zu ertragen, während ihr beiden neben mir gackert. Mina, ich habe dir einen Gin Tonic und noch einen für Mabel mitgebracht ...«

Als er ihr den Drink hinschob, schaute Frau Ellis auf. Ihr Körper zitterte, als sie tief in seine anthrazitfarbenen Augen starrte. »H-H-Heathcliff?«

»So heiße ich«, sagte Heathcliff und hielt ihr halbherzig sein Glas entgegen, um mit ihr anzustoßen. »Haben Sie es vergessen? Werden Sie jetzt senil oder sind Sie einfach von Sinnen? Ich hoffe, Sie haben nicht ohne uns angefangen zu trinken, denn ich werde aufholen, alte Dame ...«

»Doch still, was schimmert durch das Fenster dort??« Sie sprang über den Tisch. »Ich bin der Ost, und Heathcliff die Sonne.«

Heathcliff schrie auf, als sie ihm das Getränk aus der Hand schlug, sein Gesicht umschloss und ihm einen langen, leidenschaftlichen Kuss auf die Lippen drückte. Er versuchte, sich von ihr zu lösen, aber sie war wie besessen.

»Lassen Sie mich los, Sie verrückte Frau, Sie verlogene Hure.« Heathcliff schaffte es, ihr Gesicht von seinem zu lösen. Aus dieser Nähe konnte ich sehen, dass Frau Ellis' Augen glasig waren und ihre Lippen vor Verlangen schmollend verzogen waren. »Ich wünsche mir wirklich, dass wir bessere Fremde wären.«

»Wie kommt euch solch ein Februargesicht«, säuselte Frau Ellis, als sie seine Wangen kniff und seinen Kopf an ihre Brust drückte. »So voller Frost und Sturm und Wolkenschatten? Lass mich deinen Schmerz wegküssen, mein Liebster. Lass mich dich lieben ...«

»Rettet mich!« Heathcliff duckte sich unter ihrem Arm hindurch und floh vom Tisch. Frau Ellis nahm die Verfolgung auf, stürmte durch Tische und sprang über andere Gäste, um Heathcliff für sich zu gewinnen.

»Sie ist überraschend agil für eine alte Frau«, sagte Morrie.

»Nur wenn sie ein Auge auf ihre Begierde geworfen hat«, fügte Quoth hinzu.

Die beiden lachten, als sie beobachteten, wie Frau Ellis Heathcliff durch die ganze Kneipe jagte. Aber ich fand das Ganze gar nicht zum Lachen. Droll hatte dafür gesorgt, dass sie sich gegen ihren Willen verliebt hatte, und ich konnte es niemandem verübeln, den wilden und schönen Heathcliff so zu lieben.

Ich musste immer wieder an diesen verzückten Ausdruck

auf ihrem Gesicht denken, als der Zauber sie traf: ein Ausdruck reiner Hingabe.

Ein Ausdruck, den ich schon einmal gesehen hatte.

Und plötzlich fügten sich die fehlenden Puzzleteile zusammen.

»Ich hab's!«, sagte ich. »Jemand hat uns belogen. Ich weiß, wer der Mörder ist.«

27

»Also, wie sieht der Plan aus?«, fragte Heathcliff, als wir uns um seinen Schreibtisch versammelten. Wir hatten gestern Abend den Pub verlassen, nachdem Richard in einem Eselkostüm auf die Bühne gesprungen war und Hiram Abernathy vor Schreck in Ohnmacht gefallen war. Ich hatte Quoth und Morrie losgeschickt, um einige Vorkehrungen zu treffen. Jetzt war es Nachmittag am nächsten Tag, und ich war bereit, unsere Falle zuschnappen zu lassen.

»Wir werden den Mörder dazu bringen, ein Geständnis abzulegen«, sagte ich. »Sobald er durch die Tür kommt, wird Droll ihn mit einem Liebeszauber belegen. Er wird sich in Morrie verlieben und seine schlimmsten Sünden gestehen, die Morrie auf seinem Handy aufzeichnen und an Hayes senden wird. Ganz einfach.«

»Nicht einfach.« Heathcliff schauderte. Zweifellos erinnerte er sich an seine eigene Erfahrung mit den Auswirkungen des Liebestranks. »Du vergisst, dass du in dieser Stadt einen Ruf zu verlieren hast. Lass uns das durchspielen, ja? Der Mörder ist bisher nicht nur mit einem, sondern *zwei* Morden davongekommen. Und dann lädt die Dorf-Amateurdetektivin dich aus heiterem Himmel zu einem geheimen Rendezvous in die Buchhandlung ein, wo schon mehrere Mörder festgenommen wurden. Glaubst du nicht, dass das geringfügig verdächtig ist?«

»Ah, aber du hast nicht mit meinem Scharfsinn und meiner Gerissenheit gerechnet«, sagte ich. »Ich habe die Einladung anonym verschickt, und es war ein Angebot, das er nicht ablehnen konnte. *Und* ich habe ihn nicht in die Buchhandlung eingeladen. Wir treffen uns auf der Bühne des New New Globes.«

»Natürlich tun wir das, was auch sonst«, seufzte Heathcliff.

»Es ist nur angemessen, dass diese Geschichte von Liebe, Verrat und Mord auf Shakespeares Bühne endet.« Morrie stützte sein Bein auf den Tisch und schwang sein Schwert durch die Luft.

»Steck das Ding weg. Du stichst noch jemandem ein Auge aus«, knurrte Heathcliff.

»Ich bin zutiefst verletzt.« Morrie schmollte, als er vorgab, sich die Tränen am Saum seines Kilt abzuwischen, und ihn damit weiter an seinem Bein hochzog, um uns einen verlockenden Blick auf seinen muskulösen Oberschenkel zu gewähren.

»Ich habe von deinem *anderen* Schwert gesprochen.«

»Wir sollten los.« Quoth gab Morrie einen leichten Schubs in Richtung Tür. »Wir wollen nicht zu spät kommen.«

Ich streckte die Hand nach meinem Vogel aus und drückte seine Hand. *Das ist es. Das ist unsere Chance, den Gauner zu schnappen.* Ich hoffte, dass Quoth, was auch immer heute Abend geschah, den Frieden und die Akzeptanz fand, nach denen er sich so sehr sehnte, aber ich hatte das ungute Gefühl, dass er, wenn er bei unserem Mörder Erlösung suchte, auf den falschen Vogel setzte.

Wir verließen den Laden und machten uns auf den Weg

über den Dorfplatz, wobei wir versuchten, so zu tun, als würden wir ganz normalen Geschäften nachgehen und nicht einen gefährlichen Mörder stellen. Ich hatte beschlossen, Oscar aus den heutigen Spielereien herauszuhalten. Er war bei Mama und wurde mit Hundeleckerlis verwöhnt. Stattdessen drückte ich Quoths Arm besonders fest. Heute Abend war er meine Augen.

Als wir am New New Globe ankamen, war alles dunkel. Wir gingen hinten herum und fanden die Bühneneingangstür offen vor, genau wie ich es Frau Ellis gesagt hatte. Wir schlichen hinein und bahnten uns einen Weg durch Requisiten und Kostüme, um uns auf die riesige, abgedunkelte Bühne zu stellen. Die Luft knisterte vor magischer Spannung. Ich konnte ihn weder sehen noch hören, aber Droll war im Haus und hielt seine Blume der Liebe bereit.

»Siehst du etwas?«, fragte ich. »Ist er schon da?«

»Einen Moment noch.« Morrie war oben auf der Galerie. Er duckte sich hinter den Beleuchtungskasten und einen Augenblick später schwang ein heller Scheinwerfer über die Bühne und beleuchtete eine schlanke Gestalt.

»Hallo, Herr Delacroix«, sagte ich. »Genau die Person, die wir sehen wollten.«

28

»**S**ie.« Lawerence Delacroix schreckte bei meiner Stimme hoch. »Das Mädchen, das sich in alles einmischt, die aus der Buchhandlung. Ich hätte mir denken können, dass Sie diejenige waren, die mir diese Nachricht hinterlassen hat.«

»Ja«, sagte ich. »Das hätten Sie tun sollen. Aber Sie waren zu sehr von Ihrer Liebe geblendet, nicht wahr? Als Sie meine Notiz bekamen, in der stand, dass Zen Liebesbriefe von Rasmussen an Sie hatte und Sie ins Theater kommen sollten, wenn Sie sie lesen wollen, konnten Sie nicht widerstehen, oder?«

Lawrence Delacroix knurrte tief in seiner Kehle. Ich machte weiter und schöpfte Kraft aus Quoths ruhiger Hand in meiner.

»Sie waren in Jasper Rasmussen verliebt, nicht wahr?«, fragte ich. »Ich erinnere mich, wie Ihre Stimme zitterte und Ihnen Tränen übers Gesicht liefen, als Sie ihn tot hinter seinem Schreibtisch liegen sahen. Sie waren nicht nur sein Mitbewohner, Sie waren sein heimlicher Geliebter, versteckt über seinem Laden, wo es niemand herausfinden konnte. Er weigerte sich, Ihre Beziehung öffentlich zu machen. Selbst jetzt

201

verfolgt er Sie noch, weil Sie ihn geliebt haben, während Sie zusahen, wie das Leben aus seinen Augen wich. Sie leiden unter der tiefsten, qualvollsten Art unerwiderter Liebe. Und deshalb haben Sie ihn getötet.«

»Wenn Sie denken, dass Sie mich zum Reden bringen können, wie sie es in den Filmen immer tun, dann sind Sie noch dümmer, als ich dachte.« Lawrence drehte sich auf dem Absatz um. »Gute Nacht, Mina ...«

»Halt, Schurke«, rief Droll und erschien aus dem Nichts vor Lawrence.

Lawrence erstarrte. »Du! Aber wie hast du das gemacht? Du solltest doch in London sein ...«

»Es ist Magie.« Droll stürzte sich auf Lawrence und verteilte den Saft der Blume unter seinen Augen, bevor er wieder in einer Wolke aus Feenstaub verschwand. Morrie trat vor, sein Handy bereit, um Lawrences Geständnis aufzunehmen. Aber Lawrence war so erschrocken, als er Drolls Magie sah, dass er rückwärts taumelte. Sein Fuß verfing sich in einem losen Kabel und er stürzte über den Rand der Bühne.

»Nein!«, schrie Quoth. Er bewegte sich so schnell, dass ich nicht einmal spürte, wie er von meiner Seite wich, aber einen Moment später erschien er auf den Stufen der Bühne und trug einen benommenen Lawrence in seinen Armen.

»Mein Held«, gurrte Lawrence, seine Stimme erstickt vor Leidenschaft, als er zu seiner wahren Liebe aufblickte.

Direkt in Quoths feuerumrandete Augen.

29

Quoth setzte Lawrence wieder auf die Bühne, direkt ins Rampenlicht. »Niemand stirbt mehr unter meiner Aufsicht.«

»Mein Geliebter.« Lawrence fiel Quoth zu Füßen, schlang seine Arme um seine Beine und küsste ihm die Schuhspitzen. »Du hast mich gerettet. Ich bin so glücklich.«

»Oh nein«, flüsterte Morrie. »Er hat sich in Quoth verliebt, nicht in mich.«

»Ähm …« Quoth klang verängstigt.

Heathcliff stöhnte. »Das ist eine Katastrophe.«

»Nein, ist es nicht«, rief ich. »Quoth, Lawrence ist in dich verliebt. Bring ihn zum Reden.«

»Oh, ähm, sicher.« Quoth drehte sich zu Lawerence um und tätschelte ihm den Kopf wie einem Hund. »Also, Lawrence, ähm, mein Schatz, ich bin so froh, dass wir jetzt zusammen sein können, wo du diesen nervigen Jasper Rasmussen losgeworden bist.«

Quoths Stimme zitterte vor Nervosität. Er hatte nicht Morries flinke Zunge und hatte solche Angst, etwas falsch zu machen … aber Drolls Blume musste stärker sein, als wir dachten, denn Lawrence klammerte sich schluchzend vor Dankbarkeit an Quoths Cartoon-Superschurken-Worte.

»Du verstehst das völlig falsch, mein Lieber«, rief Lawrence und drückte Quoth fester an sich. »Ich wollte Jasper nicht töten! Ich bin nur nach unten gegangen, um mit ihm zu reden. Schon am Morgen hatten ihn seine Tochter und diese dumme Zenzile wegen des Buches zur Rede gestellt, und ich hatte Angst, dass sie zur Polizei gehen und alles für uns ruinieren würden.«

»Erzähl mir, was passiert ist.« Quoth strich Lawrence weiter über das Haar. »Willst du damit sagen, dass du wusstest, dass das Buch eine Fälschung war?«

»Natürlich wusste ich das. Ich habe Jasper bei der Herstellung geholfen, und bei vielen anderen Fälschungen, die wir im Laufe der Jahre verkauft haben. Jasper Rasmussen war diese seltene Art von Kriminellem, die es nicht des Profits wegen getan hat. Er war wegen der intellektuellen Herausforderung dabei, wegen des Nervenkitzels, einem ahnungslosen Opfer Sand in die Augen zu streuen.«

»Was habe ich dir gesagt?« Morrie stieß mich an. »Gleich und gleich gesellt sich gern.«

»Okay, aber warum habt ihr die First Folio dann der Öffentlichkeit präsentiert?« Quoth strich sich die Haare aus den Augen, während Lawrence seine Hände mit lauten Küssen bedeckte. »Warum es nicht einfach an Abernathy verkaufen?«

»Ich wollte, dass er es schnell loswurde, aber er wollte nicht auf mich hören«, schniefte Lawrence. »Jasper war es leid, seine einfältigen Kunden zum Narren zu halten. Sie waren keine Herausforderung mehr für ihn. Er wollte berüchtigt sein. Er wollte sich selbst als den versiertesten Fälscher unserer Zeit anpreisen. Und wie könnte er das besser anstellen, als den berühmtesten Schriftsteller aller Zeiten zu fälschen und die gefälschte First Folio auf die Titelseite jeder Zeitung im Land zu bringen.«

»Ah«, flüsterte Morrie. »Jetzt verstehe ich. Rasmussen wollte die Aufmerksamkeit, um seine Fälscherdienste anderen Kriminellen anzupreisen. Viele in meinem Umfeld haben ähnliche Stunts abgezogen.«

»Du etwa nicht?«, sagte Heathcliff mit einem sarkastischen Unterton in der Stimme.

»Oh nein, das würde mir nicht einmal im *Traum* einfallen.«

»Sssssch«, flüsterte ich und zeigte mit dem Finger auf Morries Handy. Er hielt es hoch, um das Geständnis festzuhalten, aber wenn wir zu viel in der Nähe redeten, würden Hayes und Wilson nichts als Morries und Heathcliffs obszönes Flirten hören.

»Die eigentliche Fälschung war einfach zu bewerkstelligen«, sagte Lawrence. »Viele Bildungseinrichtungen stellen ihre First Folios als digitale Scans zur Verfügung. Wir haben sie als Vorlagen verwendet, und Jasper hat jahrelange Erfahrung darin, ein perfektes Faksimile des in dieser Zeit verwendeten Hadernpapiers herzustellen. Es bedurfte einiger Experimente, um die Tinte genau richtig hinzubekommen, und die Werkstatt stank wochenlang, nachdem er den roten Ziegenledereinband hergestellt hatte.«

»Aber ihr habt einen entscheidenden Fehler gemacht«, sagte Quoth. »Ihr habt für die Titelillustration in *Viel Lärmen um Nichts* Abbildungen der Jakobslilie verwendet, eine Lilie, die zum Zeitpunkt des Drucks der First Folio unmöglich gezeichnet werden konnte.«

»Nein, nein, mein Lieber. Das haben wir mit Absicht gemacht«, sagte Lawrence. »Jasper hat immer in seine Fälschungen einen Anachronismus eingebaut, einen offensichtlichen Hinweis, der einem Sammler oder Authentifizierer ins Auge springen sollte. Das war Teil des

Spiels für ihn; zu schauen, wann sie ihn entdecken würden. Aber die Leute sind so begeistert, einen Schatz gefunden zu haben, ein nie zuvor gesehenes Buch, das unermessliche Wunder und Reichtümer verspricht, dass sie nicht sehen, was direkt vor ihnen liegt.«

»Zen Monroe hat es getan«, knurrte ich.

»Ja.« Lawrence klang benommen. Er drehte kurz den Kopf in unsere Richtung, bevor er sich wieder auf Quoth konzentrierte. »Sie kam am Tag vor Jaspers Tod in den Laden, zahlte ihre zwei Pfund, um sich das Buch anzusehen, und in dem Moment, als ihr Blick auf die Illustration fiel, wusste ich, dass sie es herausgefunden hatte. Ich hatte schreckliche Angst um Jasper. Ich wusste, dass sie sich direkt an die Behörden wenden würde, und ich wollte nicht, dass er in Schwierigkeiten geriet. Als ich sie an jenem Morgen über den Platz auf den Laden zugehen sah, wusste ich, dass sie ihn zur Rede stellen wollte. Ich ging nach unten, um ihn zu warnen, und mein Jasper ... er hat mich *ausgelacht*. Er sagte, ich würde mir unnötig Sorgen machen. Wenn zwei Shakespeare-Experten in London eine Fälschung nicht erkennen könnten, hätte eine gescheiterte Akademikerin keine Chance. Und ich konnte nicht anders. Ich versuchte, sein Leben zu retten, und er behandelte mich wie ... wie *Dreck*. All die Gefühle, die ich seit Monaten in mir zurückgehalten hatte, strömten aus mir heraus. Ich weiß nicht, was ich gesagt habe, aber es muss so grausam, so schockierend gewesen sein, dass es ihn sprachlos gemacht hat. Ich sagte ihm, dass ich es leid sei, so zu tun, als wäre ich sein Lehrling. Ich wollte sein Partner sein, im Geschäft und im Leben.«

»Und er hat dich abgewiesen«, sagte Quoth mit beruhigender Stimme.

Lawrence schniefte. »Er sagte, dass er das niemals tun würde, und ich entweder meinen Platz in seinem Leben akzeptieren sollte oder er jemand anderen finden würde. Als ob ich unsere Liebe wegwerfen werden könnte wie ein altes Taschenbuch! Ein roter Nebel legte sich über mich. Ich wusste nicht einmal, was ich tat. In einem Moment starrte er auf mich herab und sagte mir, dass ich bis Ende der Woche aus dem Laden ausziehen müsse, und im nächsten Moment sank er zu Boden und ich hielt das blutbefleckte Buch in meinen Händen.«

Mir lief ein Schauer über den Rücken, als ich seiner Erinnerung an die grausame Szene lauscht. Ich konnte es mir nicht vorstellen. Ich liebte Quoth, Morrie und Heathcliff mit einer Leidenschaft, die mehr als Liebe war, und die Vorstellung, dass ich jemals so wütend sein könnte, dass ich ihnen mit einem Buch den Kopf einschlagen würde ... Da wusste ich, dass die Liebe, die Lawrence empfand, keine Liebe war, wie ich sie kannte, sondern eine verdrehte, verdorbene Liebe, wie die, die zwischen Macbeth und Lady Macbeth brodelte, die Art von Liebe, die immer in einer Tragödie enden würde, die Shakespeare würdig wäre.

»Wie konnte er tot sein?«, schluchzte Lawrence. »Ich habe ihn so geliebt, so wie ich dich jetzt liebe, mein schöner dunkler Prinz.«

Nein, das hast du nicht. Du hast keine Ahnung, was wahre Liebe ist.

Die Liebe war es, die mich an Ort und Stelle festhielt, während ich zusah, wie ein Mörder meinen geliebten Quoth küsste. Die Liebe war das Einzige, was mich davon abhielt, vorzuspringen, um Lawrence mit meinen treuen kirschroten Docs den Kopf einzuschlagen, und so wie Heathcliff neben mir zitterte, war die Liebe auch das Einzige, was seine Wut zurückhielt.

So sehr wir auch hinrennen und ihn aus den Fängen diesen Mörders entreißen wollten, Quoth *brauchte* das. Er musste derjenige sein, der Lawrence das Geständnis entlockte. Und er tat es! Wir hatten fast alles ...

»Bitte, mein Lieber, mein Schöner, du musst mir verzeihen. Du musst diesen Schmerz lindern, der mich quält.«

Quoth verschluckte sich, als Lawrence sich an seine Brust drückte und sein Hemd anhob, um die Haut über seinem Bauchnabel zu küssen. »Ähm, warte mal eine Minute, mein Schatz. Könntest du mir mehr darüber erzählen, was nach dieser … ähm, schrecklichen Tragödie passiert ist?«

»Ja, ja.« Lawrence griff nach Quoths Mantel. »Ich war sehr schlau, genau wie Jasper es mir beigebracht hat. Ich wartete, bis Zenzile an die Tür klopfte und verärgert wieder ging, dann schloss ich die Hintertür ab, öffnete die Vordertür und stellte die Kaffeetassen so hin, dass es aussah, als würde Jasper jemanden erwarten. Ich ging wieder nach oben und wollte gerade nach unten gehen, um ihn zu entdecken und die Polizei zu rufen, als ich hörte, wie deine Freunde den Laden betraten. Ich versteckte mich in meinem Bett und überzeugte alle, dass ich tief und fest geschlafen hätte. Ich war *nämlich* Shakespeare-Schauspieler an der Uni, weißt du?«

»Oh ja«, schnaufte Heathcliff. »Das wissen wir.«

»Ich dachte, nach seinem grausamen Tod würde Zenzile sein Andenken ruhen lassen, aber nein, sie wollte der Welt erzählen, was sie wusste. Ich habe sie genau beobachtet und gesehen, wie sie den Zettel an Morries Spiegel gehängt hat. Sie hatte vor, das Vermächtnis meiner großen Liebe zu zerstören, und das konnte ich nicht zulassen.« Lawrence schauderte in Quoths Armen.

»Aber du bist derjenige, der seinen echten Körper zerstört hat …«, schrie Heathcliff, bevor ich ihm die Hand auf den Mund presste. Wir brauchten Lawrences Worte auf der Aufnahme.

»Ich habe die Takelage manipuliert, damit sie fällt«, schniefte Lawrence. »Ich weiß, dass es schrecklich war, das mit anzusehen, mein Liebster, aber du musst verstehen, warum es notwendig war. Du verstehst, dass ich getan habe, was ich tun musste, um Jaspers Erinnerung zu bewahren, und jetzt werde ich tun, was getan werden muss, damit wir zusammen sein können.«

Lawrence zog einen Gegenstand aus seinem Gürtel und richtete ihn direkt auf Morrie. Ich konnte nur die Umrisse erkennen, aber durch das erstickte Geräusch, das Heathcliff machte, wusste ich, dass es sich um eine Waffe handelte.

»Ich weiß, dass sie deine Freunde sind, aber wir werden zusammen weglaufen und neue Freunde finden. Sie müssen verschwinden.«

30

ei Isis, das ist nicht gut.

»Hey, Lawrence, lass es uns nicht übertreiben«, sagte Morrie. Seine Stimme war ruhig. Zu ruhig. Seine übliche Prahlerei fehlte.

Mein Meisterverbrecher hatte Angst.

»Droll, wo bist du?«, flüsterte ich. »Wir könnten jetzt etwas Magie gebrauchen.«

Und wie üblich wählt der launische Kobold genau diesen Moment, um völlig zu verstummen.

Heathcliff knurrte tief in seiner Kehle. Der Klang war absolut furchterregend. Lawrence schluckte, aber er legte einen Finger auf den Abzug und hielt die Waffe auf Morries Gesicht gerichtet. Heathcliff konnte Lawrence wie einen Zweig zerbrechen, aber er wäre nicht schnell genug, um Lawrence am Schießen zu hindern.

»Ich muss es tun, versteht ihr das nicht?«, Lawrences Stimme zitterte. »Nur so werden Allan und ich frei sein. Wir werden weit, weit weg von diesem Ort gehen und neu anfangen. Vielleicht treten wir einem Theater bei. Er könnte die

Bühnenbilder entwerfen und ich spiele noch einmal Titus Andronicus.«

»Klar, Lawrence«, sagte Quoth mit fester und ruhiger Stimme. »Das klingt nach einem fantastischen Leben.«

»Aber wir können nicht wirklich frei sein, mein Liebster, solange sie mein Geheimnis kennen.« Lawrence biss die Zähne zusammen. Sein Arm zitterte. »Wir müssen deine Freunde töten.«

»Klar, natürlich.« Quoth legte seinen Arm auf Lawrences Bizeps. Ich dachte, er würde versuchen, seinen Arm nach unten zu ziehen, damit die Waffe von Morrie weg zeigte, aber er streichelte nur über Lawrences Haut. »Du hast recht. Wir *müssen* sie töten.«

»Was?«, stotterte Heathcliff.

»Aber zuerst«, Quoth glitt mit seiner Hand hinunter, um Lawrences Handgelenk zu umfassen, die Bewegung so weich und sanft, dass es mir in der Brust schmerzte, »frage ich mich, ob du mir die Ehre dieses Tanzes erweisen würdest?«

Mir pochte das Blut in den Ohren. Obwohl ich Quoth vertraute, musste ich an das einzige Mal denken, dass ich ihn hatte lügen hören. Ich war zurück in der Kunstgalerie, wo Quoth seine Reißzähne in mein Fleisch versenkte, und mein wunderschönes Vögelchen mir wehtun und mir alles entreißen wollte, was ich liebte.

Aber Quoth hatte das nur getan, weil er nicht er selbst gewesen war, weil er von Draculas Macht beherrscht worden war. Nicht *Quoth* hatte diese schrecklichen Dinge tun wollen. Es war Dracula gewesen, der durch Quoth gewirkt hatte und seinen Körper wie eine Marionette benutzt hatte, um an mich heranzukommen.

Das Trauma lebte in meiner Haut. Mein ganzer Körper zitterte, als die Erinnerung mich überkam, aber ich schloss die

Augen und konzentrierte mich auf die Süße in Quoths Stimme, und ich wusste genau, was er vorhatte.

»Du möchtest tanzen?« Lawrences Stimme wurde leiser. »Mit mir?«

»Natürlich«, sagte Quoth. »Ich verstehe, warum du so sehr gelitten hast. Jasper wollte deine Liebe nicht in der Öffentlichkeit anerkennen. Er wollte, dass du sein heimlicher Geliebter bleibst, und ihr konntet nie so miteinander tanzen, wie ihr es wolltet. Ich möchte dir zeigen, dass du es wert bist, geliebt zu werden, und dass du es wert bist, mit dir zu tanzen. Ich möchte unsere Gefühle nicht vor diesem Publikum dem Untergang geweihter Buchhändler verbergen. Ich möchte unsere Liebe in die Welt hinausschreien. Deshalb frage ich dich noch einmal: Darf ich dich um diesen Tanz bitten?«

Wie durch Zauberhand erklang ein eindringlicher Walzer im leeren Theater. *Droll, du Bastard.*

Lawrence stieß einen leisen Schrei aus. Ich öffnete gerade noch rechtzeitig die Augen, um zu sehen, wie er die Waffe auf den Boden fallen ließ und seine Finger mit Quoths verschränkte.

Heathcliff wollte nach vorne springen, um die Waffe zu ergreifen, aber ich schlug ihm meine Hand vor die Brust und hielt ihn zurück. Lawrence war immer noch in der Nähe, und dies durfte nicht in einem Kampf um eine geladene Waffe enden. *Bitte, lass Quoth seine Magie wirken.*

Quoth tanzte mit Lawrence über die Bühne, wobei sie sich tief in die Augen sahen. Sein Rabenhaar flammte um sie herum auf und ich hielt den Atem an. Neben mir verschränkten sich Morries Finger mit meinen. Quoth beugte Lawrence nach hinten und tanzte mit seinen Lippen dicht über Lawrences Hals, nur einen Hauch von einem Kuss entfernt.

Die Musik erreichte ein Crescendo. Quoth richtete sich

wieder auf, verbeugte sich tief und blickte zu seinem Partner auf.

»Das war fantastisch, mein Liebster. Und jetzt das große Finale.« Lawrence bückte sich, hob die Waffe auf, schwang sie herum und zielte auf Morries Kopf.

Quoth stampfte mit dem Fuß auf. Genau auf den Hebel, der die Bühnenfalltür bediente.

RUMMS.

KNALL.

Alles passierte in Zeitlupe ...

Der Schuss hallte durch das leere Theater ...

Die Falltür öffnete sich direkt unter Lawrences Füßen ...

Der Scheinwerfer schwang herum ...

Die Schatten tanzten um mich herum, während sich meine Welt auf zwei flammenumringte Augen verengte ...

Lawrence schrie, als er in das Loch stürzte, gefolgt von einem widerlichen Knirschen und einer noch widerlicheren Stille ...

Die Waffe rutschte über die Bühne. Der Schuss war dank Quoth danebengegangen. Heathcliff stürzte sich auf die Waffe. Währenddessen eilte Morrie zur Falltür und spähte in die Dunkelheit.

»Ich glaube nicht, dass er tot ist, was irgendwie schade ist. Aber er ist bewusstlos und sein Bein sieht gebrochen aus.«

Jemand anderes war mir viel wichtiger. Ich rannte zu Quoth, schlang die Arme um ihn und vergrub mein Gesicht in seinem Nacken. »Du hast es geschafft. Du hast uns gerettet.«

»Das habe ich, oder?« Quoth küsste mich auf den Kopf. »Ich hatte solche Angst, Mina. Ich hatte solche Angst, dass ich euch verlieren würde, als er mit der Waffe herumfuchtelte. Und ich wollte nicht, dass du denkst, dass ich dich wieder betrogen hätte ...«

»Sei nicht albern. In dem Moment, als du ihn zum Tanz

aufgefordert hast, war mir klar, was du vorhattest.« Ich küsste ihn, lang und innig, denn für einen Moment, als die Waffe losging, hatte ich nicht gewusst, ob er tot oder lebendig war, und ich konnte ihn nie verlieren. »Oh, Quoth, du kannst dir nicht ewig die Schuld für das geben, was passiert ist. Siehst du das nicht? Was du heute getan hast, wie du uns alle gerettet hast, *das* ist der Quoth, den wir kennen und lieben. Du hast bewiesen, dass du viel stärker bist, als das, was Dracula aus dir gemacht hat.«

»Ich liebe dich, Mina.« Er kuschelte sich an meine Wange.

»Ich liebe dich, du grimmiger, grässlicher, hagerer und unheilvoller Vogel von einst«, flüsterte ich zurück.

Während ich ihn an mich drückte, löste sich die kleinste Anspannung in seinen Schultern. Quoth begann endlich, die Scham loszulassen, die sein Herz so fest umschlossen hielt. Seine Heilung war noch nicht abgeschlossen, aber sie hatte begonnen, und das war das Wichtigste.

Ich werde ihn nicht an die Dunkelheit verlieren.

»Gut, Hayes ist auf dem Weg.« Morrie kam zu uns herüber und tippte mit den Fingern auf seinem Handy herum. Er schob das Gerät in seine Jackentasche und seine grimmigen grauen Augen trafen meine. Er umarmte uns beide. »Gut gemacht, Vögelchen.«

»Du hast Morries Gesicht davor bewahrt, zu einem Picasso-Gemälde zu werden.« Heathcliff drückte uns drei gegen seine breite Brust, wobei er immer noch schwer atmete. Ich wusste, dass er noch darüber nachdachte, was passiert wäre, wenn Lawrence Delacroix' Schuss sein Ziel getroffen hätte.

Heathcliff und Morrie kannten Quoth schon viel länger als ich. Sie hatten ihm in seinen frühen Tagen als Gestaltwandler und Rabenjunge zur Seite gestanden und hatten ihm den Freiraum und die Fantasie gelassen, seinen eigenen Platz in der Welt zu finden. Morrie hatte ihm Farben geschenkt und

Heathcliff hatte ihn mit jedem Buch über Kunst beworfen, oft wortwörtlich. Sie hatten sein schönes, betörendes Herz dazu angeregt, zu wachsen, sich zu bemühen und zu lieben.

Sie hatten vielleicht mit ihrer eigenen schwelenden Anziehung zu kämpfen, aber sie liebten Quoth immer noch mit einer Heftigkeit, zu der nur Heathcliff Earnshaw und James Moriarty fähig waren.

Quoth sank in unsere Umarmung, und als er seinen Kopf senkte, um mich wieder zu küssen, spürte ich, wie ein weiteres Stück seiner Traurigkeit zerbröselte und sich im Wind zerstreute.

»Oh, Gruppenumarmung.« Droll sprang herbei.

»GEH WEG!«, schrien wir im Chor.

Droll streckte seine Unterlippe hervor. »Kann ich wenigstens einen von euch in ein Walross verwandeln?«

»Ich glaube, du hast schon genug angerichtet«, knurrte Heathcliff.

Droll seufzte. »Schön ist wüst, und wüst ist schön. Nun gute Nacht! Das Spiel zu enden, begrüßt uns mit gewognen Händen!«

Widerwillig streckte ich meine Hand aus. Morrie und Quoth folgten meinem Beispiel. Heathcliff knurrte, aber schließlich schob er Droll seine kräftige Faust unter die Nase. Droll küsste jede unserer Hände. Als seine Lippen mein Handgelenk berührten, durchströmte ein magischer Schauer meinen Körper. Ich wusste nicht, was er getan hatte, aber es fühlte sich großartig an.

Droll schnippte mit den Fingern und verschwand in einem Glitzersturm. Die Magie summte noch lange nach seinem Verschwinden in meinen Adern.

»Glaubst du, dass wir ihn zum letzten Mal gesehen haben?«, fragte ich.

Heathcliff schnaubte. »Droll wird vom Unheil angezogen

wie eine Motte von der Flamme, und du, Mina Wilde, bist das personifizierte Unheil. Er wird zurückkommen, merkt euch meine Worte.«

Lachend drückte ich meine drei Geliebten an mich und atmete ihren Duft von würzigem Torfmoos, Lavendel, Vanille, Schokolade und frisch gemähtem Gras ein. Und ich dachte, wie passend es doch war, dass wir diese Geschichte von Liebe, Tod und Verrat dort beendet hatten, wo alle großen Geschichten beginnen: auf der Bühne ...

Ich denke, Shakespeare hatte doch recht. Ende gut, alles gut ...

Nein. So darf ich nicht denken. Es wird einen weiteren Mord geben, ein weiteres Dorf-Fiasko, eine weitere Tragödie, einen weiteren von Mamas »Schnell-reich-werden«-Plänen und noch viele, viele Tage, in denen ich diese drei bemerkenswerten Männer lieben konnte.

31

»In Anerkennung seiner Tapferkeit und Geistesgegenwart bei der Ergreifung des Mörders, der für eine gute lange Zeit im Gefängnis Ihrer Majestät verrotten wird, möchten wir unserem guten Freund Allan Poe, den einige von uns liebevoll Quoth nennen, den Schlüssel zum Dorf überreichen.«

Ich jubelte so laut, dass meine Stimme heiser wurde, als Richard einen glitzernden goldenen Schlüssel in die Höhe hielt. Quoth versteckte sein Gesicht hinter einem Vorhang aus seidigem Haar, als er auf die Bühne des Pubs schlurfte, um seine Auszeichnung entgegenzunehmen. Alle im Raum standen auf und klatschten.

Und ich meine wirklich *alle*. Das ganze Dorf war erschienen. Sogar Hiram und Dolores Abernathy waren hier, in texanischer Vollausstattung, und klatschten mit. Hiram erklärte uns verlegen, dass er sich heimlich etwas britisches Gebäck besorgt hatte und der Fleck auf seinem Hemd Blut war, das von seinen Fingern stammte, als er sich beim Knacken des von seiner Frau an der Hotelzimmertür angebrachten Schlosses geschnitten hatte. Jo und Fiona, die von ihrem Urlaub zurück waren, versuchten, einen Moshpit zu starten. Frau Ellis steckte ihre Finger in den Mund und stieß einen ohrenbetäubenden Pfiff aus. Ich hatte vergessen, wie laut dieser Pfiff war. Sie hatte ihn oft benutzt, um Streitigkeiten auf dem Spielplatz zu beenden. Es würde mich nicht überraschen, wenn eine ganze Generation von Schulkindern aus Argleton später im Leben Hörgeräte benötigen würde.

Frau Ellis setzte sich an unseren Tisch und tätschelte Heathcliff das Knie. Er zuckte zusammen. Obwohl Droll den Zauber rückgängig gemacht hatte, war er immer noch traumatisiert von seiner kurzen Zeit als Objekt ihrer Begierde. Sie beugte sich mit einem Augenzwinkern zu ihm und flüsterte: »Wenn ich in meiner kraftstrotzenden Jugend wäre, wären Sie nie davongekommen, junger Mann.«

Heathcliff schluckte.

Ich wandte meine Aufmerksamkeit wieder der Bühne zu. Bevor er auf die Bühne gegangen war, hatte Quoth so stark vor Nervosität gezittert, dass ich befürchtet hatte, er würde den Schlüssel fallen lassen. Aber er überraschte mich, indem er sich das Haar aus dem Gesicht strich und in die Menge strahlte. Mein Herz platzte fast vor Stolz, aber das war nichts im Vergleich zu dem neu gefundenen Frieden, den er in sich trug.

»Möchten Sie ein paar Worte sagen, Quoth?«, fragte Richard.

Quoth schüttelte so heftig den Kopf, dass ihm die Haare ins Gesicht flogen.

Aber er ist immer noch derselbe Quoth.

»Na gut, na gut. Unser Allan ist ein Mann der Taten, nicht der Worte. Aber ich hoffe, ihr kommt alle auf ein paar Drinks zur Feier mit.« Richard wollte gerade von der Bühne gehen, drehte sich aber um, als ihm etwas einfiel. »Und Allan, Ihre Rechnung geht heute Abend aufs Haus.«

»Ausgezeichnet.« Morrie rieb sich die Hände. »Ich gehe zur

Bar, um Richard dazu zu bringen, vier seiner lächerlichsten und teuersten Cocktails zu mixen. Natürlich für unseren Helden Allan.«

Morrie rannte davon, gerade als Quoth von der Bühne schlurfte und in meine Arme fiel. Ich lachte in sein seidiges Haar. »Wer wird Morrie sagen, dass der teuerste Cocktail, den Richard zu mixen weiß, ein Cocktail der Irrungen ist?«

»Ich nicht«, sagte Quoth mit einem Glucksen. Es klang so gut, ihn wieder lachen zu hören.

»Ich nehme zwei«, fügte Heathcliff hinzu. Er klopfte Quoth so heftig auf die Schulter, dass die Knochen knirschten.

Wir ließen uns an einem Tisch in der Mitte des Raumes nieder, und den ganzen Abend über kamen die Dorfbewohner vorbei, um Quoth zu gratulieren. Mindestens drei Leute zückten ihre Handys, um ihm Bilder von seinen Gemälden in ihren Häusern zu zeigen. Jo und Fiona waren heute erst aus den Cotswolds zurückgekehrt und extra vorbeigekommen, um Quoth mit roten Lippenstiftküssen zu überschütten. »Ich habe es vermisst, mit dir über Kunst und seltsame Horrorfilme zu reden, mein Freund«, sagte Jo, als sie den Rest meines Cocktails hinunterkippte. »Fiona mag romantische Komödien. Bäh.«

Quoth konnte gar nicht mehr aufhören zu strahlen.

Morrie landete irgendwie hinter der Bar, schenkte alle möglichen Cocktails aus und schrieb sie heimlich auf Quoths Rechnung, wenn Richard nicht hinsah. Heathcliff war völlig betrunken und sang schließlich mit all den alten Damen Barbara-Streisand-Songs auf der Karaoke-Maschine. Alle unsere Lieblingsmenschen waren gekommen, um Quoth zu ehren, außer ... Ich ließ meinen Blick durch den Raum schweifen, was irgendwie nutzlos war, weil ich buchstäblich stockblind und sturzbetrunken war, aber trotzdem ...

Wo ist sie?

»Ich frage mich, wo Mama heute Abend ist?«, fragte ich

Morrie, als er endlich die Bar verließ und mir etwas Fruchtiges und Gin-Gefülltes vor die Nase stellte. »Ich dachte, sie würde es lieben, zu sehen, wie einer meiner Freunde als aufrechter Bürger geehrt wird.«

Morrie grinste. »Du wirst lachen, wenn ich es dir erzähle.«

»Ich bin mir nicht sicher, ob ich das tun werde.« Mein mit Gin getränkter Magen zog sich zusammen. »Wo ist sie?«

»Du weißt doch, dass sie dieses Geschäft mit den Voraussagen über den Tod bestimmter Autoren am Laufen hatte? Nun, eine von ihnen ist gestorben. Stella Mey hat heute Morgen das Zeitliche gesegnet und all diese Verrückten haben Sothebys in London gestürmt und eine Million Pfund pro Stück für ihre ramponierten alten Taschenbücher verlangt. Einer von ihnen hat den Tiktok-Kanal deiner Mutter erwähnt, und jetzt wird Helen Wilde auf dem Revier von der Polizei als mögliche Verdächtige verhört. Sie haben Angst, dass sie plant, noch weitere Autoren umzubringen, um ihre Bilanz zu verbessern. Gut, dass du deinen Roman noch nicht veröffentlicht hast, sonst wärst du vielleicht die Nächste gewesen.«

WÄHREND MORRIE und ich einen singenden Heathcliff die Stufen des Nevermore Bookshops hinaufschleppten, rannte Quoth voraus, um die Tür aufzuschließen. Wir stolperten torkelnd über die Schwelle und fielen als Haufen auf den Teppich. Grimalkin sprang vom Poesieregal herunter und kletterte über Heathcliff, um nach Quoths glänzendem neuen Schlüssel zu schlagen.

»Miau?«

»Oh nein, das tust du nicht. Das ist kein Spielzeug.« Quoth riss ihn ihr aus der Hand. »Und ich will auch keine Zahnabdrücke darin sehen. Das ist nicht wie mein

Marshmallow-Ei, das du gestohlen hast. Da ist keine klebrige Schokolade drin.«

»Miau.« Grimalkin schnaubte. Sie drehte sich um und präsentierte uns ihren Hintern, nur um zu zeigen, dass ihr der schokoladenlose Schlüssel völlig egal war.

Ja. Das ist meine Großmutter.

»Wau!« Oscar kam um die Ecke gesprungen und rutschte in seiner Eile, mich zu sehen, über die Dielen. Ich kraulte ihn den Kopf und bekam eine ganze Reihe nasser Hundeküsse.

»Tut mir leid, Junge, ich weiß, du gehst gerne ins Pub gehst, aber ich hatte ... hicks ... meine Jungs, die sich um mich kümmern, und ... hicks ...« Ich hielt mir den Mund zu, während ich zur Seite kippte. »... ich bin wirklich betrunken.«

»Da bist du nicht die Einzige. Wir sollten diesen Trottel besser ins Bett bringen«, schnaubte Morrie. Heathcliff sackte gegen seine Schulter und schnarchte laut. Quoth schob seinen Arm unter Heathcliffs andere Schulter und half Morrie, sein totes Gewicht zur Treppe zu ziehen.

»Ich gehe kurz mit Oscar raus, damit er sein Geschäft verrichten kann. Wir sehen uns dann oben«, rief ich.

»Lass dir nicht zu lange Zeit«, rief Morrie zurück. »Ich habe Pläne für eine betrunkene, hemmungslose Mina.«

Grinsend befestigte ich Oscars Leine und ging zur Hintertür hinaus. Wir hatten alle Lampen angelassen, da wir wussten, dass wir wahrscheinlich betrunken nach Hause kommen würden und ich das Licht brauchen würde. Grimalkin trottete uns hinterher und ließ mich mit lautem, klagendem Gejaule *genau* wissen, was sie davon hielt, dass wir ohne sie Spaß gehabt hatten.

»Es tut mir leid, dass wir dich nicht eingeladen haben, aber ich kann den Dorfbewohnern nicht erklären, warum meine Großmutter zehn Jahre älter als ich aussieht und Sahne von einer Untertasse leckt, also ... Bree?«

Ich blieb überrascht stehen, als meine neue Freundin ins Licht der glitzernden Lampen trat. Ich hatte kurz Angst, dass sie mich dabei erwischt hatte, wie ich mit meiner Katze gesprochen hatte, aber dann erinnerte ich mich an die seltsamen Gespräche, die sie mit der Luft führte, und dachte mir, dass ich wahrscheinlich vor Vorwürfen sicher war.

»Hallo Mina, es tut mir so leid, dass ich dich erschreckt habe. Ich bin gerade hier vorbeigekommen und die Tür war offen, also dachte ich, ich schaue mal, ob du da bist und nicht zu betrunken ...«, sie schaute mich an. »Es sieht aus, als wäre das Kind schon in den Brunnen gefallen.«

»Schön, dich wiederzusehen.« Ich lehnte mich gegen den Türrahmen, der im Moment das Einzige war, was mich aufrecht hielt. »Was machst du denn hier?«

»Ich habe gehört, dass du und dein Freund den Mord an diesem toten Buchhändler aufgeklärt habt«, sagte Bree. »Ich bin vorbeigekommen, um dir zu gratulieren. Ich wollte zur Zeremonie in der Kneipe, aber ich wurde ... äh, durch ein paar Dinge aufgehalten.«

Während sie das sagte, warf sie einen vernichtenden Blick über ihre Schulter. Mir schwirrte der Kopf. Ich wusste nicht, was ich von ihr halten sollte, aber ich war zu betrunken, um ein Urteil zu treffen.

»Oh, danke. Ich meine, es war tatsächlich Quoth, der den Tag gerettet hat. Aber ohne deine Hilfe wären wir nicht so weit gekommen. Wir haben den Hinweis, den du uns gegeben hast, verstanden und er hat uns direkt zum Mörder geführt.«

»Cool.« Bree rutschte auf ihren Füßen hin und her. »Also ...«

Ich wollte sie bitten, zu bleiben und mit mir abzuhängen, aber ich war zu sehr damit beschäftigt, mich auf den Beinen zu halten.

Bree schaute über ihre andere Schulter, und es mag an

meinem betrunkenen Zustand gelegen haben, aber ich hätte schwören können, dass sie sagte: »... ja, ja, ich komme darauf zurück.«

»Was ... hick ... war das?«, sagte ich.

»Ach, nichts.« Bree kramte in ihrer Tasche herum. »Also, ähm, das habe ich in Grimdale gefunden und dachte, dass es Oscar gefallen würde.«

Sie legte mir etwas in die Hand. Ich hielt es in das Licht, das mir am nächsten war, und direkt unter meine Nase, bis ich erkennen konnte, dass es ein Kopftuch war, das mit kleinen tanzenden Skeletten bedeckt war.

»Die Skelette leuchten im Dunkeln«, grinste Bree.

»Ich liebe es, und Oscar auch. Vielen Dank.« Ich band das Halstuch um Oscars Hals und brachte ihn dazu, Männchen zu machen, damit Bree es sehen konnte. »Sag mal, willst du nicht vielleicht mit hochkommen und etwas trinken?«

»Hast du nicht schon den ganzen Abend im Pub getrunken?«, fragte sie. »Ich möchte dich nicht davon abhalten, einfach nur ins Bett zu gehen...«

»Unsinn.« Ich winkte ab und war mir bewusst, wie sehr Heathcliff Earnshaw auf mich abfärbte. »Ich arbeite in der Buchbranche. Da gibt es immer einen Grund zu trinken.«

»Das ist ein ziemlich cooler Ort.« Bree zog ihre Stiefel aus und streckte die Füße vor dem Feuer aus. Ich musste sie bitten, es anzuzünden, weil ich betrunken und nutzlos war und die Jungs alle in unserem großen Bett eingeschlafen waren.

»Es ist ein bisschen eng, zu viert hier zu wohnen, aber wir kriegen es schon irgendwie hin.« Ich warf einen Berg von Heathcliffs Büchern und Quoths Malutensilien vom Stuhl und setzte mich Bree gegenüber. Etwas Rundes und Hartes bohrte sich in meinen Hintern. Ich griff unter mich und zog eine Flasche Lagavulin heraus, die ich Bree hinhielt. »Ist der okay?«

»Ja, bitte.« Bree nahm die Flasche und schenkte uns beiden einen Schluck ein. »Darf ich fragen, ob du und diese drei Jungs alle ... zusammen seid?«

»Ja.« Ich hätte vielleicht nicht so ehrlich geantwortet, wenn ich nicht so betrunken gewesen wäre. Ich nippte an meinem Whisky. und konnte ihn nicht einmal schmecken. Kein gutes Zeichen. »Früher waren wir etwas diskreter wegen des Dorflebens. Aber jetzt ist es uns egal. Sollen die Leute doch reden. Jetzt, wo ich blind bin, kann ich ihre missbilligenden Gesichter immerhin nicht sehen, also ...«

Sie beugte sich vor, und ihre Stimme zitterte vor Interesse. »Wie ist es, drei Freunde zu haben?«

»Warum willst du das wissen?«, neckte ich sie. »Willst du es selbst mal versuchen?«

Bree sprang von ihrem Stuhl auf, als hätte sie jemand gezwickt. »J-j-j... nein, ja. Ich weiß nicht. Es gibt drei Jungs in meinem Leben, aber sie sind eher nervig als alles andere. Außerdem ist es kompliziert.«

»Es ist immer kompliziert. Willst du mir von ihnen erzählen?«

»Ja, aber ich bin noch nicht ganz so weit.«

»Das ist cool«, lallte ich. »Erzähl mir von etwas anderem, zum Beispiel ... woher wusstest du von der Lilie? Zen hat es dir gesagt, oder? Sie hat sich total seltsam verhalten, als wir sie auf dem Platz gesehen haben.«

»Ja. Aber das war nicht wegen der Fälschung. Sie hatte gerade mitangesehen, wie Lawrence Rasmussen erschlagen hatte. Er hat sie bedroht und ihr zweifellos gesagt, dass er gefährliche Leute in der Welt der kriminellen Buchfälscher kennt und dass er sie auf sie oder die Menschen, die sie liebt, ansetzen würde, wenn sie redet. Also hat sie es nicht der Polizei erzählt, aber sie konnte es einfach nicht geheim halten, also beschloss sie, dir einen Hinweis zu geben, damit du es stattdessen herausfindest. Nur hat er offensichtlich beschlossen, sie zum Schweigen zu bringen.«

Ich runzelte die Stirn. »Aber ich dachte, du kennst niemanden in dieser Stadt, also warum hat sie dann mit dir gesprochen?«

Bree blickte erneut über ihre Schulter. Sie flüsterte etwas Wütendes und ihre Schultern senkten sich niedergeschlagen. Sie lehnte sich in ihrem Stuhl zurück und leerte ihr Glas in einem Zug. »Okay, also, ich habe das noch nie jemandem erzählt, deshalb ist es alles etwas beängstigend für mich. Aber James sagt, dass ich dir vertrauen kann. Nur ...« Sie holte tief Luft. »Okay, also los. Zen wollte es dir offensichtlich sagen, bevor jemand ihr für immer den Mund verboten hat. Also hat sie es stattdessen mir erzählt, aber nicht zu ihren Lebzeiten. Ich kann Geister sehen.«

»Geister?«

Von allen Dingen, die ich von Bree erwartet hatte, und ich hatte eine lebhafte Fantasie, hätte ich nie mit *Geistern* gerechnet. Gab es Geister überhaupt?

Natürlich gibt es sie nicht. Ich habe mich wohl verhört, oder? Ich muss soooooo betrunken sein.

Brees Stimme zitterte. Sie griff nach der Flasche. »Ich weiß, es klingt verrückt. Aber es ist wahr. Ich habe sie schon mein ganzes Leben lang gesehen. Sie fühlen sich zu mir hingezogen, weil sie einsam sind und ich die einzige Person bin, die ihnen zuhört. Sie sind wirklich verdammt nervig. Vor *allem* die sechs, die jetzt in diesem Raum sind.«

Ich schaute mich im Raum um und erwartete fast, dass Morrie mit einem Laken über dem Kopf aus der Ecke springen würde. »Hier gibt es Geister?«

»Ja, aber keine Panik. Drei von den Mistkerlen habe ich

mitgebracht.« Sie warf erneut einen Blick über die Schulter. »Die anderen sind eure ortsansässigen Gespenster. Ein gebückter alter Mann in einer Mönchskutte, ein kleines Mädchen mit einem Stoffhasen und eine Frau mit strengem Gesichtsausdruck, die ein schwarzes Korsett trägt, für das ich sterben würde, und einen Stapel okkulter Bücher bei sich hat. Sie sind ziemlich harmlos und mit den derzeitigen Geschäftsführern des Ladens sehr zufrieden.«

Eine Frau in einem schwarzen Korsett mit okkulten Büchern. Das klingt nach Victoria Bainbridge, der Buchhändlerin, der der Laden im frühen 19. Jahrhundert gehört hatte.

Aber Bree konnte unmöglich wissen, wie Victoria ausgesehen hatte.

Das ist ein Zufall.

Oder ... sie sieht wirklich Geister.

»Wenn du Geister sehen kannst«, sage ich. »Warum konntest du Rasmussen nicht einfach fragen, wer ihn getötet hat? Warum hast du uns stattdessen den kryptischsten Hinweis im Universum gegeben?«

»So funktioniert das nicht. Nicht jeder Tote kehrt als Geist zurück, und diejenigen, die es tun, können sich meist nicht an ihren eigenen Tod erinnern. Es ist so, als würde man morgens aufwachen und versuchen, sich an einen Traum zu erinnern. Es kommen ihnen nur zufällige Bruchstücke wieder in den Sinn, die oft unzusammenhängend sind. Zen erinnerte sich daran, dass sie dir etwas Wichtiges zu sagen hatte, aber alles, woran sie sich von der Botschaft erinnern konnte, war die Lilie. Den Rest habe ich zusammengesetzt.«

»Und hat sie dir gesagt, dass du zu mir kommen sollst, anstatt zur Polizei?«

»Die Polizei hätte mir nicht geglaubt. Aber das ist nicht der einzige Grund. Die Sache ist die«, fuhr Bree hastig fort, »ich hatte kürzlich selbst mit einem Mord zu tun. Und ich habe über den Dorfklatsch alles über dich gehört: das Buchhändlermädchen in Argleton mit den drei seltsamen Freunden, das Verbrechen löst, die die Polizei nicht lösen kann. Da dachte ich mir, das Mädchen muss ich kennenlernen. Ich dachte, vielleicht bist du wie ich. Und so habe ich dich vielleicht ein wenig gestalkt.«

»Du hast mich gestalkt?« Ich wusste, dass ich mich gruseln sollte, aber von Bree gestalkt zu werden, war irgendwie ganz schmeichelhaft.

»Ja, ich meine ... Es war kein Stalking wie bei einem Serienmörder, das schwöre ich. Ich folge nur der Facebook-Seite der Buchhandlung und habe alle Artikel im Argleton Anzeiger gelesen und Dinge bemerkt, die keinen Sinn ergeben haben. Zum Beispiel, dass alle deine Freunde nach fiktiven Figuren benannt sind. Und der Rabe, der in jeder Geschichte auftaucht. Und jemand, der Gräber ausgräbt, und der Dracula-Killer und der neueste Verdächtige, der inmitten einer Rauchwolke aus dem Gefängnis heraus verschwunden ist. Und ich dachte, vielleicht ist sie wie ich. Aber ich kann an deinem Gesicht erkennen, dass du denkst, ich wäre verrückt, also gehe ich jetzt besser.«

Sie stand auf, um zu gehen.

»Nein, bitte nicht.« Ich streckte meinen Arm aus. Großer Fehler. Mein ganzer Körper schwankte nach vorne und ich rutschte aus dem Stuhl. *So anmutig. So betrunken.* »Bree, bleib. Bitte. Ich möchte ... hick ... etwas über die Geister hören. Ich bin vielleicht nicht wie du, aber ich habe definitiv einen Haufen an ... hick ... Seltsamkeiten in meinem Leben.«

»Oh ja?«

»Ja. Zum Beispiel, kann sich einer meiner Freunde zufällig in einen Raben verwandeln. Oder dass ich die Tochter von Homer bin, dem zeitreisenden griechischen Dichter. Oder ...

oder ... eine Million andere Dinge, an die ich gerade nicht denken kann, weil ich sooooooo betrunken bin.«

Warme Hände umschlossen mich und halfen mir auf die Beine. »Dann mal los«, sagte Bree. »Ich denke, wir bringen dich besser ins Bett.«

»Danke, meine Liebe«, murmelte ich, als Bree mich ins Schlafzimmer schleppte. »Wenn dir jemals wieder ein Mord in den Schoß fällt, kannst du hierherkommen und ich werde mein Spitzenteam darauf ansetzen.«

Sie lachte leise, als sie mich auf einen Haufen männlicher Gliedmaßen fallen ließ. »Das weiß ich zu schätzen, Mina. Ich hoffe, wir können auch dann ein bisschen abhängen, wenn wir mal keinen Mord zu lösen haben ...«

Sie sagte noch etwas, aber mein betrunkener Verstand nahm es nicht mehr wahr. Heathcliff grunzte und warf einen schweren Arm über mich, um mich in den Kuschelhaufen zu ziehen. Einen Augenblick später war ich für die Welt gestorben.

32

»Kann ich meine Augen jetzt öffnen?«, fragte Quoth, während er Oscars Geschirr ergriff und vorsichtig die Butcher Street betrat. Ich legte meinen Arm in seinen und spürte, wie seine Finger auf meiner Haut zitterten. Als Vogel war Quoth noch mehr auf sein Sehvermögen angewiesen als Menschen, und die völlige Dunkelheit machte ihn nervös.

Er hatte jedoch keinen Grund, nervös zu sein. Wir hatten nur Gutes für ihn im Sinn.

»Das ist eine seltsame Wendung des Schicksals.« Ich drückte meine Lippen auf seine Wange, während ich ihm die Stufen hinunterhalf. »Die Blinde führt den Blinden.«

»Geduld, kleiner Vogel. Alles wird sich aufklären.« Morrie stieß die Tür zu Frau Ellis' altem Haus auf, und Oscar und ich halfen Quoth über die Schwelle. Heathcliff schloss die Tür hinter uns und schaltete das Licht ein, und Morrie riss ihm die Augenbinde herunter. »Voilà!«

Quoths Augen weiteten sich, als er das veränderte Innere von Frau Ellis' alter Wohnung sah. Das große Wohnzimmer auf der linken Seite war in eine Galerie mit strahlend weißen

Wänden und industrieller Beleuchtung umgewandelt worden. Das Esszimmer war zu einem Atelier und einem Klassenraum mit Staffeleien und langen Tischen für Gruppenprojekte geworden. Die alte rosafarbene Küche war entkernt und durch tiefe Spülbecken und einen Kühlschrank zur Aufbewahrung von Farben ersetzt worden, und an den Wänden hingen Quoths Gemälde und einige Upcycling-Skulpturen, die Earl Larson aus Schrott hergestellt hatte, den Menschen auf die Bahngleise geworfen hatten.

»Was *ist das* für ein Ort?«, hauchte Quoth. Seine Finger umkreisten mein Handgelenk.

»Er gehört dir, Vögelchen«, sagte Morrie. »Du kannst damit machen, was du willst. Wir haben ihn so eingerichtet, dass es als örtliche Galerie und als Raum für Kunstkurse genutzt werden kann, und oben gibt es einige einfache Räume, wo sich Künstler aufhalten können, aber alle Möbel und Trennwände können verschoben werden, wenn du etwas anderes vorhast.«

»Es ist eigentlich eher ein Gefallen für uns. So bleiben die Beatniks mit ihren seltsamen Frisuren und dem Patschuli-Duft dem Laden fern«, sagte Heathcliff mit einem Hauch von Hoffnung in der Stimme.

»Aber ich ...« Quoths Blick wanderte zur Decke, wo ich Hunderte von winzigen Raben im Flug gemalt hatte. »Ich weiß nicht, ob ich das kann ...«

»Wir werden dir helfen, die Galerie zu führen, wenn du deinen eigenen Unterricht hast oder es nicht erträgst, in deiner menschlichen Form zu sein«, sagte ich. »Aber du hast dich in der Schule so gut gehalten, dass ich überzeugt bin, dass du das schaffst.«

»Und es gehört nicht nur dir«, fügte Heathcliff hinzu. »Mina hat den Kellerraum als zusätzlichen Lagerraum für den Laden beansprucht und sie sagt, sie könnte die Räume im

Obergeschoss zum Schreiben nutzen, weil sie anscheinend nicht schreiben kann, während ich die Kunden anschreie.«

Quoth sah mich an. Aus der Nähe konnte ich die Tränen in seinen feuerumrandeten Augen sehen. Ich schüttelte den Kopf. »Diesmal hatte ich sehr wenig damit zu tun. Morrie und Heathcliff kamen mit der Idee zu mir und fragten, ob ich dachte, dass es dir gefallen würde, und ich habe die Raben gemalt, weil keiner von ihnen zeichnen kann, aber alles andere waren sie.«

»Und bevor du eine Fluppe ziehst, es ist nicht, weil wir dich aus dem Laden haben wollen«, brummte Heathcliff. »Es ist nicht *vollkommen* furchtbar, dich hier zu haben, besonders, wenn du auf Morrie kackst, wenn er nervt.«

»Wir dachten nur, dass du etwas Eigenes haben solltest«, sagte Morrie. »Ein Projekt, das mit dir wachsen könnte, etwas, an dem sich jeder im Dorf erfreuen könnte. Und du drückst dich durch deine Kunst aus, also dachten wir, dass du vielleicht auch anderen dabei helfen könntest.«

»Ich kann nicht ...«, Quoths Stimme erstickte vor Rührung. »Ich kann nicht glauben, dass ihr das alles für mich getan habt.«

»Natürlich haben wir das, Vögelchen.« Morrie trat auf ihn zu. Es gab eine kurze Pause, in der keiner so recht wusste, was der andere tun würde, aber dann schritt Morrie vor und schloss Quoth in seine Arme. »Wir sind Brüder«, flüsterte er in Quoths seidiges Haar und küsste ihn auf den Scheitel. »Lass dir nie was anderes einreden.«

»Du hast mir nie gesagt, dass das hier zu *Brokeback Mountain* werden würde«, murmelte Heathcliff, aber auch er trat vor und zog die beiden in eine seiner knochenbrechenden Umarmungen. Quoth spähte zwischen ihnen zu mir hoch, und obwohl es so aussah, als hätte Heathcliff seine Wirbelsäule für immer verrenkt, glaube ich nicht, dass ich ihn jemals so glücklich gesehen habe.

»Und ich denke, du solltest mit jemandem reden.«

»Aber es gibt keinen Therapeuten, der sich auf Leute wie mich spezialisiert hat.«

»... fiktive Charaktere? Richtig.« Ich grinste Morrie und Heathcliff an. »Aber das stimmt nicht.«

»Fräulein Havisham", knurrte Heathcliff.

»Fräulein Havisham«, grinste Morrie. »Nachdem sie uns mit all ihren Hochzeitsmagazinen in den Wahnsinn getrieben hatte und ihr Schleier sich in der Tür verfangen hatte, haben wir sie nach London zur Schule geschickt. Wir dachten alle, sie würde sich zur Hochzeitsplanerin ausbilden lassen, aber so ist das nun mal mit fiktiven Figuren in der realen Welt. Man weiß nie, was sie tun werden, wenn ihre Geschichte nicht für sie geschrieben wurde. Sie hat sich stattdessen in Psychologie verliebt und studiert. Mittlerweile hat sie eine gut laufende Praxis und freut sich, dich pro bono zu sehen. Sie würde sogar den Zug hierhernehmen, falls du Probleme hast, in die Stadt zu kommen. Obwohl es für dich wahrscheinlich schneller ist, zu ihr zu kommen, immerhin kannst du als Rabe fliegen.«

»Ich...« Quoth zog einen Stuhl heraus und ließ sich darauf fallen. »Ich weiß nicht, was ich...«

»Du musst gar nichts tun, Vögelchen«, sagte Morrie. »Sei einfach nur du selbst.«

»Der Nevermore Bookshop wäre nicht derselbe ohne dich«, sagte Heathcliff schroff.

»Und schau dir das an«, Morrie reichte Quoth ein Buch. »Wir haben es im Dorf herumgehen lassen und die Leute gebeten, dir Nachrichten zu hinterlassen.«

Quoth blätterte die Seiten um. Seine Tränen tropften auf das Papier, als er ihre lieben Nachrichten las. Jo hatte sogar ein wunderschönes Bild von einem Raben auf den Innendeckel gemalt.

»Du wirst *so sehr* gebraucht.« Ich schlang meine Arme um Quoth und drückte ihn fest an mich. »Nicht nur von uns, sondern vom ganzen Dorf. Du wolltest vielleicht den größten Teil deines Lebens unsichtbar sein, aber sieh dir all die Leben an, die du berührt hast. Du hast mit Dracula einen schrecklichen Fehler begangen, aber das bedeutet nicht, dass *du* schrecklich bist. Das bist du nicht, verstehst du?«

Quoth drehte sich zu mir um und seine Lippen berührten meine in einem schmerzhaft empfindlichen Kuss. Er hob eine perfekte Augenbraue. »Ich habe gehört, dass es oben Schlafzimmer gibt?«

»Ich dachte schon, du fragst nie, Vögelchen.« Morrie nahm Quoth in die Arme und rannte zur Treppe. Quoth tat so, als würde er protestieren wollen, aber als er über die Schulter zurückblickte und sah, dass Heathcliff mich hinter sich her trug, verstummte er.

Morrie riss die Tür am Ende des Flurs auf und stürmte ins Hauptschlafzimmer. Ich mochte gar nicht daran denken, was meine Lehrerin, ihr verstorbener Ehemann und ihre diversen Liebhaber dort wohl getrieben hatten, aber ich hoffte, dass das, was wir vorhatten, sie stolz machen würde.

Morrie ließ Quoth aufs Bett fallen und ließ sich neben ihm nieder. Quoth hatte seinen Kopf nach hinten geworfen und sein Körper zuckte, als er etwas an der Decke sah. »Du ... du hast die Sexschaukel hier angebracht?«

»Na klar«, sagte Morrie. »Ich dachte mir, wenn das mit dem Künstler-Retreat nicht funktioniert, könnten wir ein Bordell eröffnen ...«

Heathcliff setzte mich ab und ich kroch zwischen sie und beugte mich vor, um Quoths Wange zu berühren. Er strahlte mich an. »Ich weiß nicht, ob Morrie als meinen Vermieter zu haben der beste Plan ist, um meinen Verstand zu retten.«

Morrie beugte sich über mich und drückte seine Lippen auf Quoths Stirn. »Sag nur ein Wort, Vögelchen«, flüsterte er und ließ seine Zunge herausschnellen, um Quoths Haut zu schmecken. »Und ich werde deine Welt erschüttern.«

Quoth lachte, als er Morrie spielerisch wegschubste. »Ich weiß das zu schätzen, aber Mina ist alles, was ich brauche.«

»Dann schlage ich vor, dass du dich von ihr reiten lässt, bevor sie ungeduldig wird.«

Quoth rollte sich auf den Rücken und zog mich mit sich. Ich ritt auf ihm, presste meine Hüften gegen ihn, während er mich mit süßen, zarten Küssen bedachte, bis ich vergaß, dass noch zwei andere Personen im Raum waren.

Zumindest bis sich Morries Finger zwischen uns schlangen und unter mein Octavia's Ruin-T-Shirt glitten, um meine Brustwarze zu zwicken. Raue Hände griffen nach dem Stoff und Heathcliff knurrte. Ich griff nach dem T-Shirt, bevor er es zerreißen konnte.

»So heiß es auch ist, wenn du mir buchstäblich die Kleider vom Leib reißt, ich mag dieses T-Shirt wirklich. Zerreiß lieber Morries Klamotten. Er kann es sich leisten, sie zu ersetzen.«

»Verstanden«, knurrte Heathcliff. Vorsichtig schob ich meine Arme durch die Ärmel und warf das Hemd quer durch den Raum in die ungefähre Richtung des Sessels. Hinter mir hörte ich, wie teurer Stoff zerriss.

»Hey!«, schrie Morrie. »Das ist *Seide …*«

Heathcliffs Lippen auf seinen brachten seinen Protest zum Verstummen. *Gut. Das wird ihn für eine Weile zum Schweigen bringen.*

Quoth glitt mit seinen Händen an meinen Seiten hinunter. Seine Berührung löste ein nervöses, schwereloses Gefühl in meinem Magen aus. Es war ein Gefühl, das ich inzwischen als

Teil des Verliebtseins verstand. Ein Gefühl der satten Fülle und doch auch eines unstillbaren Hungers. Gin, Wasser, Kuchen, Chips oder Erbsenpüree ... nichts konnte diesen Hunger stillen. Nichts außer der Berührung von drei bemerkenswerten Männern.

»Sie sind beschäftigt«, flüsterte Quoth mit vor Lust belegter Stimme.

»Sehr beschäftigt«, sagte ich grinsend, während ich ihm sein schwarzes T-Shirt über den Kopf zog, um die glatten, drahtigen Flächen seiner Brust und Schultern zu enthüllen. Seine Haut war wie kostbares Porzellan. Knochen, Sehnen und Organe konnten sich verändern und verwandeln und ihn zu einem anderen Wesen machen, aber er würde immer Quoth in seinem Herzen bleiben.

Er streckte die Hand aus, hielt mein Gesicht in seinen Händen und zog mich zu sich herunter, um mich zu küssen. Es war die Art von Kuss, die mehr als ein Kuss war. Es war Poesie und das Aufeinandertreffen von Seelen und explodierenden Sternen. Es war Quoth, ich und alles, was wir füreinander waren.

Ich war so in den Kuss mit Quoth vertieft, dass ich mich nicht daran erinnern konnte, meine oder seine Jeans ausgezogen zu haben, aber sie waren verschwunden und ließen uns nackt und sich windend zurück, verzweifelt danach, in die Haut des anderen zu kriechen.

Ich konnte nicht genau sehen, was Heathcliff und Morrie taten, aber ich *spürte*, dass sie bei uns waren, und nicht nur an der Art und Weise, wie ich Heathcliffs raue Hand an meiner Brustwarze spielen fühlte oder Morries schlanke Finger zwischen meinen Beinen an meiner Klitoris. Ich war mir *bewusst*, dass alle drei mich berührten und küssten. Genauso wie Quoths Stimme in meinem Kopf auftauchte, wenn er in seiner Vogelgestalt war. Unsere Verbindung existierte einfach.

Selbst wenn Heathcliff Morrie fickte und Morrie Heathcliff fickte, fickten sie auch mich in ihren Gedanken. Jeder Kuss, jede Liebkosung, jeder Stoß reiste durch sie hindurch zu mir.

Apropos Ficken …

Ich ließ mich auf Quoths Schaft herab und genoss es, wie er vor Zufriedenheit seufzte, während er mich ausfüllte. Er fühlte sich so gut an, so richtig, so perfekt, als wäre er wie für mich gemacht. Ich wackelte mit den Hüften, um ihn noch ein wenig tiefer zu stoßen, damit er jede dunkle und wollüstige Stelle in mir berührte.

Es war unglaublich, mit drei verschiedenen Männern gleichzeitig zusammen zu sein, denn selbst wenn ich völlig blind wäre und sie weder berühren noch riechen könnte, könnte ich sie allein an der Art und Weise, wie sich ihre Schwänze in mir anfühlten, unterscheiden. Wenn Heathcliff in mich eindrang, drohte er, mich mit der Kraft seiner Leidenschaft in zwei Hälften zu spalten. Morrie war ein kontrolliertes Chaos, ein verlockender Tanz am Rande des Kontrollverlusts und seiner verdorbenen Neigungen. Manchmal übernahm ich sie.

Und Quoth … Quoth fühlte sich an wie Seide: dunkel und sinnlich, fast flüssig. Wenn wir uns aufeinander zu bewegten, war es unmöglich zu sagen, wo sein Körper aufhörte und meiner begann.

Er streckte die Hand aus, um mein Gesicht zu berühren, so zart und voller nervösem, schwerelosem Flattern, während meine Hüften auf ihm ritten.

»Du bist so schön, du musst ein Traum in einem Traum sein«, sagte er mit einer Stimme, die vor Verwunderung bebte.

»*Du* bist es«, antwortete ich lächelnd.

»Und weder der himmlischen Englein Schar, noch der Meergeister Grollen hier weilt«, flüsterte Quoth und berührte mit seiner Stirn die meine. »Kann scheiden in Leiden mein Sein von dem Sein der lieblichen Wilhelmina Wilde.«

»Netter Reim«, grinste ich. »Du solltest Dichter werden.«

Als Antwort stieß Quoth tief in mich hinein und neigte seine Hüften im perfekten Winkel, damit sich mein Kitzler an ihm rieb und mich an den Rand und darüber hinaus in die Vergessenheit trieb. Seine schönen Worte überfluteten mich, als ich in die Schwerelosigkeit stürzte und mich ihnen ergab.

Später, als ich in ihren Armen lag, die Wärme meines Orgasmus wie eine erlöschende Glut, die ihre Erinnerung in meinem Bauch hinterließ, dachte ich darüber nach, was für eine wunderbare Sache es war, in unserem Buchladen über der magischen Quelle zu leben und einen mürrischen gotischen Antihelden, einen Meisterverbrecher und einen süßen Elendsvogel zu lieben und von ihm geliebt zu werden.

33

Ein paar Stunden später trat ich ihm auf den Schultern aus dem Schlafzimmer, während er sich das Gefieder putzte. *Was für ein glücklicher Rabe.*

Wir ließen Heathcliff und Morrie schnarchend in einem entzückenden Knäuel im Bett zurück und machten uns auf die Suche nach Snacks. Wir hatten einen kleinen Kühlschrank im Werkstattbereich installiert, und ich war begeistert zu entdecken, dass Morrie ihn mit fünf Käsesorten, eingelegtem Gemüse, Relish und einer Schachtel von Olivers berühmten Red-Velvet-Cupcakes gefüllt hatte. Ich holte alles heraus und ordnete es auf einem Tablett an, als Quoth etwas auffiel.

Was ist das?

Quoth flitzte durch den Raum und hob ein weißes Quadrat vom Boden neben der Eingangstür auf. Er ließ es in meinen Schoß fallen. Es war ein Umschlag. *Mina, er ist an dich adressiert. Der Postbote muss ihn an die falsche Adresse geliefert haben.*

»Hmmm, das muss er wohl. Du weißt ja, wie vergesslich Deirdre manchmal sein kann. Ich frage mich, was darin steht ...« Ich öffnete den Umschlag und legte den Brief auf den Tisch, damit Quoth ihn mir vorlesen konnte. Er warf einen Blick auf die erste Zeile und begann vor Aufregung auf und ab zu hüpfen.

»Krächz, krächz, krääääääääächz!"

Mina, du hast es geschafft!

»Was habe ich geschafft? Oh!« Jetzt fiel es mir wieder ein. »Das Meddleworth House-Schrifsteller-Retreat. Ist das dein Ernst?«

So ernst wie ein Gothic-Dichter ohne Sinn für Humor. Quoth zog noch etwas anderes aus dem Umschlag: eine Hochglanzbroschüre für Meddleworth House, das hübsche Anwesen im Norden Englands. Es sah wie der perfekte Ort zum Schreiben, Lernen und Träumen aus.

»Ich hab es geschafft.« Ich starrte auf die Hochglanzbilder von Schriftstellern, die sich angeregt vor einem prasselnden Feuer unterhielten und nachdenklich über die weitläufigen Gärten blickten. Ich hob Quoth hoch und drückte ihn an meine Brust. »Ich kann es nicht glauben. Ich hab es geschafft!«

»Kräääääächz«, krächzte er.

Mina, ich freue mich, dass du dich freust, aber ich ... kann nicht ... atmen.

»Ups, entschuldige.« Ich lockerte meinen Griff um Quoth.

»Was ist denn das für ein Lärm hier unten?«, knurrte Heathcliff. Ich warf einen Blick über meine Schulter und sah die Umrisse von ihm und Morrie auf der Treppe. »Klingt, als hätte jemand einen Haufen Kunden hereingelassen.«

»Ich habe es geschafft!«, rief ich, sprang von meinem Sitz auf und rannte in seine Arme. »Ich darf an dem Autorenretreat teilnehmen!«

»Ich wusste, dass du es schaffst«, flüsterte Heathcliff mir ins Haar, während er mich in einer knochenbrechenden Umarmung festhielt.

Morrie tippte bereits auf seinem Handy herum. »Hey, dieser Ort sieht schick aus. Es gibt ein Boutique-Hotel vor Ort und ein preisgekröntes Restaurant, das in die weitläufigen Gärten eingebettet ist. Es gibt sogar ein Heckenlabyrinth und ein Lustschlösschen. Und sieh dir diese Liste mit Verwöhnbehandlungen für ihre Gäste an. Vielleicht sollten wir alle hinfahren? *Einige* von uns könnten eine Schlammpackung und eine Maniküre gebrauchen.« Er hielt Heathcliffs Hand hoch, um seine Nagelhaut zu untersuchen.

»Ich bin zufrieden hier.« Heathcliff riss seine Hand aus Morries Griff.

»Sie haben eine der umfangreichsten Privatbibliotheken des Landes«, sagte Morrie beiläufig und scrollte auf seinem Handy. »Und eine Selbstreflexionskammer, in der dich stundenlang niemand stört.«

»Dann melde mich an«, sagte Heathcliff.

Quoth flatterte hinüber und landete auf Morries Schulter. Er blickte auf den Bildschirm seines Telefons. *Schau dir die Bildhauerwerkstatt und die Kunstgalerie an. Ich könnte mir Ideen für das Nevermore-Kunstzentrum holen. Und es gibt sogar eine Schar Raben, die auf dem Grundstück leben.*

Quoths feuerumrandete Augen weiteten sich bei dem Gedanken, mit seinesgleichen abzuhängen.

»Dann ist es beschlossen«, sagte ich. »Wir fahren alle nach Meddleworth House. Zwei Wochen Spa-Behandlungen, Inspiration zum Schreiben und mit Raben abhängen.«

»Und absolut keine Morde«, sagte Heathcliff bestimmt.

»Und absolut keine Morde«, stimmte ich zu. »Unser Pech kann uns doch nicht bis zu diesem malerischen Ort verfolgen, oder?«

FORTSETZUNG FOLGT

Ein vergifteter Stift stürzt Mina in eine Welt voller Ärger, als sie an ihrem Autoren-Retreat in Meddleworth House teilnimmt. Zum

Glück hat sie Quoth, Morrie und Heathcliff an ihrer Seite, um den Fall im nächsten Nevermore Bookshop-Krimi, Krieg und Schreiben, *zu lösen.*

Lies eine kostenlose alternative Szene aus der Sicht von Quoth zusammen mit anderen Bonusszenen und zusätzlichen Geschichten, indem du dich für den Steffanie Holmes-Newsletter anmeldest.

https://www.nevermorebookshop.co.nz/pages/steffanie-holmes-newsletter-german

NACHWORT

Willkommen zurück im Nevermore Bookshop. Ich weiß, es ist schon eine Weile her, dass wir durch die Eingangstür getreten sind, um einen mürrischen, liebenswerten Riesen, ein charmantes, aber freches kriminelles Genie und einen schönen, freundlichen Raben zu treffen. Nicht zu vergessen das ausgestopfte Gürteltier.

Ich hatte viel Spaß beim Schreiben dieses Buches, vor allem beim Aufspüren von Shakespeare-Beleidigungen und beim Schwelgen in Erinnerungen an meine Theaterschauspielzeit. Das erste Stück, in dem ich je mitgespielt habe, war *»Ein Sommernachtstraum«* gewesen. Ich war die namenlose Fee Nummer vier, und mittlerweile habe ich bereits alles von einer der drei Hexen über Falstaff bis hin zu Königin Elisabeth in *»Richard dem Dritten«* gespielt.

Das Theater hat etwas Magisches. Vor allem die Art und Weise, wie uns Shakespeares Stücke in eine andere Zeit und an einen anderen Ort versetzen und uns gleichzeitig daran erinnern, wie absolut menschlich wir alle sind.

Das New New Globe ist vom Pop-Up Globe inspiriert, einem Projekt, das genau hier in Neuseeland ins Leben gerufen wurde und bei dem eine Nachbildung von Shakespeares Globe Theater an verschiedenen Orten der Stadt »auftauchte«. Ich hatte das Glück, mehrere Vorstellungen an diesem einzigartigen Veranstaltungsort zu besuchen, der große Pläne hatte, die Welt zu bereisen, bevor durch die Pandemie der letzte Vorhang fiel.

Ein Teil des Erlöses aus jedem verkauften Nevermore-Buch geht an Blind Low Vision NZ Guide Dogs, von denen ich immer wieder süße Bilder und Videos von Blindenhunden in meinem Newsletter teile.

Ich möchte der Gewinnerin des Wettbewerbs, Jeannette Tiburcio, ein großes Lob aussprechen, die in diesem Buch ein Opfer benennen durfte. Sie hat den Namen Zenzile Monroe, der auf eine Freundin aus Kindertagen zurückgeht, ausgewählt. Der Name Zenzile bedeutet »du bist verantwortlich für das, was aus dir wird«, was ich absolut liebe!

Ich freue mich sehr, dass dir diese Geschichte gefallen hat! Ich würde mich daher sehr freuen, wenn du eine Rezension auf Amazon oder Goodreads hinterlassen würdest. Das hilft nämlich anderen Lesern, ihre nächste Lektüre zu finden.

Vielen lieben Dank! Ich liebe dich über alles! Bis zum nächsten Mal.

Steffanie

LESEN SIE EINEN AUSZUG AUS POISON IVY

EIN BRANDNEUER DUNKLER LIEBESROMAN VON STEFFANIE HOLMES

Mein erstes Anzeichen dafür, dass wir nicht mehr in Kansas sind, ist, dass jemand die Autotür aufzieht und mir meine Kate Spade-Tasche aus den Armen reißt.

»Hey!«, schreie ich, denn niemand fasst meine Kate an und überlebt, um damit zu prahlen. Ich schwinge meine Faust, um dem Dieb eins auszuwischen, aber er ist zu schnell. Mein Schlag prallt an seinem Arm ab.

»*Ich* werde Ihre Sachen nehmen, Fräulein«, sagt der Dieb mit ernster Stimme. Wenigstens ist es ein höflicher Krimineller. Die Menschen in Emerald Beach werden wirklich anders erzogen.

»Danke, Seymour. Sie müssen meine Tochter entschuldigen. Sie weiß nicht, wie man sich unter Menschen verhält.« Papa klingt müde. In letzter Zeit hört er sich oft so an. Früher hatten wir eine Vater-Tochter-Beziehung wie aus einem Hallmark-Film. Wir hätten darüber gelacht, dass ich versucht habe, Seymour auszuschalten, wer auch immer dieser verdammte Seymour ist. Aber das war, bevor ich unser Leben zerstört habe. Jetzt ist alles, was ich tue, ein weiteres Ärgernis für ihn, denn es ist *völlig normal*, dass irgendwelche Leute ihre Hände in meinen Schoß stecken und mir meine Sachen wegnehmen.

Aber ich schätze, das ist jetzt unser neuer Alltag.

Unser neues Leben. Mit unserem Kofferträger namens Seymour.

Ich wünschte, ich hätte besser aufgepasst, als Papa mir von unserem Umzug nach Emerald Beach erzählt hat. Wahrscheinlich hat er Seymour erwähnt. Aber ich war ein bisschen damit beschäftigt, mein Körpergewicht in Marsriegeln zu essen und alles und jeden in Reichweite zu zerschmettern.

»Lassen Sie die Schlüssel bei mir, Sir«, sagt Seymour zu Papa. »Ich parke das Auto für Sie und bringe den Rest Ihrer Sachen rein. *Sie* wartet schon auf Sie.«

Seymour flüstert *Sie*, als wäre es ein Gebet, ein Flehen. Wer ist diese Frau, die nicht einmal einen Titel hat? Wer ist nicht Madame oder Lady oder Frau Dio für ihre Angestellten, sondern einfach nur *Sie*?

Ich steige aus dem Auto aus. Die Sonne trifft mich wie ein Güterzug aus Feuer. Ja, ich bin definitiv nicht mehr in Kansas. Und mit Kansas meine ich Witchwood Falls, Massachusetts. Oder Cedarwood Cove, Massachusetts – je nachdem, wer fragt. Ich bin weit weg von zu Hause.

Anders als Dorothy schlage ich nicht die Absätze meiner magischen Schuhe zusammen, die mich dorthin zurückbringen. Egal wie kochend heiß, basic oder albern Emerald Beach auch sein mag, es kann nicht so schlimm sein wie das, vor dem ich davonlaufe.

Dank mir haben wir kein Zuhause mehr, zu dem wir zurückkehren können.

Meine Schuhe knirschen auf den Kieselsteinen. Das Haus erhebt sich über mir – eine riesige Wand aus Marmor, Glas und Schrecken. Ich erinnere mich daran, wie Papa es mir beschrieben hat, also muss ich es nicht sehen, um zu wissen, dass es verdammt protzig ist, mit gebleichten weißen Säulen, die einen geschnitzten Säulengang stützen, übergroßen Eichentüren und wahrscheinlich einer schlecht geschnitzten Kopie von Michelangelos David in der Mitte des plätschernden Brunnens, und Gold; Gold, das überall glitzert. Die Häuser hier sind wahrscheinlich alle gleich, als hätten Paris Hilton und ein griechischer Tempel ein Baby gehabt.

Mein neues Zuhause.

Ohne meine Handtasche fühle ich mich nackt, also umklammere ich meinen Stock ein bisschen fester als sonst, während ich auf das sich abzeichnende Gebäude unseres neuen Lebens zusteuere. Die Türen öffnen sich knarrend und ich bin überrascht, eine dunkle Stimme zu hören.

»John. Du hast es noch rechtzeitig geschafft, wie ich sehe.«

Sie klingt nach heißem Kakao und Rasierklingen.

»Cali.« Papa sagt ihren Namen mit einem Hauch von Ehrfurcht in seiner Stimme. »Ich möchte dir meine Tochter vorstellen.«

»Hallo, Fergus.« Meine neue Stiefmutter sagt meinen Namen steif und testet seinen Klang auf ihrer Zunge.

»Fergie«, sage ich. »Alle nennen mich Fergie.«

Ja, mein Name ist Fergus und ich bin ein Mädchen. Es ist die lächerlichste Geschichte überhaupt. Vor Jahrhunderten, als meine Vorfahren noch ein Haufen schwertschwingender Clanmitglieder in Schottland waren, versprach ein reicher Gutsherr dem erstgeborenen Sohn jeder Generation, eine große Geldsumme, wenn er Fergus hieße. Und obwohl kein einziger Cent dieses Geldes jemals zustande kam, hat mein Clan nie die Gelegenheit für leicht verdientes Geld verstreichen lassen, also ist der Name geblieben. Ich sollte ein Junge sein, bis zu dem Moment, als ich aus meiner Mutter herausgeschossen kam, und so wurde ich Fergie.

»Hey, Fergalicious.« Papa benutzt seinen Kosenamen für mich, während er mich mit diesem müden Ton in der Stimme anstupst. »Ich freue mich so, dass du endlich Cali, deine neue Stiefmutter, kennenlernst.«

Juchhu.

Ich will keine verdammte Stiefmutter, schon gar nicht diese Frau. Aber wie bei allem, was seit dem Vorfall passiert ist, habe ich auch hier keine andere Wahl.

Eine Hand ergreift meine und schüttelt sie, der Griff ist fest und knapp – Cali macht mir klar, dass sie mir das Handgelenk brechen kann, wenn sie die Gelegenheit dazu hätte. Sie hat irgendeinen hochrangigen Job in der Fitnessbranche – ich habe Papa nie gefragt – und ich stelle mir vor, dass dies der Händedruck ist, den sie für alle Steroid-Typen verwenden muss.

Auch wenn ich Papa zuliebe nett sein will und auch wenn diese Frau alle möglichen Fäden für mich gezogen hat, obwohl sie mich nie getroffen hat, kann ich nicht anders.

Ich erwidere den Druck.

Ich werde nicht die Schwächere sein.

Ich lasse mich nicht über den Tisch ziehen oder zum Narren halten.

Nicht dieses Mal.

Calis Fingerknöchel knacken. Sie lässt meine Hand fallen.

»Endlich sind meine beiden Lieblingsfrauen zusammen«, sagt Papa mit gespielter Fröhlichkeit in der Stimme. »Ich bin überzeugt, dass ihr euch prächtig verstehen werdet.«

»Kommt rein.« Calis Tonfall wird steif und förmlich. Es ist die Stimme von jemandem, der nicht die Absicht hat, sich »blendend zu verstehen«. Sie hält mir die Tür auf, und ich folge Papa in das riesige Foyer. Mein Stock streicht über den Boden, die Kugelspitze rollt über kalten Marmor. Das Geräusch hallt durch drei Stockwerke und das Echo macht mich völlig wahnsinnig. Ich habe noch nie in einem so leeren Raum gestanden. Ich meine, in Einkaufszentren und Konzerthallen schon, aber die sind immer voll von wogenden Körpern, Lärm, Aufregung und Geschäftigkeit. Dieses Haus trieft vor bedrückender Stille.

Dies ist ein Haus der Geheimnisse.

Gut. Vielleicht wird es auch meins fest verschlossen in seinen Mauern halten.

Calis Absätze klacken auf dem Marmor. »Wir haben schon gegessen, aber ich kann Milo bitten, euch etwas aufzuwärmen. Ihr müsst nach der langen Fahrt hungrig sein.«

»Das wäre fantastisch. Du hast keine Ahnung, wie sehr ich Milos Essen vermisst habe. Fergie?«, fragt Papa mich.

»Ich bin nicht hungrig.«

Ich beiße mir auf die Lippe und fühle mich schlecht, weil meine Stimme so schnippisch klingt. Papa will so sehr, dass es klappt. Ich habe ihm in den letzten Monaten viel Mist zugemutet. Ich habe das Gefühl, dass ich bereits mit Cali auf falschem Fuß stehe, und wir sind kaum durch die Eingangstür. Aber dieses Haus, diese Frau, das ist einfach zu viel. Ich versuche, meine Stimme ruhig zu halten. »Kann ich mein Zimmer sehen?«

»Folge mir«, bellt Cali. Ihre Absätze *klick-klacken* auf der Treppe. Sie wartet nicht auf mich und hält mich auch nicht am Arm fest, was mich ihr gegenüber ein wenig erwärmt. Mein Stock stößt an die unterste Stufe und ich gehe weiter, bis ich den Handlauf erreiche. Ich drehe meinen Stock in der Hand, damit er mir die Tiefe und die Anzahl der Stufen anzeigt, und steige ihr nach. Papa schnauft hinter mir her. In dieser Leere aus Bohnerwachs und Bleichmittel kann ich die muffige Klimaanlage unseres Volvos und die Snackkrümel, die an uns beiden kleben, riechen.

Wir gehören nicht in ein Haus wie dieses, mit einer Frau wie Cali.

Vielleicht sieht Papa das bald ein.

Die Treppe führt immer höher und höher und höher und verwirrt mich. Ich bin verloren in einem Labyrinth, mit einem Minotaurus in der Mitte. Aber das ist nicht fair – das Monster ist nicht meine neue Stiefmutter.

Das *echte* Monster habe ich in Massachusetts zurückgelassen.

Cali führt uns einen breiten, großen Flur hinunter. Die Absätze meiner Stiefel sinken in den dicken, weichen Teppich. »Dein Vater und ich haben ein Zimmer im Ostflügel«, sagt sie schroff. »Luella, das Hausmädchen, wohnt außerhalb. Seymour und Milo wohnen im Anbau hinter dem Pool. Neben deinem Bett befindet sich ein Rufknopf, falls du sie brauchst. Du und Cassius wohnen in diesem Flügel. Ihr teilt euch ein Bad.«

Stimmt – ich muss Cassius noch kennenlernen. Meinen neuen Stiefbruder.

Ich weiß nichts über ihn. Ich habe nie gefragt. In den letzten Wochen war ich wie betäubt, weil mein Leben und meine Zukunft in einem von mir selbst verursachten Inferno untergegangen sind. Ich habe kaum daran gedacht, zu essen, geschweige denn, mich um das Kind zu kümmern, mit dem ich das Haus teilen werde. Er ist ungefähr zwölf Jahre alt oder so, riecht wahrscheinlich eklig, redet nur in Grunzlauten und wird einen unerträglichen Musikgeschmack haben. Ich erinnere mich, dass Papa gesagt hat, dass es noch einen Bruder gibt – er ist ein paar Jahre älter als ich, aber er wohnt nicht mehr hier.

Cali stößt eine Tür auf. »Ich nehme an, das ist ausreichend.«

»Es ist wunderbar, vielen Dank.« Papa drückt meine Hand. »Fergie, was denkst du?«

Ich kann gar nichts sagen. Meine Lippen sind wie zugeklebt.

Ich bleibe in der Tür stehen und begrüße die Leere meines neuen Zimmers mit eisigem Schweigen.

»Es ist ganz in Rot und Gold dekoriert«, sagt Papa. »Deine Stiefmutter hat einen guten Geschmack.«

»Ich pfeife auf Farbmuster und Kissen«, spottet Cali. »Livvie hat das gemacht.«

Ich weiß nicht, wer Livvie ist, aber Papa weiß es offensichtlich, denn er lacht, als hätte Cali etwas total Lustiges gesagt. Ich versuche, das Unwohlsein zu ignorieren, das sich in meinen Magen gräbt.

Papa hat schon ein ganzes Leben in Emerald Beach, mit Cali und Livvie. Er hat diese Welt, die völlig getrennt von mir ist.

Haben sie Livvie zu ihrer Hochzeit eingeladen? Denn mich haben sie nicht eingeladen.

Ich sollte nicht hier sein. Sie wollen mich nicht hier haben.

Ich schaffe es, mich nach vorne zu schleppen und gehe im Raum herum, wobei ich die Kanten der Möbel berühre. Es gibt nicht viel, was mir lieb werden könnte. Ein Bett mit einem Bettgestell aus Messing, ein zotteliger Teppich, der den gesamten Boden bedeckt, eine hohe Kommode, ein Schreibtisch und ein gepolsterter Sessel unter dem Fenster. Meine Füße stoßen auf ein paar seltsame Dellen im Teppich, Stellen, an denen etwas Schweres die Fasern zerdrückt hat. Ich frage mich, was es war, dass früher in der Mitte des Bodens gestanden hat.

Meine Taschen sind bereits neben der Tür zum begehbaren Kleiderschrank gestapelt. Seymours Werk, nehme ich an. Der ganze Raum ist größer als unser altes Haus.

»Wir lassen dich in Ruhe, damit du dich zurechtfindest.« Papa küsst mich auf den Scheitel. »Komm runter in die Küche, wenn du etwas essen willst. Sie ist hinten rechts im Haus, durch das Wohn- und Esszimmer.«

Sie gehen und schließen die Tür hinter sich. In dem Moment, in dem sie zufällt, lasse ich mich ins Bett sinken und gönne mir eine einzige Träne – ein salziges Tröpfchen für das verdammte Chaos, das ich in meinem Leben angerichtet habe.

Das ist alles, was ich verdiene.

Ich fahre mit den Fingern über den herrlichen, seidenen Stoff der Bettdecke. Diese Livvie mag Cali ein spöttisches Grinsen entlocken, aber sie hat Geschmack.

Das Zimmer riecht sogar gut, nach frischen Blumen. Ich wette, Seymour hat irgendwo ein Gesteck hinterlassen.

Ich hasse mich selbst.

Vor zwei Wochen stand ich auf einer Brücke und wollte runterspringen, um meinen Papa von der Last meiner Fehler zu befreien. Jetzt ertrinke ich in einer verdammten Villa in Seidenbettwäsche und Dienern und kann nicht einmal dankbar dafür sein. Als wir gegangen sind, habe ich die meisten meiner Besitztümer, sogar meinen Jiu-Jitsu-Gi, in den Müll geworfen. Ich kann es nicht ertragen, irgendwelche Erinnerungen daran zu haben, wie mein Leben eigentlich sein sollte.

Papa sagt, dass ich neue Klamotten bekommen werde, sobald wir uns eingelebt haben. »Das meiste von deinen Sachen wird in Emerald Beach nicht funktionieren, Fergie. Die sind da unten ganz anders.«

Er hat sich noch nie Gedanken darüber gemacht, ob ich irgendwo dazu passe.

Seit dem Vorfall hat sich alles verändert.

Du hast Glück gehabt, erinnere ich mich. *Dein Fehler wurde ausgelöscht. Du kannst neu anfangen. Neuer Name. Ein neues Leben. Wie viele andere Menschen haben diese Chance?*

Aber ich *will* weder einen neuen Namen noch ein neues Leben noch eine neue Mutter. Ich will mein altes Leben zurück. Ich will meine 1540 SAT-Punkte und meine Meisterschaftsgürtel und dass das schlimmste in meinem Leben der Stress ist, meinen Aufsatz für Harvard zu schreiben.

Die Luft bewegt sich.

Die Haare in meinem Nacken stehen mir zu Berge.

Ich höre ein Knarren, als die Tür zum angrenzenden Badezimmer aufschwingt.

Jemand ist in meinem Zimmer.

Jetzt lesen:
http://books2read.com/elite1deutsch

POISON IVY

Ich würde alles tun, um hineinzukommen. Ich würde sogar zu ihnen gehören.

Victor. Torsten. Cassius – der Sportler, der Künstler, der Stiefbruder.
Der Poison Ivy Club.
Rücksichtslos.
Verbunden.
Gewalttätig.
Unantastbar.

Sie regieren die Stonehurst Academy mit eiserner Faust.
Wenn du nach Harvard, Princeton oder Yale willst, werden sie dich dort reinbringen.
Garantiert.
Aber vorher wollen sie ihr Pfund Fleisch haben.
Ein Deal ist ein Deal – du gibst ihnen, was sie wollen, und sie lassen deine Träume wahr werden.

Und sie wollen mich.

In ihrem Bett.
In ihren Armen.
Als Teil ihrer Gang.

Ich würde alles tun, um auf eine Eliteuniversität zu kommen.
Ich würde lügen. Ich würde betrügen.
Ich würde auf die Knie gehen.
Ich würde töten.
Aber diese drei dunklen Prinzen werden niemals mein Herz
bekommen.

Dies ist ein zeitgenössischer, dunkler Liebesroman für
Erwachsene mit drei finsteren Kerlen und einem furchtlosen
Mädchen. Er ist für Leser ab 18 Jahren gedacht.

Jetzt lesen:
http://books2read.com/elite1deutsch

ÜBER DIE AUTORIN

Steffanie Holmes ist *USA Today*-Bestsellerautorin für paranormale, gothische, düstere und fantastische Bücher. In ihren Büchern geht es um kluge, witzige Heldinnen, Geheimbünde, gruselige alte Herrenhäuser und Alphamännchen, die *immer* bekommen, was sie wollen.

Steffanie ist von Geburt an blind und wurde 2017 mit dem Attitude Award for Artistic Achievement ausgezeichnet. Außerdem war sie Finalistin für den Women of Influence Award 2018.

Steffanie lebt mit ihrem Mann, einer Horde streitsüchtiger Katzen und ihrer mittelalterlichen Schwertsammlung in Neuseeland.

STEFFANIE HOLMES NEWSLETTER

Hol dir ein Gratisexemplar von *Wunderkammer* – ein Steffanie Holmes-Kompendium mit Kurzgeschichten und Bonusszenen – wenn du dich für den Steffanie Holmes-Newsletter anmelden.

https://www.nevermorebookshop.co.nz/pages/steffanie-holmes-newsletter-german